理想的实现

——环游世界 500 天

陈东东　著

SPM
南方出版传媒
广东人民出版社
·广州·

图书在版编目（CIP）数据

理想的实现：环游世界500天 / 陈东东著. —广州：广东人民出版社，
2021.11

ISBN 978-7-218-15397-1

Ⅰ．①理… Ⅱ．①陈… Ⅲ．①游记—作品集—中国—当代

Ⅳ．①I267.4

中国版本图书馆CIP数据核字（2021）第234397号

LIXIANG DE SHIXIAN : HUANYOU SHIJIE 500 TIAN

理想的实现：环游世界 500 天

陈东东 著

出 版 人：肖风华

责任编辑：方楚君　刘　思
装帧设计：吴光前　李　利
责任技编：吴彦斌　周星奎

出版发行　广东人民出版社
地　　址：广州市海珠区新港西路204号2号楼（邮政编码：510300）
电　　话：（020）85716809（总编室）
传　　真：（020）85716872
网　　址：http://www.gdpph.com
印　　刷：广东鹏腾宇文化创新有限公司
开　　本：889毫米×1194毫米　1/32
印　　张：8.5　字　　数：205千
版　　次：2021年11月第1版
印　　次：2021年11月第1次印刷
定　　价：58.00元

如发现印装质量问题，影响阅读，请与出版社（020-85716849）联系调换。
售书热线：（020）85716826

目 录

理想的实现——

环游世界
500天

关于理想

自述

我叫陈东东，1990 年生于浙江温州。但身份证上的出生年份是 1991 年，这让我暗自窃喜，仿佛我的青春比别人多了一年。然而，现实是我踏入社会已有十年。

2010—2019 年，我称之为"青春十年"。在这十年里，我干过洗车工，做过汽车销售，干过互联网公司，做过客栈老板，创办公司创过业，也在房地产公司拿过几十万的年薪。而最终让我庆幸的事，却不是这些。

这些年里，我徒步去过西藏，在新疆草原上骑过马，极北漠河看过星辰，深海潜水见过海龟，走过国内 20 多个省，游历过东南亚 8 个国家，以及最后决定完成青春梦想，去环游了世界，五大洲，48 个国家。这就是我的整个青春，有在城市里拼搏过，也有在诗与远方里酣畅淋漓过，青春无悔。

打开这台两年未开启的笔记本电脑，映入眼帘的是满桌的各种 PPT、EXE、WORD 文件，意味着自己曾经在职场上也是一位热血青年，思绪席卷而来，那是无数个青春的夜晚，挥洒着汗水与执着，结下的成长的结晶，仿佛还带有一丝丝的骄傲。看哪，我曾经也那么认真过，可与这一份骄傲相伴，我怎么又感觉有一丝无奈？是的，那是我青春拼搏七八年之后的无奈，我在那座城市里扎不下根，买不起动辄几百万的房，而立之年没有女朋友，生活，仿佛只剩下了两点一线。

理想的开始

　　我有一个梦想，那是 2013 年开始贴于卧室门背后的青春理想，仿佛从那一刻开始，我突然明白了自己想要什么，或者说是在过完青春最初两年完全没有生活的、刚出社会时的热血沸腾之后，突然的反思。我突然开始直视自己的青春，直视这两点一线的生活，我的青春真的就这样日复一日地过吗？我真正要的是什么？

　　一夜夜的无眠。

　　在那个仿佛突然觉醒的夜晚，列下了一张青春计划表，在那张青春计划表上，计划着每一年做什么，有什么样的目标，而其中最重要的，就是 2018—2019 年 2 年的环游世界之旅。那是我青春刚开始时，对于整个青春的最终梦想。

　　时间到了 2017 年年底，我拿着别人眼里的高年薪，坐在全国前三的房地产公司办公楼里，过着每天晚上八九点下班，仿佛完全没有周末的生活，盘算着跳槽，手里握着另一个公司开的高出 10 万年薪的 offer，仿佛下一步我就要节节高升，走上人生巅峰。

　　过年回到家里，被家里催着相亲："赶紧结婚，你已经 28

岁了！快 30 岁的人了，你还想拖到什么时候？""没有存款没关系，在上海买不起房，回家里相亲啊！不管怎样，先把婚结了……"

回到卧室，我看着房门背后贴着的青春计划表，2018—2019年，俨然用一个大大的圈，圈在那里。那是我环游世界的理想啊！再看看自己银行卡里的余额只剩七万，信用卡还欠着两万。我应该继续"体面"地去奋斗吧？可理想怎么办呢？你打算什么时候去实现？

理想的实现

开始写这本书时，已是环游世界回来的半年之后，虽然有些细节已然忘却，可牵绕我内心的，是一幕幕挥之不去的感动与故事，与那不断刷新我认知的感触与反思，所以我决心要把它写下来。

500 天时间，走过了 5 大洲，48 个国家，从 2018 年的春天出发，到 2019 年的冬天回来，刚好两年的时光。

把这本书写完，想作为自己青春的一个终结，也算送自己的一份礼物，留给自己将来的孩子，告诉他，你老爹，曾经的青春，勇敢过……

还有一个更重要的原因，是源自内心已久的一份情怀……

我总觉得自己有一腔救世的情怀，也往往托大，它像古时候仗剑行天涯的侠客，也像圣母院里孜孜不倦的修女，往往希望不只是自己美好，而想让更多如我这般曾经困惑于城市，困惑于世俗眼光的人也变得美好。并不是叫他们人人都放弃事业，放弃职场，如我这般浪迹天涯，而是希望那些迷茫的人都能认识自己真正的内心所想，从而不再迷茫。其实，遵从内心与自我意识，是环游世界以来，看过这个真正的世界之后，发现我们这个时代所缺少的。我们总迷恋于攀比，总在乎别人的眼光，追求金钱，往往活成了不是自己内心真正所想要的模样，变得越来越不快乐，后悔了青春，失去了自我。最后，对自己说一句"生活不就是这样"。

我想告诉很多人，生活不只有金钱，它还有理想。

这，就是理想主义的由来。

环游世界

亚洲篇

出走的迷茫（斯里兰卡）

我要去环游世界啦，去完成我那青春的英雄梦想。

青春这几年，分别在 7 个城市生活，走过 20 多个省，去过七八个国家。也上着班，做过像 YOU+ 这样有意义的事情，去过地产公司，拿过高年薪，过着城市里本该有的，与一切期望相符的日子。

可这就是整个青春了吗？

每日两点一线的城市生活里，日子过得很快，目标与追求，好像都只是为了钱。整个青春，一回头，却发现缺少了回忆。

难道，我们这一代也是如此吗？

有一个梦想，一直萦绕着我，它在 2013 年起就贴在我的卧室门背后，关于环游世界，关于青春里的梦想。

青春行将结束，计划两个人的环游世界始终也没能凑齐另一位，这一刻我打算一个人出发，去完成我的梦想。辞掉了工作，拒绝了 50 万年薪的新 offer，带着仅有的几万块钱，要用一年多的时间，走 40 多个国家，从中东—非洲—欧洲—美洲—大洋洲，再返回中国。

可能这一举动，会导致我贫困潦倒吧，可我想，我的内心会是平和的，不懊悔的。

因为这是我的梦想！

这一刻我即将出发——30 岁之前完成一趟环游世界之旅。

这一刻，我正躺在亭可马里的沙滩上睡觉，被一群正在海边散步的叫声吵醒。睡眼蒙眬中，慢慢睁开双眼。海边的夕阳下，牛群正排着队从我眼前缓缓走过，一半踩着沙滩，一半踏着浪花，像吃完饭后来悠闲地散步。

铃铛与海水的交融声，把我的思绪从睡梦中唤醒，看着眼前蔚蓝的海水和白色的沙滩，心情久久不能平静。

就在前一天夜里，那一条群发几千人的短信是告别，也是故意切断自己的后路，我告诉大家：我要出发了，去环游世界！

就像我之前告诉我身边所有亲近的人一样，"嘿，2018 年我要去环游世界，去走很多很多国家！"

这一刻，他们总该相信了吧，不过这一刻，我也没有后路可退了。不一直都是这样吗？让自己没有后路可退。

让我意外的是，那条群发的消息竟收到了 1000 多条回复。大部分的回复都是支持和鼓励。这令我欣喜，原来大家在内心深处都同我一样渴望着自由！当然也会收到一些困惑和质疑。

"你为什么要做这件事？"

"你不怕危险吗？"

"这么高的年薪都不要了？"

"你的父母不担心吗？"

"将来呢？你该怎么办？"

将来？是啊，将来该怎么办？

将来的事将来再说吧。如果连现在都不敢去过好，何谈将来？

先把当下的理想实现了再说，我安慰自己道。

我拿起了手机，编辑了一封邮件"人事 × 总，你好，对不起啊，我还有更重要的事情去实现，当下不能去入职这份 50 万年薪的工作。实在抱歉，让贵公司久等了，这是我最后的决定。"

我一手拿着 50 万年薪的现实，一手握着关于青春最后的理想，机会失去就不会再有了，可是青春也只有一个。这一次，我选择理想。

短信发出去后，我长长地吐了口气。当我终于做出选择的时候，内心也放下了一开始的忐忑不安，慢慢变得平和起来。

发出那条短信的时候，其实我已经走完了斯里兰卡。在最后的一个海边小镇，也在入职的最后期限，我做出了最后的选择。从一开始的忐忑不安，到现在的安然平静，这当下，大有一股天下舍我其谁的气势。

可摸摸口袋，对啊，我只有 5 万块钱呢，要走 500 天 40 个国家呢，不过与之前的忐忑相比，仿佛已经平静了许多，也坚定了很多。

忐忑与释然（尼甘布）

斯里兰卡，印度洋上的一颗珍珠，一直以来都是我所向往的海上国度，那里有电影《千与千寻》里开在海上的火车，还有遍地的宝石。

之所以选择将斯里兰卡作为第一站，是因为它充满着浪漫的气息。蔚蓝的大海总给我以美好的想象。此外，从斯里兰卡出发，接下来我就可以顺势向着中东进发了，终于可以跳出原来出国只停留在东南亚的轨迹。

这一天，我从国内飞到了斯里兰卡的国际机场，辗转到了离机场最近的海边小镇——尼甘布。这里有全岛最著名的海鲜集市，这是最适合落脚的地方。

当地渔民会在这里打鱼，这些渔民需要早上五点钟就起床，然后到沙滩的码头边打鱼。如果早点去的话，还能看到各种各样刚捞上来的海洋生物。去晚了就赶不上了，一般到七八点，渔夫们就会收网回家。

揣着刚开始旅行的满腔热血，天还没亮，我就早早地起了床，按着当地人的指示，去往海边的鱼市。

太阳也睡醒了，刚从天边的黑暗里探出一点点微光，海风夹杂着潮湿的气息。吹在脸上，微微有一点凉，漫步在海边的沙滩小道上，一切都是那么的美好。

一股含着鱼腥味的海风向我袭来，不远处的鱼市若隐若现。说是鱼市，其实只是渔民上岸的码头，随意搭着几个摊棚。有些渔民则直接把打上来的鱼随意地放在地上。

很多人拎着袋子围着小贩，叫卖声、讨价声，各种声音混杂在咸腻的空气里，好不热闹！我踩着鱼市特有的潮湿地面，不住地往人群中挤。

"鲨鱼！大鲨鱼！"

一条又肥又圆、差不多两米长的大鲨鱼正躺在地上。不过，此刻它已被这些当地人，左砍右砍，砍去了大半，早没有了昔日海洋霸主的威风。或许在当地人眼中，这很正常，鲨鱼不过是海里捕来的食物罢了。看着当地人用像买白菜一样的眼神讨价还价，我也按捺不住内心的惊奇，故作镇定地说："How, how much?"我操着多年前在环游东南亚时积累下来的2级英语"老练"地问道。

渔夫小伙诧异地看了我一眼，一边比画一边答道："300Rs one kilogram."

"300Rs？"我拿起手机按1:23的汇率算了一下。相当于人民币13块钱一斤。

我忍不住再确认一次："300Rs one kilogram？"

小伙看了我一眼，露出一排与其肤色有鲜明对比的大白牙笑道："Yes，300Rs one kilogram."

看着他友善的笑容，我瞬间放宽了心。

"OK，give me one kilogram."

渔夫看着我一笑，然后提着手中那把像砍柴刀一样的鲨鱼刀，对着鲨鱼又是左砍右砍一番，然后放在秤上，对我笑道："One kilogram."

我也对着他点头笑笑，等待他给我打包。

他见我只顾着傻笑，问道："袋子呢？"

我一脸愕然。

我这才反应过来，怪不得当地人都提着袋子，敢情这边买鱼不给袋子啊！这也挺好，如果大家都自觉地不使用塑料袋，环境是不是会好很多？

见我对他尴尬地笑，他渐渐明白过来。接着他跑到旁边几个摊位去帮我借袋子。借了好几家才借到，然后把鲨鱼装好交给我。

我看着袋子里沉甸甸的鲨鱼肉，心里暗想：鲨鱼啊，这可是鲨鱼啊！想不到昔日只能在电视里见到的海洋霸主，竟然就这么公然堆在路边兜售，还这么便宜！拎着手里的鲨鱼肉，双手背在背后，仿佛这一刻突然化身为当地人一样，信步逛了起来。

跟随当地人在摊位前钻来钻去，实属有趣。看着满地从没见过的海洋生物，我惊异万分！有些鱼儿竟比鲨鱼还大，有些章鱼能有 1 米多长，还有差不多有人那么高的金枪鱼，以及各种稀奇古怪、形态各异的大"海鲜"。

看着一些渔民陆续坐着小渔船归来，拖着自己昨夜的收获上岸，就地摆摊，看着当地人对我友善的笑容，与他们各自砍价，看着他们脸上真诚的、映着朝阳的笑容，像是交易，却更像是朋友间的交谈。

我提着袋子，坐在码头边盘算："1 公斤虾，1 公斤鲨鱼，1 只大鱿鱼，4 只像龙虾般大的蝴蝶虾，这么多海鲜，一共才几十块钱！"数着战果，暗自窃喜。惊叹、欣喜之余，我也终于放下了一直忐忑不安的心。

因为只带了五万块钱，路还很漫长，我打算极度节省。担心这些因旅游而盛名的国家物价会很高。原来融入了当地生活，物价是这么的便宜。转念一想，像中亚、中东一些国家的人均收入本就比不上我国的二三线城市。那我们在自己国家生活都可以有盈余，来到这些国家生活，应该更有富余才对。

这么一想，那颗原本为生计悬着的心突然也就放下了。

阳光再次映上我的脸庞，双手交叉背在身后，这一次是自信满满地，漫步在回家的海边小道上……

开在海上的火车

斯里兰卡有一列著名的海上火车，它有时会像《千与千寻》里的镜头一样，行驶在海面之上。有时也穿梭于茂密的茶林之间，向《绿野仙踪》一般的雾林深处驶去。我乘着这列火车去往下一个城市。

火车缓缓地在海边行驶着，铁路的一侧是沙滩和海洋，坐在靠窗的一侧，看着蔚蓝平静的海水不断向后退去，就好像坐在一艘长长的船上。海上火车的外形与印度的那种外挂火车长得一模一样，敞开着所有的门和窗。你可以悠然地走到每节车厢的门口，坐在门沿上，把脚伸出车外，感受海风拂过脸庞的惬意。

车里人很少，空位很多，几乎都是当地人。一位白发老先生在逗着自己的小孙女，眼中满是慈爱的目光。小孙女扑闪着大眼睛，调皮而又羞涩地偷看我，老爷爷也回过头对我开心地笑笑，慈祥而又温暖。

一位妇女带着小男孩坐在窗边，小男孩羞涩地躲在车窗下，露出半个脑袋偷看我。妇女的眼神看向海的深处，长而又卷的睫毛下是深邃的眼眸。火车缓缓开往下一站。车厢的另一头，一辆待开的火车正准备搭上乘客开往另一个方向，对面车窗里的老奶奶正慈祥地望着我。火车缓缓行驶，另一节车厢里的小哥，半截身子趴在车窗外，一直微笑着同我眨眼睛，好像这里的当地人都很喜欢看我，或许此刻我成了他们眼中的"老外"。

我起身回到自己的座位，旁边有三位同行的伙伴，是在上一个城市的青旅认识的，大家结伴去往同一个小镇。两个女生，一个男生，三人之前就认识，现在我们成了朋友。

这是一群特立独行的人，其中一个女生叫木棉，1993 年的样子，长年蜗居在拉萨，有家小客栈，也不对外出租，只招待朋友。旺季的时候会倒弄虫草，淡季的时候就去旅行。另一个女生叫小侠，1990 年的样子，拿着相机，也是自由职业者，虫草松茸季的时候，就上拉萨，住在木棉的客栈里，没事的时候也满世界到处乱跑。这俩人像姐妹花一样，连穿着打扮都很像。男生叫藏青，看上去也一般大。刚追上木棉她们，飞到斯里兰卡，平日里也倒弄云南、西藏、青海这些地方的特产，看得出来，他们平日里就是相熟。

我曾经两次徒步搭车去往西藏，知道拉萨有一批年轻人，称为"拉漂"。他们从城市逃离，来到了拉萨，发现另一番天地，从而开启另一种生活。他们有的在拉萨摆摊，倒弄土特产，有的当了流浪歌手，有的开着客栈，旺季的时候赚钱，淡季的时候就去旅行。而淡季往往总是比旺季来得长。

在拉萨、大理、丽江有很多从城市里跳出来的人，他们爱上了这些地方的慢节奏，就此留了下来。他们从自己固有的生活中跳出来，发现世界上原来有着千百种生活方式的真相之后，他们选择让自己最快乐的一种。木棉、小侠、藏青就属于这样的人。他们有憧憬远方走在路上的朝气，也有着平静淡泊的生活。

高跷渔夫

第二天早晨，我与木棉他们告别，一个人坐大巴沿着海岸往回走。在昨天的火车上，我看到一群当地人在海上踩着竹竿钓鱼。对，是在海上！我也想尝试像他们一样钓鱼。

我来到了海边的小镇，随便找了家旅馆住下，随后换上了自己那套老旧的黑色背心与裤衩。

这件背心是老爸传给我的，旧背心宽松而柔软，薄薄的穿着很舒服，一直伴随我旅行多年，舍不得还给他，以致后来再也还不回去了，也就一直带在了身边。

我想等以后我有了孩子，也要传给他，让他穿着去旅行。

背心和裤衩是海边的标配。我回到之前看到的海边，只见一群高跷上的渔夫正坐在竹竿上垂钓，木头做成的长杆，笔直地插在离海岸十几米远的海里。长杆上半段有一个横杆，像极了小时候的高跷，就这么倒插在水中。当地渔夫坐在高高的横杆上垂钓，一手握着钓竿，一手扶着高跷稳定身体，着实有趣！海中立着一根根高跷，同横杆上垂钓的身影互相映衬，成了斯里兰卡最美的风景线。

美丽的风景线总吸引游客前来拍照，于是这里有人开始帮忙拍照。赚点小钱，无可厚非。不过拍照并非我来这的目的。我要去钓鱼，我要像他们一样去钓鱼，我要融入这高跷渔夫的生活，这多么的美妙！

迎面走来一个渔夫先生，问我要不要拍照，好像几块钱就能帮忙摆拍。我说："我不想，我要去钓鱼，像你们一样去钓鱼。我给你15块钱，你把鱼竿租给我。"他有些诧异地看着我，然后露出了开心的笑容。可能他笑我想跟他们一起钓鱼吧，也可能是他手里那根树枝加细线的家伙，根本不值15块钱。

他开心地笑笑，说："好，好，我带你去钓鱼。"

他带着我向远处无人的海边走去。我们来到一间小木屋旁，房子前面的海里插着一根根的高跷。他说，这是他自己的家门口，当地渔夫的家门口都会插着一根根高跷。以前海边家家户户门口都会插着一根根竹竿，这是祖辈赖以生活的生计，不过现在越来越少了。

见我没有鱼饵，他笑着把别在腰带上的一个麻袋解下来，系到了我的腰上。小麻袋里装着些许用来钓鱼的小虾。因为上下竹竿不方便，所以钓上来的鱼也放在这个小麻袋里。

我准备就绪，他说："好了，你上去吧。"

我问："怎么上去？"

他指着海中央的高跷说道："游过去。"

我怀着兴奋的心情，腰上系着麻袋，手里拿着钓竿，一头扎进了水里，向高跷游去。这办法真实用，腰带一收，麻袋里的小虾和鱼就不会跑出来。我游到竹竿边，学着他们的样子，一口气从水里向上爬，有顺手的工具，爬上去倒还算顺利。然后我也坐上了高跷。我对着渔夫摆摆手，示意我自己钓就可以了，不用管我。渔夫一直在岸上笑着看我。见我也懂水性，于是就不管我，笑着走开了。

远处的夕阳照射在海平面上，波光粼粼的，静静地看着海中央水面，想象着他们世世代代的渔夫，都是这样坐在高跷上垂钓，仿佛时光，回到了那个时候，我也是他们其中一员……

火车上的温暖

我在海边当了几天渔夫，白天垂钓、游泳，傍晚回旅馆，把钓上来的鱼吃掉。

随后我又在沿海的几个小镇探索，一个人生活了一阵子。接下来，我只身前往"绿野仙踪"。我坐着同样的火车，向海岛深处前进。周边是茂密的森林，弥漫着茶的芬芳。火车在雾气笼罩的密林里穿梭，看不清车头的方向，好像要驶入那"绿野仙踪"的深处秘境，那里充满着精灵，如果这世上有精灵，应该也就生活在类似这样的地方吧。

随着夜幕降临，火车尚未到达目的地。天色渐暗，车厢里泛起了暗黄的灯光。车厢里的人们处之泰然。外面漆黑一片看不到风景，车里就响起了音乐。

这个音乐并不是火车发出的，而是一个当地的小哥在身上别了一个小收音机。一路下来，我发现当地人经常随身挂着一个音响，在坐车的时候播放。那小哥突然站到了我身边，随着腰间音乐的播放，对着我放声歌唱，举手投足间充满了热情和欢快。

我咧着嘴平静地看着他，旁边靠窗坐着的老人也在看着。老人随着节奏慢慢地敲着桌子，打起了节拍，然后对面坐着的当地人，也跟上了节奏。节拍从少到多，越来越快，越来越多的人加入进来。他们敲着桌子，拍着手，你看看我，我看看你，藏不住的快乐！甚至有些人起身拍起了车厢和身边的车窗，当作打节拍的工具。我随着他们的热情，也早已敲打着桌子，融入这场音乐的盛宴。说是音乐的盛宴，却更像当地人的社交方式。此刻，车厢里的人不管是否相识，大家沉醉在同一首歌里。反正都无聊，何不一起狂欢？

在这场音乐的狂欢里，火车到达了终点。大家起身同身边的人作别，脸上挂着笑容下了火车，消失在夜幕里……

生计的忐忑（印度）

印象中的印度，火车上挂满了人，肮脏的街道，特殊的信仰，充满了神秘和畏惧，可真正深入了解过它的人，又总是那么流连忘返。

赚钱之道

赚路费的焦虑，总是会充斥着刚开始的旅途，让你拘谨前行，随之又开动脑筋，只要你相信，旅途是饿不死人的，总会豁然开朗。

我在孟买待了近一周，事实上，我在等一个人。我要向他讨教赚钱的方法。他曾走过大半个世界，赚了个盆满钵满。他在印度的另一座城市游玩。我们相约在孟买见面，所以我在等他。

鹏鹏的到来，是在我到达印度一周以后。他是我多年前的老朋友了，上一次相见是在 2017 年第二次徒步去往西藏的时候。那时候在拉萨，鹏鹏给我介绍了好多环游世界的朋友，他们每个人都去过好多地方。那一刻，我才知道，原来真的有人可以活成自己渴望的样子。

我和鹏鹏相约在咖啡馆，聊到深夜才分别。鹏鹏告诉我，走世界的人，都各有各的赚钱方式，有开公众号的，有拍短视频的，有与旅行杂志社合作写东西的，有带线路边玩边赚钱的，有代购各个国家特产的，等等。这些在路上的人都会选择喜欢且合适的方式维持旅途的开支。总之，环游世界有千百条生计，没有一个人是饿死在路上的，更有甚者，买房买车，比在大城市赚得还多。

赚钱的方法有千百条，而走在路上你更会开动脑筋，总比在那小格子里循规蹈矩要强一些，因为你一直在思考。人嘛，赚点钱不就为了养活自己的梦想吗？

听着鹏鹏娓娓道来，我心里因为钱而忐忑的内心，稍稍平静了些。虽然我一直坚信我哪怕讨饭，也会把路走完。可这，却是此刻踌躇的一剂良药，让旅途的内心多了一丝安定与信心。

那天夜里，从咖啡馆出来，望着天上高悬的月亮，顿时觉得这一周为了讨教的等待都是值得的。当你有目标的时候，行程总不会迷茫，当你决定跨出去的那一刻，路总会铺在那里。

我满怀信心地回到旅馆，彻夜不眠，翻来覆去地琢磨鹏鹏的话。总结下来这些旅行者赚钱最快的方式就是代购。路过的每一个国家都有着风靡世界的特色产品。比如伊朗的藏红花、土耳其的玫瑰水、埃及的香水等。做每个国家最出名的那几种东西的生意比利润很高。有时候利润甚至高达 100%，因为除掉进口到国内的层层经销商，这就是一手的"小型外贸"呀，这些东西又好，国内渠道又没普及，所以很是畅销。而我们走的又是正规渠道，只不过打通货源而已。

第二天清晨出门，我开始游走在印度各大市场找寻印度最出名的特产，并与商家讨价还价，进行初步的物流带货渠道摸索。经过几天的摸索，我发现了一种叫"睫毛增长液"的护肤品。这是一种神奇的东西，能在一个月之内，让睫毛真正地生长变长。天哪，这要是在国内，得让多少女生疯狂，想象着国内女生的爱美之心与激动的心情。

回到旅馆，躺在上铺的床上，可随之而来的，是半宿忐忑。

代购？我曾经可是城市里精英"得体"的形象，这样子发朋友圈好吗？我的人设呢？我有些抹不开面子。在半宿理想与面包之间的挣扎之后，我终于发出了第一条关于代购的朋友圈。

第二天，我被各种咨询和收款消息惊醒。天哪！就一条朋友圈，一夜的时间，六千块钱的盈利！这钱也太好赚了吧！

想象着自己曾经没日没夜地奋斗与这短期高收益之间的落差，脸上不免泛起一丝苦笑。至此我不再为旅费拘谨和忐忑。

我怀着赚钱的喜悦和激动，在清晨早早出门，做着一个勤劳的"商人"。在接下来一周的时间里，流连于印度商贩与手机屏幕之间，每天的清晨都被一条朋友圈，盈利两三千的一个个红包惊醒，一周都是如此，化身成了一名铜臭味十足的商人。

在一周过后，在最初获得金钱的喜悦中，我也逐渐平复了心情，在某一个半夜陷入反思：

"你这些天都在干什么？旅行的目的又是什么？"

"是为了理想，还是为了赚钱？"

"你当初抛弃高年薪，出走的初衷是什么？"

"那一句生活中不只有金钱，还有理想，被你抛到哪了？"

"这真的是你想要的旅途吗？"

在一夜的自问与愧疚的反思之后，终于下了一个决定：在之后的旅途中只准自己在周末发一两条朋友圈赚钱，剩下的时间留给旅行，留给理想。

很多人问我，关于旅途的主要赚钱之道，我也只讲到这里，在后面的国家我也是大致如此做的。

但记住：千万不要在旅途中，迷失了目标与方向。

孟买的街头

事实上，印度的街道并不像我们想象中的那么落后、贫瘠，它更像我们三四线城市。身处其中，有一种我们小时候生活的城镇的感觉。

炎热的午后，我漫步到孟买相对有名的一个景点——印度门。孟买的印度门为英国侵略者所建，是为纪念乔治五世和玛丽皇后访印之行。印度门守望在阿拉伯港口的码头，镌刻了日不落帝国的辉煌礼赞，也迎着海风承载了屈辱。

印度门像极了国内的打卡景点，围满了游客。印度的女性围着纱丽，安静羞涩地跟随在丈夫身边。而印度的男人们，手拿自拍杆，高举着手机，开着各种美颜软件疯狂自拍。或一人，或呼朋引伴集体面对镜头，变化着不同的表情。之后再将照片转发到社交软件上，满脸的得意和满足。

初见到这一幕的时候，我极度讶异！看着这些又自恋又可爱的印度男人，我很难将他们和危险联系在一起。

也是在孟买，我遇到一位独自走完印度的中国女生。她告诉我，她独自在印度玩了一个多月很安全，印度并不像国人所认为的那么危险。她刚来的时候也会有顾虑，可真正地融入之后，她说，她现在很爱印度！

这是她在印度的最后一天，以后她一定还会回来！

Angel 泰姬陵

我将前往印度之行最向往的地方——阿格拉。这里坐落着世界七大奇迹之一的泰姬陵。

我怀着激动的心情，踏入幽暗的城门，城门尽头一座宏伟的建筑映入眼帘。洁白无瑕的圆顶正被太阳照耀得闪闪发光。乳白色的大理石完美地让这座建筑看上去空灵缥缈，宛若仙境。

诗人泰戈尔说："泰姬陵是永恒面颊上的一滴眼泪。"阿姬曼·芭奴 21 岁嫁给沙·贾汗，入宫 19 年，用自己的生命见证了库拉姆的荣辱征战，也深得沙·贾汗的宠爱。自古红颜多薄命，阿姬曼·芭奴死后第二年，沙·贾汗开始修建泰姬陵。据记载，泰姬陵的修建耗时 22 年。漫长的工程也考验着一个男人到底有多长情。岁月变迁，莫卧儿帝国被无情地淹没在历史的长河里，但是沙·贾汗与阿姬曼·芭奴的爱情故事至今还在流传着。

泰姬陵也如同国内的万里长城一样，陵前早已排起了长队。人们踏着洁白的地面，见证着这旷世的爱情。身为外国游客，我享受着二等贵族的待遇，可以不用排队。

夕阳西下的时候，我脱了鞋，踩在礼堂的地毯上。透过门洞，看着泰姬陵在黄昏中的样子，一群蝙蝠绕着铺满霞光的建筑盘旋，像一群侍卫守护着这一滴爱情的眼泪。

瑞诗凯诗

恒河，养育着历代的印度人民，被视作圣河。信仰印度教的印度人一生有四件大事：敬仰湿婆，到恒河洗澡并喝圣水，居住在圣城瓦拉纳西，结交圣人朋友。

我背着40斤的大包走了好久，穿过一座吊桥终于来到了名叫瑞诗凯诗的湖边小镇。

这里林立着各种瑜伽修炼的学院，居住着世界各地前来学习瑜伽的虔诚信徒。他们吃素食、练瑜伽，过着集体生活。这里曾经也是披头士修炼的场所。

我坐在恒河边，看着眼前清澈的河水，顿时升起一股莫名的冲动：跳进去游泳，沐浴恒河水！

阳光正好，天气闷热，这不正是沐浴恒河的好时机吗？

不知为何，此刻并无人在河中游泳，我略有迟疑，但也随即起身，脱去衣服，悠然自得地伸了个懒腰，踩在河中的岩石上，慢慢把身子泡进了水里。恒河水分外冰凉，与燥热的岸边形成强烈反差。

我沐浴着恒河圣水，也像印度人一样把水往身上浇。接着举起手机，在河里给自己拍了一张沐浴圣河照，然后优雅地把手机放到了岩石上……

岸边几个弹着吉他的女青年正好奇地打量着我。我又悠然自得地伸了个懒腰，慢慢把身子浸入水中，缓缓向前游去，脸上露出了一副享受的神情……

咦，不对？怎么一划就游出这么远？

凭借下海两三个小时可以不上岸的水性经验，游出十米之后我就发现这水流不对，立马转换了踩水的姿势……可身体还是不自觉地往下漂去……

不对！是暗流！

这表面平静碧绿的水面下，竟然有着如此湍急的暗流，让人身体不受控制地快速向前漂去……

怪不得，如此清澈的恒河水里竟没人游泳、沐浴。结合之前岸上青年讶异的目光，我这下才恍然大悟……

在我思考之际，身体又已漂出十几米。我立刻不动声色地变换了泳姿，调换了游的方向，面部的表情依然是"云淡风轻"。

开玩笑？岸上几个吉他青年眼睛正一眨不眨地看着呢！

底下的暗流与表面的云淡风轻，泳姿仍旧保持着刚开始时的不疾不徐，可水面下却异常的用力……

事实上我并不慌，凭借多年在海里游泳的经验，我并不怕水。更重要的是，此刻慌也没用。这种时候，往往只需要保持镇定就好。

是的，哪怕用尽全力，对着底下湍急的流水，只能一点一点地挪着。十几分钟后，岸上的吉他青年，终于看到我"悠然自得"地爬上了岸，而我此刻内心却大大地喘了一口气，好吃力啊！

温暖的阳光，照射在恒河"沐浴"过后冰凉的身体上，我坐在岸边休息……

遍地是金还是沙（迪拜）

认知的偏差

以往我们总对迪拜充满着许多美好的想象：迪拜是一个多金的国度，遍地的黄金，满街的跑车，捡个垃圾能赚几十万，遛着老鹰、豹子在街上。

在印度待了一个月后我飞到了迪拜，忐忑地住进了近 200 元

人民币 / 床位的青旅。说实话，这可以说是我住过环境最差的青旅了，可是贵啊，来之前就被传闻吓到了，哪还敢在住宿上多花钱！

从斯里兰卡、印度一个多月的饮食生活与肉荒中出来，深有一种体悟，对于美食而言，只有我中华美食，才是世界上最伟大的饮食文化。随着古代喜马拉雅山脉把东亚的隔绝，后来饮食文化的传播，除了传到东南亚之外，后来与我们相隔绝的亚非美欧大陆，都再也没有烹饪、炒菜的技巧，他们除了煎炸烤之外，蔬菜永远只是生的，仿佛几千年都不曾进化一般，维持着原始的形态。

从印度一个月没肉吃的肉荒折磨里出来，沿路正好溜达到了附近的中国城。这里生活着许多华人，其中多是外来打工人群。人均每月四五千的收入，这样的收入在国内的一二线城市来说并不高，却要过着更高消费的生活。也许是因为遍地黄金的传闻来到这里，也许是随遇而安的性子不愿变动，他们随之也就在这边安了家。

我在华人超市买了一堆东西，终于买到肉了！好大一块肘子，竟只要 20 块！我兴奋地提着肉出了门，与一起拼车回城的华人眉飞色舞地炫耀道："肉诶！这里的肉太便宜了，这么一大块才 20 块钱！我终于吃到肉了！"我因为幸福而颤抖的手不住地挥舞着手头的肉。

华人朋友打断了我的话，向我投来疑惑的目光："你这不是榨菜吗？"

什么？乌江榨菜？

我低头一看，一块极似肘子的棕褐色物体的包装上，赫然写着"乌江榨菜"四个字！我的心情瞬间从巅峰沉入谷底……

从斯里兰卡、印度一个多月的肉荒中出来，深切怀念中华美食的味道。西餐，什么是西餐？当你真正经历100天没有进食中餐之后，你就会发现，对于中华美食的渴望，那是从小埋藏在血液里的深层欲望。

一夜无眠，第二天怀着兴奋的心情出门，去那曾经是世界上最高的建筑——迪拜塔，去那迪拜塔下面最大的商场里面吃肉！

站在公交车站等候，过了好久也没等到一辆车来。我狠心打了一辆车，竟二三十元起步。我的心脏随着计价表心惊胆战地跳动着。我强迫自己平静，侧着头认真去看这座城市。

这座城市的建设像是沙漠上突然拔地而起一栋栋高耸的大厦。每一段公路或者花园旁边满地是沙，也没有看到所谓的遍地黄金和跑车。唯一彰显它富贵的，就是那一栋栋高耸入云的大厦。

可是巍峨的建筑还是掩盖不了沙漠中城市的痕迹，谁会愿意生活在时常脚底进沙的城市里？哪怕它富得流油。跑车遍地、捡垃圾收入数十万、满地的黄金与遛豹遛老鹰的场景都没见到。

我在迪拜塔下面这个国度最大的商场里逛了一圈，没有找到一家合适的餐厅，太贵了！最后钻进一家环境最优美的快餐店，点了一份汉堡，可乐，一个汉堡70块钱！这是我吃过的最贵的汉堡了，不过在这个消费昂贵的国度里，已经算是相对便宜的餐食了。

随后，我坐在面对着迪拜塔的户外桌椅区，幻想自己已经融入了这世界上最有钱人的生活，慢吞吞地品尝着手中的肉食。内心也渐渐变得平静，流露出了一丝丝满足。那是一个月吃不到肉，突然而来的幸福啊！往往一些简单的欲望，在你阔别许久之后，突然的实现，那将会是难以言说的快乐！

迪拜塔很高，站在塔楼的顶端，俯瞰这座城市，仿佛能更清晰地看清它的全貌。在高楼和现代科技的包裹下，仍旧掩盖不住这满城的风沙。

第四天的时候去冲沙，这于我而言是很独特的体验。一辆越野车在沙漠里飞驰了一下午，然后骑着骆驼在沙漠里行走，才两百多块钱。傍晚的时候去当地的一个沙漠营地，沙漠的中间一张张桌椅，与地毯、营帐，形成了夕阳沙漠里的一片绿洲。

说来奇怪，消费虽贵，很多当地的项目倒很便宜。我和同车的一位中国小哥坐在波斯毯上抽着廉价的水烟。我们两人像当地阿拉伯人一样头上围着头巾，对面而坐，抽烟聊天。

"你来多久了？"

"一周。你呢？"

"五天。你来玩吗？"

"嗯，旅行，接下来还要去伊朗，你呢？"

"我假期出来玩一周。"

"这里好贵啊，你花了多少钱？"

"我 7 天花了 15000，还好，你呢？"

"我 5 天花了 1500。"

"1500？"

"对，1500。"

"我住宿每天就得 500，明天还要去换那 1000 块钱的住。"

"嗯，我住 100 多块钱的。"

"我明天还想去坐直升飞机看看这个城市就回去了，这里坐飞机很便宜。"

"我觉得很贵，我不坐。你收入很高吗？玩得很奢侈哦。"

"没有，一年十几万吧，可是没有时间呀，旅行嘛，就要花钱的，享受享受嘛，平时也没时间。"

"哦，我就时间多。"

这只是我俩很平常的对话。并不是说小哥的旅行消费有错，我很欣赏他假期出行的消费理念。其实旅行无所谓对错，关键是自己要喜欢。

很多人对旅行心向往之，却又充满困惑不敢出发。迪拜是这个世界上消费最贵的国家之一，你可以两万一星期地玩，也可以两千一星期地体验生活。只不过看你选择哪一种旅行方式而已。就像之前所提到的，非洲大陆大部分国家只有人均500元/月的收入，而中东只有两三千，南美洲只有三四千，他们都照样地生活着。换作是你从更富裕的城市生活中而来，为何就不能生活呢？

旅行其实并不需要多少钱，穷有穷的玩法，富有富的乐趣。

旅行并不一定要花很多钱才能实现。可一直困在内心的焦虑和恐惧却给了自己一个遥遥无期的关于诗与远方的借口。

我不喜欢这个国度，因为它很贵。生活在这里的人们虽然有钱，但没有真正的生活，这只是一个沙漠国度。

被封锁的善良（伊朗）

除去亚美尼亚与阿根廷，伊朗是我走过的最喜欢的国度之一。这里有最善良的人民，这里有最美丽的人儿，这里有最契合的挚友，这里还有着封锁不住的善良。

我坐着老旧的地铁去往另一座城市，那里有好友在等我。

可我并不熟悉当地的路线，不知道怎么去。同一车厢的小哥悄悄靠近我，向我投来探寻的目光。事实上，我并没有表露出什么，他却主动靠近，比画着手势。从手势我可以看出，他并不懂英语。看着他渴望交流的迫切眼神，我拿出了翻译软件，他对着翻译软件敲打了一段伊朗文字："请问，我有什么可以帮你的吗？我亲爱的朋友？"

瞬间一股暖意流遍我的全身："我想去这个地方。"

其实就算不问他，我到了站也能找到，只不过需要多费些功夫。他看到我输入的地址，然后思索一番，又用手机同我交流起来。而旁边邻座的人们，也都投来友善的目光。左手边的大叔也探过身子，想一探究竟。

原本同小哥的"交流"是很隐蔽的，可不知为何越来越多的人向我投来善意的目光。

旁边的大叔和小哥开始交谈，因为小哥并不确定这个地方在哪，他们热烈地讨论着。看他们焦急的样子，好像帮不到我是一件很重要的事一样。

对面坐的大哥也探过脑袋，他好像会一点英语。

"Where are you from?"

"China."

"Oh，Qin，welcome."

他们称我们为"秦"，好似从古代开始，波斯对我们中国的称呼，就源自秦朝，称我们为"秦"。

这位会英语的大哥也加入了争论的行列。最后，在他们与周边他人再三确认无误后，会说英语的大哥才郑重其事地说："这个旅馆，你应该从这个站下，然后这么走……"最后他在地图上很详细地标注给我，才如释重负地微笑着回到自己的位置。

散落人间的天使

在德黑兰的青旅，我见到了 Alex。貌似八几年的面孔上，戴着一副金丝眼镜，蓄着和我一般的长发，透露着一丝文人的敦厚以及旅行者特有的随性。

Alex 是旅行圈的网友，恰巧大家都在伊朗，于是相约一段。尽管我们只相约走过一个国家，却因此结下了深厚的友谊。我们志同道合，趣味相投。我们都喜欢看书，而他是我所见过的旅行者中，最富学识的人。

在一番随意的交谈之后，我们一见如故。旅行者总是这样。刚开始的相遇就好像自带磁场，他们或投缘，或不合拍，一下就能感受得出来。他们大多独立、随性，简单而又坦诚。比起日常的社交少了一分利益与隔阂。

走在德黑兰的街头，我和 Alex 忍不住惊叹。

"美……美……美女！"

"你看，你看，那个漂亮！"

"天哪，这个好像刘亦菲！"

"这个可比刘亦菲还好看！"

"你看，那个高鼻子上又贴着纱布！"

"贴着纱布也好看。""这个漂亮，这个漂亮！"

"这个也贴着纱布！"

"她们为什么贴着纱布？"

我和 Alex 像两个"老流氓"一样，惊叹着满街的伊朗美女。我们简直被这异域的美和惊艳撞了个满怀。

"咳咳咳，正经点……"

伊朗的姑娘整体颜值都很高，长长的睫毛下是深邃而又明亮的眼睛。高高的鼻梁、洁白的皮肤，站在远处温婉地冲你直笑，简直销魂蚀骨，摄人魂魄！

她们带着与生俱来的美丽，游走在街头。如果有人，突然打开上帝封印的面纱的话，我想这里就是散落天使的人间。

然而天使们却不知自己的美丽。更令人想不到的是她们会以矮鼻梁为美。"你们中国姑娘才漂亮呢！"在她们眼里，东方姑娘的小巧可爱和矮鼻梁才是美的。所以当地但凡是追求美丽的姑娘们都会刻意做小手术把高高的鼻梁削骨然后等待着纱布去掉的那一刻，鼻梁就可以矮一点点。这也是我们在街道，总会看到伊朗美女的鼻梁处贴着像 OK 绷一样小纱布的原因。

关于审美这事，从古至今，从本国到异域，从来就没有统一的标准。

外在的美千姿百态，而内心的美才是亘古不变的永恒吧！

封锁不住的善良

夜幕降临的时候，Alex 和我决定去找吃的。从印度到迪拜，我已经好久没吃肉了。此刻，没有什么能够阻挡我对肉食的渴望！据 Alex 说，当地的羊肉非常好吃，我们打算去吃羊肉，可怎么也找不到满意的餐馆。这时候遇见一位会讲英语的老者，花白的头发，简朴的穿着，和蔼的笑容，一副当地人的气息，我们就去向他打听。

大叔显得非常热情，并邀请我们去他家里吃饭。我们起初不好意思连说："谢谢，不用客气，我们去吃羊肉就好了……"

后来才知道，在伊朗人的观念里，邀请外国友人到家里吃饭是很荣幸的事。对于他们来说我们就是天使，邀请天使到家里，是会带来好运的。

老者也不指路，说带我们去，一路寻找，好像完全当成了自己的事。走了大概近 2 公里，终于找到一家令他"满意"的羊肉餐馆，然后耐心地询问我们想要吃哪个，再三确认之后，跟店里的人用伊朗话交代了起来。

大盘大盘的肉很久没见了，这一顿我们吃得分外满足。看着我们狼吞虎咽的样子，老者也满脸欣喜。最后还询问我们明天想去哪里玩儿，他可以带着我们去，只不过他没有手机，他说会在遇到的路口等我们。

我们当时没有太当真，殊不知第二天他在那里等了好久。

第二天的傍晚，我们早已把昨天那看似随意的约定忘记。Alex 一早跑来告诉我，他在某某集市的路口看到一家羊肉店，里面有一整个一整个的羊头吃，这是我们在攻略上一早看到的，向往已久。随即我们就出门了，向着另一条路走去，与相约越走越远。

蹭吃蹭喝

在卡尚郡，我与 Alex 暂时分别，他将去往另一个城市而我留在了伊朗的这个玫瑰小镇。这里有着全伊朗最著名的藏红花与玫瑰精油。

德黑兰的街头，充满着靓丽的身影，年轻漂亮的女孩虽然裹着头巾，但都花枝招展，色彩斑斓，时尚又新潮。而这里会见到我们印象中裹着黑色头巾的姑娘。伊朗的宗教传统要女孩子把美丽的长发裹住。

想到之前一个来此旅行的长发朋友，遇到的情景：

"嘿，girl，你要把头巾戴上！"

"I am man."

……

幸好，我看上去不像女孩。

傍晚的时候，全城响起了清真寺的钟鸣。那是祷告的声音，在伊斯兰教的国度里，每当傍晚或者清晨，在他们祷告的准点时间里，全城都会响起这种声音。这一种声音，后来一直伴随着我从伊朗走到了约旦，仿佛进入了另一种世界，慢慢地也就习以为常。可是刚开始总是会很兴奋，那是一种独特而又新奇的感觉。

卡尚小镇分布着各种大大小小的清真寺，有些看起来宏伟而又辉煌，但更多的是不起眼的小房子上竖立着清真的星月标识，这是当地人随时要去的祷告与休闲社交的场所。

听着钟鸣，随意路过一个不大不小的清真寺，它不像传统认知里那种高大而又洁白的圆顶建筑。方形的房子里，门口两扇老旧的木门，进门处摆放着一堆拖鞋，当地人三三两两很慵懒地走了进去，像去邻居家串门。在我的概念里，去做祷告不应该是穿得很整洁的吗？原来在他们的世界里，这就好像去邻居家吃饭一样。出于好奇，我也探着脑袋慢慢挪了过去。门口的凳子上坐着一个老大爷，现在人们都已经进到里面了。我对着老大爷一笑，冲他示意道："我能不能进去？"

他看懂了我的来意，笑了一下，表示这里可以随便进，你只要穿拖鞋就行。然后他笑着把我领了进去，给我找了一个靠墙的地方，示意我随意坐就行。我在墙边的长条石凳上坐下，好奇地环顾四周。这里并不像外面看起来那么狭小，偌大的空间里铺满了波斯地毯。三三两两的当地人匍匐在那里祷告，周边有一圈砌起来靠墙的石台，用来休息。更多的人像我一样围坐在墙边，面前的小桌子上放着一些茶点。人们或坐或半躺地聊着天，邻座的人也会对我投来友善的目光，并举杯，向我表示欢迎和问候。有个老人端着盘子，里面装满了茶点向我走来，笑着问我："Tee or coffee？"

见我有些犹豫，他看出了我的意思，随后笑着说道：

"这些都是免费的，你想喝什么随便拿就行。"

"那，那 coffee。"

他笑着放下了一杯咖啡跟一盘点心给我："你叫什么？"

"秦。"

"哦，秦，欢迎你，慢慢享用。"

然后退了开去到下一桌去送茶点。

我学着当地人的样子坐在那里悠闲地喝咖啡，吃点心。正好这会还没吃晚饭。味道还真不错。我尽情地享受着免费的食物。

正当我吃完，意犹未尽的时候，老者又端着盘子过来笑着给了我两盘点心还有一杯茶和咖啡。

"在这里吃的、喝的都不要钱，不用担心，好好享受。"

我欣然接受，随即在想：这也太好了吧，是所有清真寺庙都这么免费吃喝，还是只有伊朗是这样的？这样的话，来伊朗旅行钱都不用花？当地人会热情地邀请你去家里睡觉，清真寺里又能免费吃喝。

在吃饱喝足之后，我把双手交叉背在身后，同当地人打了声招呼，信步离去。

在之后的几天里，我都在清真寺里免费吃喝。

7000 年古城

在亚兹德我同 Alex 再次相遇。我们住在当地一家华人旅馆里，女孩子是华人，丈夫是伊朗人。土黄色的建筑像《大话西游》里至尊宝的山寨，高高的围墙把院子围住，院子里、客厅里铺满了漂亮的波斯地毯。院子上空是平层天台，顺着旋转楼梯爬到高处，看着小镇满眼土黄色的建筑，内心感慨万千。

小镇的远处是沙漠，沙漠的尽头是悬崖，像五指山一样把沙漠与小镇挡在了这一边。颇具诗意，我穿着背心与裤衩，站在天台上唱起了歌："在那遥远的地方，有位好姑娘……"歌声在沙漠和古城上空飘荡。

起风了，风沙从五指山上吹来。眼看不远处的沙漠刮起了沙尘暴，两股龙卷风在沙漠里游荡着，铺天盖地地向古城卷来。

远处的沙漠灰蒙蒙一片，而刚刚还大亮的古城，瞬间被灰暗笼罩。我站在台上，眯着双眼抵挡着风沙。"风头如刀面如割"，可我不愿错过这生平第一次见到的沙尘暴。

沙尘暴终于过去，夕阳也已落下，我顺着围墙爬到了我房间的屋顶。客厅顶上平层的梁与天台形成了一座城墙的模样，像极了至尊宝与紫霞仙子最后相拥的那道城墙。客厅底下是五彩斑斓的灯光，与天台上的月光形成了鲜明的对比。我仿佛看到了至尊宝与紫霞仙子在月光下站在这里相拥的情景。我不觉思绪万千，下意识地放响手机里的那首《一生所爱》：

"从前现在过去了再不来，红红落叶长埋尘土内，开始终结总是没变改，天边的你漂泊在白云外……苦海翻起爱恨，在世间难逃避命运……"

我和 Alex 商量着去沙漠露营看星空。上午的时间分头去买点东西。走在古镇的路上，遇见几个穿黑袍的年轻姑娘，想问能否帮其拍照，她们羞涩地跑开，回头还不时望望。

古城还是古城，偏远地区的伊朗姑娘，与德黑兰的落落大方与花枝招展形成了鲜明的对比。

在路口的一家烧饼铺，看到了一个大叔在烤当地的烧饼，很像新疆的馕，看到当地人会招呼几声。我也探着脑袋过去，示意他我要 2 个烧饼，问他多少钱，大叔好像听不太懂，就对我笑笑，示意我要什么随便拿，我泰然自若地拿了几个烧饼，与冰箱

理想的实现——环游世界 500 天

里的两大瓶牛奶，又问他多少钱。

大叔一脸的错愕笑了笑，示意我拿去拿去，没关系。

又留下了我一脸的错愕。

然后还是拎着这"免费"而来的食物欣然离去。

我们驱车来到沙漠深处，漫天的风沙，无尽的黄土。沙漠里有几个土球堡，球状的小堡就像太空与南极里的那种圆球小房子，通体的球形与一扇小门，孤零零地散落在这一望无际的沙漠里。司机大哥和看门的当地人交代几句就扬长而去。老板告诉我们，他晚上也不在这里，扔下一把钥匙就离开了。

我和 Alex 兴奋极了！撒了欢儿地在沙漠里奔跑，从一个又一个的沙丘上滚下去，一会儿扎在沙里，一会儿去滑沙，像两个脱了缰的野孩子，玩累了就坐在沙丘上看夕阳。等天空和大地相拥的时候，我们也就躲进了沙球里。

一个人高的沙球里什么都没有，只有几扇窗户。开了窗可以看外面的沙漠星空。我们用里面的一大瓶水简单冲洗一下，随后就躺在了各自的防潮垫上彻夜长谈。

Alex 是年轻的大学教授，精通国内外的历史。在路上的很多人会玩心比较重，玩过就玩过，而 Alex 每走过一个国家都会深入研究这个国家的人文与历史。而我对这一切，也同样充满兴趣。

Alex 对我说："它从哪里来，为何形成这样？每一个国家的现在，与它的历史进程有着密不可分的关系。只有知道它从哪来，才能更客观地看待它的现在。"他还给我推荐了一本书《全球通史》。在后来的旅途中，这本书都一直常伴我左右。

一夜无眠，浩瀚银河的星空下，在这无尽夜色的沙漠球堡里，只有两个年轻旅行者孤独的身影。我们激情澎湃地畅谈着历史，这是我与 Alex 友谊的开始。以至于一年后我回国换护照期间，在各大城市开办旅行分享会的时候，他从千里之外飞来，赶这一场友谊的盛宴。

那是我与 Alex 最后一次见面。

打破认知的感动（亚美尼亚）

亚美尼亚是体验欧洲生活的最佳去处，源于它的低消费的欧洲小镇生活。

从伊朗往上走就进入了亚美尼亚，完全进入了另一种生活场景，这里是我第一次接触到白人与欧化的生活。这里环境优美，生活节奏很慢。

刚入境的时候我曾在一家旅馆里看当地新闻。那是一家老太太的民宿，老旧的陈设充斥着中古欧式的生活气息，电视新闻里播着日常的琐碎小事。虽然语言不通，但看他们的电视新闻，连一个小孩摔倒，也算一件大事。在这个小国里，每天没什么大事，可见此地的安定和谐。

广场上的喷泉边与每一条道路的旁边，都会有三三两两的路人伏在那里喝水，这个国家的水都是可直接饮用的。每路过一个街头，都会有饮水的小喷泉。这对于一个节俭的旅者来说是极好的事！

警察找包

塞凡湖是一个美丽的小镇，碧蓝的湖水像极了西藏高原上的羊湖，平静的湖面微微泛着蓝光，像一面蓝色的镜子。天空中不时会有白色的大型鸟类盘旋、飞翔。

我站在半山腰的一座老教堂边，这是一座很老很小的东正教堂，最多只容得下几个人。从教堂出来，面对着蔚蓝得像镜子一样的湖面，微风吹拂着我的脸。我喜欢这美丽而又灵动的气息，我决定在此多住几天。

当地人领着一个金发碧眼的小女孩在湖边玩。这里的小女孩真好看，金色的头发，蓝色的眼睛，像芭比娃娃一样的脸蛋，冲我毫无警惕地微笑着。她的父亲是一位络腮胡子大叔，一双淡然的眼睛，平静地抽着烟。这里的人和湖都有着安定祥和的淡然气息。

我走到湖边村庄的尽头，住进一个像 UFO 一样的建筑里。这是一个著名设计师设计的酒店，伫立在湖边已有 100 年了。

过去国外贵宾都会来这里住，但是现在没落了，像个家庭旅馆一样。只有房东一个人住在里面，敲半天门才找到他。房东先生给我拿了杯果汁，就很绅士地离去了。

坐在 UFO 建筑里，一整扇落地窗正对着湖面，我静静地享受这份雅致的贵族待遇。

在湖边烧烤、晒太阳过了两天平静的生活，就想起去镇上溜达一圈。不是很远，我就决定走路过去。我背着随身的小包就出门了。

我心情极好，不紧不慢地走着，突然一辆绿色老式宝马车子开过，停下车，探出脑袋问："你要去哪？"

"镇上。"

"上来吧！"

"我不打算坐车。"

"不要钱，朋友，不用客气！"

很随意的搭话，我道了谢就上了车。也许在当地人看来就是很随意的一件事情，可我还是感受到了温暖。同当地大哥随意地闲聊着，聊着聊着也就到了镇上。他问我哪里停，我就说最大的超市就好。

我想去采购点东西，超市也总是在最中心的位置。和大哥道别之后，我悠哉地逛进超市，买了一根冰棍吃，边吃边逛……吃着吃着，我突然意识到——包！我的随身包呢？糟糕！不小心落宝马车上了。

完蛋了，我并没有留下大哥的联系方式，也不记得他的车牌号码。包里有护照，银行卡，还有手机！

真该死，今天怎么把护照带出来了？其他东西都还好，中国人出门旅行，任何东西丢了，买个手机就可以重新出发。可是护照是最重要的东西，我一般都把它放在 7.5 升的大背包里，今天怎么带出来了呢？

焦虑自责，不知如何是好！几分钟后，慢慢变得平静。遇到事情，冷静思考解决就是。

我站在超市门口，等了半天，期待大哥会看到后座的背包。他要发现了铁定会给我送回来。可是，他要是停车直接回家了呢？毕竟是很小的随身户外包，并不起眼。等了一个多小时之后，我确定，大哥估计是没看到包下车回家了。

在我看到路上好几辆绿色的宝马开过，可都没有停下来。我决定主动去寻找，边逛边寻找。小镇说大不大，可要都逛下来每一条小巷的话，也要好几个小时！小镇的另一边还紧挨着另一个小镇……

走过了几条街道之后，我决定放弃这种无谓的寻找行动了。思考一番，决定找辆出租车带着我边看边找绿色宝马车。跟出租司机说明缘由之后，大叔倒显得比我还着急一些，当即拉着我沿路找车，他还通过对讲机，发动他的朋友们帮我一起寻找。随着时间的推移，看遍大街小巷的绿色宝马车，都没找到我搭的那辆。

我内心想着还是算了，大不了回到埃里温，去中国大使馆补办吧！可天知道这需要多久，耽误了行程着实可惜。

就在我做了最后的打算、决定放弃的时候，司机大哥这会把车停到了一个看上去很不像警察局的警察局门口，他说"警察可以帮你"。我接受他的建议，并不抱着太大希望地随他走进警察局。司机大哥跟几个白人警察郑重其事地说明情况之后，对我说了句"放心，警察很尽职的"就离去了。

一个年长的白人警察郑重其事地向我询问了具体细节之后，就去处理了，叫我放心等待。不过我不知道车牌号码，这让他们找起来，也着实困难。

我边等待边打量着警局。这里和国内不一样，前厅里是一个办事窗口，用铁栏杆隔出办公区域，里面就坐了两三个警察。年长的警员走过来，笑着问我要不要跟他一起去吃饭，怕我饿着。我说不用了，不客气，并表示感谢，然后还是依旧等着。

具体他们通过什么手段在处理，我也不太清楚，只知道年轻的警员不断地在打电话和调监控。时间大概过了一个多小时，进来一个西装革履的胖先生，径直过来打招呼，询问我怎么了。

我说我的包丢了，他们在帮我寻找。

他说你在这里等多久了，我说一个多小时吧。

他皱了皱眉头，然后邀请我跟他一起去二楼。

我随着胖胖的绅士先生上了二楼的办公室，他给我泡了杯咖啡，然后表示他是这里的警察局长，笑着安慰我说叫我不用担心，他们会帮我找到包的。然后拿起电话，突然变了一张脸很严肃地对电话里说着什么。这一点也不像刚进办公室笑盈盈地安慰我的胖先生。不大一会儿，进来一个穿迷彩执勤服、一脸胡子的大汉。胖先生一见胡子大汉，就劈头盖脸一通训斥。大概是说怎么害得我受惊吓，为什么让人在这里等这么久，连个包也找不到吗？

于是胡子大汉马上又打电话确认了一下。回答说因为没有具体车牌号，下面的人在不断通过各种渠道去寻找。

胖先生听了很生气说："你不会边开车边寻找吗？"

大胡子警察，立马严肃地表示收到！

然后，胖先生又突然变换着脸对我笑着说道："不用担心，亲爱的朋友，这是我们警局大队长，他现在会亲自开车带你去寻找。"

我看着胖先生满脸堆着笑，顿时觉得一阵不好意思。这也太郑重其事了吧！

我随着大胡子队长走出警局，坐上一辆硕大的吉普警车。我告诉他之前找过一轮没找到。他说没关系，带我再重找一遍。我坐着警车在街上办事，感觉拉风极了！坐警车出去办案，有种外国电影的即视感。我正遐想着，大胡子突然按响了警铃。原来是一辆看上去神似绿色宝马车从旁边开过，队长眼尖，立即叫停。绿色宝马车主停下车很亲切地跟警察队长递支烟，询问情况。就像是邻里间的打招呼一样，这边的警民关系令我感叹！

大胡子跟宝马车主笑着说明了情况，车主跟我说了声抱歉，没能帮到我。警察局长又回到车上来。又一个小时过去了，依然没找到我的包，但这已经弄得我确实有点不好意思了，便对大胡子说："算了，没关系的，警察先生。我们今天已经把整个小镇都翻了个遍，确实没有就算啦！说不定那辆车是外地的呢，不过确实真的很感谢您！"

他说："那好吧，你住在哪？我送你回去？"

我说："不用，我住在塞凡湖边，打个车回去就好。"

大胡子说："不用客气，我送你回家，很便利的！"

于是队长又载着我向湖边开去。

经过湖边村子的时候，队长又职业性地指着一辆停在村民家门口的绿色老宝马询问："你说会不会是这辆？"

我眼睛一亮："看着挺像……"

我们下车来到村民家门口。我探头往车后座一看！顿时惊喜万分！

包！我的包！就是这辆……

天哪！我真是蠢货！一直以为那辆车是回小镇上的，却忘了是湖边村民去镇上办事的可能性。天哪，我这个蠢货！然后看着车主大哥出了门，看到是我，笑着问："是你呀！怎么啦？"

我说："万分抱歉，不小心把包落在了车上，我一直在找您。"他惊讶地过去开了车门。我的"小绿"正躺在不起眼的小角落里。大胡子也开心地同绿色宝马车主交谈起来，大家都为这件事的圆满落幕感到高兴。

随后大胡子队长笑着对我说："事情总算完美处理完了，那我回去喽。"说真的，当时除了对他表示万分感谢之外，我真的想写一封感谢信去他们警局，为自己这一份从来没体验过的感动，与他们办事的尽心尽职。大胡子队长说了一声"不用，一桩小事而已，这是我们应该做的"，然后又跨上那辆大吉普警车，扬长而去……

这会儿的天色，早已暗了下去，我站在塞凡湖边的暮色里，感受着这一股如烈日般的、他们却习以为常的温暖。

地窖里的红酒（格鲁吉亚）

格鲁吉亚也是一个很小的国家，它和亚美尼亚、阿塞拜疆并称"高加索三国"。

格鲁吉亚在世界上最有名的是它的红酒。这里也是欧洲最早的红酒发源地，至今还保留着古老的陶罐酿酒技艺。

在东欧国家，其实更多的人只喝格鲁吉亚的红酒。因为斯大林就是这里的人，也有一款酒叫斯大林。格鲁吉亚红酒在欧洲其实比法国红酒更出名。只是在中国大家多追求法国红酒的格调，而格鲁吉亚的红酒却鲜为人知。有一句话是这么说的："我们在喝着法国的红酒，而法国人却在喝格鲁吉亚的红酒。"

这里红酒就像矿泉水一样便宜，你会看到街头各种酒馆门口，餐厅门口，店铺门口，人们悠然地坐在那里，喝着几块钱一杯的红酒。这些红酒要比我们国内那些勾兑的酒更纯粹、更好喝。可这十几块钱一瓶的红酒来到国内，经过经销商层层的加价，也就成了几百几千一箱。

红酒文化

溜达在第比利斯的街头，你除了会看到满街红酒感受悠闲的小资情调外，还会被扑面而来的文艺气息所震撼。大街上有人卖着现场画的油画，还有各种老旧的书摊，哪怕是一个路边的公共花园圆椅上，都会摆满了各种老旧的书籍，售卖着，翻阅着。这是我见过全民都爱阅读的国度，到处散落着书籍与油画。

有的艺人坐在街头聚精会神地画着油画，连你路过他们的画摊，都不会抬头看你一眼，好像他们不是来卖画的，更像是坐那里画画的。只为了画而画，售卖只是顺带的，他们专注地沉浸在自己的艺术世界，令你不忍打扰。

我在街上闲逛，跟酒家要了杯红酒，坐在门廊上。光影在酒杯中摇曳，我为这抹芬芳与香甜着迷。傍晚时分，我看到酒窖门口坐着两位老先生，他们在悠闲地喝酒聊天。

在路过酒窖门口的时候，我忍不住钻了进去。这个红酒香味的国度实在太浪漫，在街上行走都被空气中的酒香惹醉。总有人在门口喝着酒同我打招呼，害我差点沦为酒鬼。

这种酒窖酒馆并不是用来酿酒的，而是由之前酿酒的地窖改造而成。钻过不大的门口，拾级而下，门口有当地的民谣歌手在随意地弹唱。再往下走几步就进到酒窖里面了，昏暗的灯光下，摆着几张桌子。桌子上摆放着古老的十字烛台，酒窖里只有这烛台暗淡的光和窖顶几盏昏暗的黄灯。其实地窖顶只比头高一点点，充斥着红酒香气的地窖为人们营造了私密的用餐氛围。

对面的烛台下，一对情侣在安静地喝着红酒，暗淡的烛光里流淌着静谧的浪漫。我置身昏暗的角落里，安静地喝着酒，享受这份闲适与浪漫。

上九天揽月（土耳其）

土耳其仿佛也是浪漫的代名词。热气球飞满天空，你在天空之上翱翔，身边陪伴着的是那个你内心最美好的人。这个可能是具象的存在，此刻就坐在你身边。这个人也可能只是模糊身影，但你总会想着，陪你坐热气球的，应该是这样一个人。

热气球小镇

土耳其的格雷梅小镇是世界上最像月球表面的地方。这里有着奇形怪状的岩石，以及用岩石建造的小屋。这是我见过国人最多的小镇，来到这里，仿佛回到了国内，就连当地的导游或者商贩，也会操着熟练的中文，叫你驻足。我甚至还发现了几家中餐厅，这令我兴奋！

我放下背包，住进了一个岩洞小屋。这里的岩洞小屋并不贵，当地人把屋子建在岩洞内，形成了一道独特的风景，仿佛生活在外太空。我们只知道这里有热气球，却不知道热气球之下，是另一个星球。

从房间里出来，准备去超市买一点补给，这是到达每一个新地方的常规操作。到后来的旅程里，我总是会背着点油盐，背着意面，背着酱油，对，有酱油是一件很重要的事情，这里总是很难买到，这让我在后来的路上，一直将之视作宝贝，如果你路过亚洲商店，背一瓶酱油吧，它很好。

这个小镇有中餐厅！我终于可以享用一下美食了。国外的东西吃不惯，我一般只会在刚来的时候浅尝一下，更多的时候我会自己做饭吃。

我拐进一家小商店，挑了些面包、火腿肠还有鸡蛋和水。去前台结算的时候，发现这里竟有中国的泡面。仔细看了看，好像被当成进口食品了，有些贵，所以我没拿。

我拎着东西去前台同老板结账："How much?"

小超市老板头也没抬："Eighty (80)！"我皱了一下眉头，暗暗惊叹，土耳其东西好贵！再次确认一下："Eighteen or eighty (18还是80)？"

老板不耐烦地说："Eighty! Eighty!"然后在计算机上按了个

80给我看。我隐约觉得有些贵，抱着确认当地物价的心态和老板再次确认每件东西的价格。

老板愣了下，慢吞吞地跟我对了一下每件东西的价格，慢悠悠对完之后道："哦，18块，对，是 eighteen，是我算错了，不好意思。"仿佛刚刚真的是他不小心算错了一般，我笑着跟他说了感谢。

他一边帮我装袋子，一边笑着问我："China?"

我说："Yes."

他狡黠地笑笑说："你很聪明！中国人都很有钱。"

上九天揽月，下五洋捉鳖

上九天揽月：

热气球升空，随风飘扬，去那远方，是太阳的地方，

遥望理想，七彩斑斓，满面朝阳，是那霞光万丈，

要去那万丈高空，坐着热气球去追逐朝阳，

要去那深海蓝洞，潜入谷底与鱼群们嬉戏，

要去那极北之光，看世间绚丽的五彩斑斓，

要去那南美之洲，追逐着切·格瓦拉的穿越步伐。

这是我去坐热气球时写下的日记。当时的心情是那样的激动澎湃，那是刚出走时的英雄梦想。在土耳其坐热气球，是世界上最便宜的地方。这就同到埃及学潜水，去纳米比亚跳伞一样实惠，来了就尽量不要错过。

我5点多就起了床，跟着越野车来到小镇边缘的草地上。天蒙蒙亮，太阳还没有升起，我怀着激动的心情等待着乘坐热气球上九天揽月。哦，对了，不是月亮，等一下就是朝阳了。

随着领航员把火把点起，我们的热气球也开始慢慢膨胀。这

时候，旁边一只五彩斑斓的热气球从我们面前缓缓划过。我被这一幕惊呆了，我们从来只看过热气球在天上小小的样子，想不到热气球竟能这么大。很难想象热气球就从你眼前飘过！最美的瞬间莫过于热气球在低空与你相遇的场景。上面的人儿露着洁白的牙齿冲你招手微笑，随即又消失在天际。

跨进我们自己热气球的竹篮里，竹篮很大，一看就很结实。我们的热气球随着风的到来也慢慢地浮了起来。地面上那像月球表面的小镇地貌渐渐变得清晰。这一刻，我仿佛是在太空翱翔。

渐渐地，100 米，200 米，300 米，天色也逐渐发亮，当升到很高很高的时候，地上的房屋也完全看不见了。与周边漫天的同伴热气球越来越远，我们飘到了很远很远的高处。此时眼前跳出了一轮金黄色的蛋黄，瞬间霞光万丈。

那是朝阳，就这么近近地平行在我眼前，我与它一同升起，伴随天地间的金黄。

我终于上九天揽月了，并且见到了朝阳。

友人的赴约

费特希耶位于地中海边，这里已经远离热气球的小镇，地中海的蓝是你从未想象过的蓝。是的，土耳其除了有热气球之外，还有着绵延的海岸线。只不过有时候，我们只为了追寻浪漫的热气球，而错过了地中海碧蓝的天。

在这里遇见了一对青年情侣，说是情侣，只是因为他们看上去还是浪漫的热恋模样。其实他们已经领证了。男的是机长，女孩是空姐。后来男的跳槽到另一家大型国航，必须等 1 年的跳槽期才能上岗，于是女孩也就跟着辞了职。现在男孩带着女孩环游世界。

男孩本来就喜欢户外运动，皮肤黝黑，蓄着头发，扎着辫子。女孩原本优雅精致，现在也跟着男孩徒步旅行，野外露营。他们已经走了200多天，走过了南美洲，来到这里。

女孩说她起初并不喜欢这样，可是跟着他玩，慢慢地也就爱上这种原始旅行生活。就是不小心晒成了"黑手党"。不过没关系，回家就能养回来。

在女孩坚定的眼神里我看到了爱情的美好模样。一个人陪着另一个人去环游世界。她在慢慢改变，融入他的生活。而男孩也对她万般宠爱温柔。

这一次来费特希耶，他们是想去见一个当地的朋友，男孩曾经在这边游坑的时候，同这位朋友有过一面之缘。男孩很珍惜曾经的友谊。事隔多年，他路过就想去见见老朋友。旅行者的友谊也总是这样：当你再来到这个国度的时候，请记得来找我。

他们总会为了一句友谊的承诺而赴约。

猫城

伊斯坦布尔，在过去叫君士坦丁堡，在历史上有着举足轻重的地位。时过境迁，如今这里已经被猫占领了，满城的猫和壁画。让人一时分不清这些壁画是人画的还是猫画的。

在这座城市，猫咪随处可见，猫比人还多，好像人才是外来的第二物种，生活在它们的地盘上。瞧瞧它们那悠然自得、完全不怕人的样子，仿佛这里本就是它们的地盘。

看它们那神气活现的样子，好像在宣告着主权：你们人类才是我的宠物，只不过这些宠物确实大了点，一点儿也不听话。算了，我玩我的，只要你们每天准时把食物贡献出来就是。

猫城的猫不像伊朗那些肥肥胖胖踩着模特步的波斯猫。它们没有波斯猫勾人的眼神，却更加慵懒随意不做作。走在伊斯坦布尔的街头，每走两步，随意一瞟，就会看到一只猫，当你停下脚步观望的时候，发现屋顶还窝了一只，车底下又走出来一只，还有一只竟从你的脚背跃过。你都没发现它刚刚是从哪钻出来的，你只得小心翼翼担心踩到猫咪。可它们才不管这么多，这是它们的地盘，它才不担心你敢踩它……

　　我从未见过一个城市竟有这么多的猫，不是说这里人少，而是这里每走两步，碰到的猫都远比人多得多。当你看到一辆车下有一只小猫探着脑袋出来的时候，你刚想蹲下跟它打声招呼，发现地上还有四只懒洋洋地躺着。你打完招呼刚站起来，车头又有一只正蹲在车顶瞪着你。你走到车头一看，发现轮胎后面又走出两只来，它们懒洋洋地瞄你一眼，继续舔舐自己的猫爪。乖一点的，会撒娇一样用水汪汪的眼睛盯着你。更过分的是脚下那只，悠闲地走过来蹭你一下，然后继续悠悠然地走开，好像只是随意打了声招呼："嘿，你好。"

　　看猫的样子我们就可以知道这里的人对猫有多好了，并不像我们总是赶猫。他们把猫当作朋友，又或许人才是误闯了猫星球的天外来客，是猫咪收留了人类……

钓鱼

　　伊斯坦布尔三面环海，所以公园也在海边。我拿着鱼竿来到海边钓鱼。这里好多人成排地站在岸边，手拿鱼竿，把钓钩直直地垂下，等有动静的时候再拉回来。公园里的大叔把鱼钓上来，就直接在旁边摆开炉子烧烤，还叫我来吃。

　　我是个新来的，又是外地人，时不时会有人过来打声招呼指点一下。我也乐于看他们笑着看着我。脚边跟着几只猫，这些是这里的老油条了，一人窝一个位置，要么等烤好的鱼吃，要么等你把小的鱼丢出来给它们吃。它们就静静地坐在一边，看你钓鱼。

这里的鱼很笨，笨得让人很有成就感。不一会儿，我也钓上来一条鱼。由于身手没有大叔们敏捷，我只能把鱼一点点地拉出水面。鱼还长长地挂在半空中，一直坐在我旁边看我钓鱼的橘色小猫不乐意了，悠哉悠哉走过来，站起身来够我的鱼。我还没来得及收线，鱼儿还在半空挣扎，离小猫也就十厘米的样子。我忙着收线，它也忙着站起身来，不断地拍打活蹦乱跳的鱼儿。橘色猫咪两脚着地，两爪跟我的鱼搏斗。一会儿工夫，我的鱼线还没收上来，鱼就已经被它抢走了。

橘猫叼着鱼慢悠悠地踱步回到我的身边，继续看我钓鱼。仿佛我在这里钓鱼，是为它钓的一样。

沙漠里的孤独（约旦）

在约旦的安曼，我遇到了斋月。在伊斯兰国度斋月的时候，一整月的白天都没饭吃。这是伊斯兰教的传统，每年都会有一个月，白天不吃饭，只有在日落以后才进食。

为的是以此来体验穷人之苦，懂得感恩，学会善良。富人则要在这一个月行善，接济穷人。

来得真不是时候，我饥肠辘辘地走在安曼的大街小巷，竟找不到一家开门的餐厅。这个月他们都只在晚上七八点之后才开始营业。进入约旦，我并没有准备干粮和柴米油盐。下午两三点的时候我早已饿得心慌，只能在大街上晃荡。目的只有一个——找点吃的！

我沿着大街小巷，一家店一家店地询问，都没有吃的，甚至连唯一一家肯德基，也处于打烊的状态。

我耷拉着饿蔫了的脑袋，抓过一个路人问道："I'm hungry! Where is the food?"

当地人看我蔫蔫的状态，笑着告诉我，现在还没到饭点。要等到太阳落山的时候才可以吃食物喝水。我抬头看看太阳，烈日炎炎正当头。这要等到它落山，我岂不饿死在这异国他乡？

其实照平时来讲，这个点也不会感觉这么饿。我一般也不吃早餐，饭点也就在中午的时候。现在只不过比我平时用餐时间晚了两小时，却异常饥饿。或许是到处都没有食物吃的恐慌加剧了饥饿程度。

我的内心强烈地控诉着：我不是伊斯兰教的信徒啊，我没有信仰，我要吃饭！

当地人看我一副耷拉着脑袋无精打采的样子，被逗乐了。笑着对我说："跟我来吧，我带你去找吃的。"

我跟着他穿过两条街，终于在一个糕点店的门口停下脚步。他指着里面说："那有吃的，不过对我们来讲并不算食物。"

我两眼放光地盯着这个看似国内老式月饼店的地方。事实上，在之前我有路过这个地方，只是不知道里面究竟是做什么的，所以也就没有进去。这会经过这个当地"救命恩人"的一番指点，我兴冲冲进到店里。看着一排排放在木篮子里的各式"糕点"，感觉瞬间恢复了精神。

进了店，我才看清楚，这些其貌不扬、各式各样的小"糕点"原来是食物。大小形状各不相同，摆放在像我们晒鱼干的圆

理想的实现——环游世界500天

形篮子里。可能是饥饿的缘故，乍看起来，竟觉得这五颜六色的点心有几分精致。

这时我看到一个当地人走了进来，拿着纸袋子买了一点。我学着他的样子，红的绿的各抓一把。

好吃！确实好吃！简直是人间极品！

想不到约旦这其貌不扬的小糕点竟是这般美味。并非是我饥饿的缘故，而是这小糕点确实好吃。较之我国内外吃过的各种甜点，约旦的糕点甜而不腻，这绝对是我这辈子吃过最好吃的甜点！

原来约旦人在日出之后、日落之前都不进食的斋月里，有些人饿得实在没办法的时候，会在早上吃一点这种糕点。或许这也是传承百年研制出来的秘方，才形成了这种特殊时期，整个国度唯一的食物。历经近千年，才会如此美味吧！

在饥饿的时候，遇见了世界上最好吃的甜食。这使得我一大把一大把抓着小糕点结账出门。走在路上，仿佛我是这座城市最富有的人。

夕阳西下的时候，我路过一个巷子。街边的人开始一个家庭一个家庭地把桌子拼在路中间，三三两两地围坐在一起聊天。像开派对一样等待着日落之后的聚餐。我也一个人在路边餐厅找了个小桌子旁坐下，等待着服务员口中用餐时间的到来。我一边喝着茶，一边看着这些家庭，偷听着他们的谈话。夕阳照在当地人的脸上，我仿佛看到了这个民族关于信仰的力量。

信仰不分好坏，尤其是一群人去坚守延续千百年的时候，这种力量总是令人动容的。无论哪种信仰，其初衷向善性都是一致的。也只有善，才能让人世代相传地去坚守、信奉。

很多时候我们总会用自以为是的误解批判着那些我们未知的

信仰……

死海

《死海不死》是我小学时候的课文。那时候懵懵懂懂，不经世事，从未想过世界有多大。那时候，整个教室就是一片天地，我们看着课本，清脆的朗读声飘出教室飘向家里，又从家中写作业的窗口飘向城市，飘过我打拼的身影，飘到了青春的尽头。现在终于飘到了世界的另一边，飘到亚洲的尽头——课文里的地方——死海。

从朗朗上口的课文到远方的世界，我的青春也从懵懂无知，到青春的悸动，到热血沸腾的拼搏，到随波逐流的迷茫，最后再到这自我觉醒时的流浪。我恍惚觉得青春更加透彻了，宛若眼前这片一望无际的死海。

我遇见了两个美国小伙，他们刚高中毕业，在死海边的古城客栈做义工。他们来打工旅行，下个月将去往另一个国家。在欧美国家，一些高中生毕业的时候会给自己一场远途旅行。一边看世界，一边寻找自我。之后再回到大学上学，看过了世界，更认清了自己，再真正有选择性地认真学习。毕业之后，自然会投入自己喜欢的事情上去。

我同两个美国小哥三人撒欢似的跳进死海，原本水性还行的我却感到层层阻力。比起海洋和水库，这里的海水密度极高，让人一跳入就有一种漂起来的感觉。这倒让不会游泳的美国小哥有种如鱼得水的感觉。躺在海面上根本不需要技巧，整个身体就浮在了水面之上。在死海里，就算你一动不动，永远也不会沉下去，反而还有种漂浮在天空之境的感觉。蓝天、白云倒映在海里，躺在水面上，手拿一本杂志，甚是惬意！

我们仨就这样漂浮在死海里，死海水其实对人类的皮肤非常好，水底的死海泥更是护肤神器，你可以抓起来涂抹全身，然后继续这么漂着。可也正因为死海盐度太高，海水一进眼睛就火辣辣的，所以我们仨都仰躺着。

在水面漂啊漂啊，仿佛漂回了儿时的课堂……

佩特拉古城

在我年少懵懂的时候，在我第一次踏上万里长城，感受着那一番巍峨与古意时，我就曾暗暗对自己说过，总有一天，我要去遍世界的七大奇迹，我对此充满了关于神秘的向往。

佩特拉古城在约旦，隐藏在峡谷之中近千年才被发现。论规模它要比其他七大奇迹都要庞大。因为其他七大奇迹，往往只是一个建筑，而它却是一座城，隐藏在红色峡谷深处的一座城。传说佩特拉古城的入口处有一座宝藏神殿，里面藏着的宝藏至今无人找到。这给古迹又增添了几分神秘的色彩。每当夜幕降临的时候，神殿门口的广场上就会点满红色的油灯，使这寂静的峡谷更是神秘异常……

到佩特拉古城需要穿过峡谷里一条几公里长的蛇道。我在峡谷入口处晃荡，看到门口有贝都因人牵着的马匹与驴。按他们的说法，进到古城最深处是很累的，要走一天的时间，骑驴进去会比较好。可我想步行去探索，又不愿克制许久没有骑马的冲动。这真叫人为难！

于是我同贝都因马夫商量，给他几十块钱，租他的马骑会儿。我打算骑到峡谷顶上，看一看这古迹的深处。一番讨价还价之后，他们给了我一匹马，我随便骑。我收紧了小背包，跨上马背，顺势在他们面前遛了个来回。马夫看我会骑，也就随我去了。

我骑着马，在前来峡谷观光游客的注视下，朝旁边的山坡上奔去了。这边的山坡没有草，只有一块一块的红色的岩体组成的山体。随着没有马道的山路，一路向上。峡谷深处还有一些尚未被开发的佩特拉古城外古老的房子。因为太高，也不太有趣，所以一般很少有人会爬上去看。

我骑着马继续往山的高处走，偶尔回身调转马头，朝着峡谷下观望，人群显得越来越渺小。或许在游客眼里把我当成山里的牧民在注视他们。

很久以后，我看马夫从山下往这边赶来。我也调转马头向峡谷的深处跑去。在一个古迹的老洞口勒马停留。这里仿佛有人工开凿的痕迹。马夫刚好赶来，也正在洞口踱步。他告诉我这些洞穴曾是当初佩特拉古城人的房子。他们的祖先都住在这，只不过后来因为灾难还是其他原因突然消失了。千百年后，人们才在峡谷的深处，发现了它们生活的痕迹。

随着马夫下山，把马还了之后，我就徒步往峡谷的入口走。一进到蛇道的入口处，就感觉异常清凉。两边是笔直的悬崖绝壁，中间是一条只够两辆马车通过的蛇道，有些窄的地方刚好只够一辆马车进出。整条入口延绵数十里，又加上弯曲狭窄不见天日，因而被称为蛇道。单单峡谷的入口走完就花了将近一小时，偶尔也会有马车载着游客路过。车夫们都打扮得像加勒比海盗一样，每人头顶都围着头巾，穿着破烂复古的衣服，有时坐在崖壁上对着进峡谷的人吹口哨。仿佛从这里开始就进入了另一个奇幻危险的世界。

一对白人父女一直在我前面走着，女儿高坐在父亲的肩头。不知为何，他们突然停下脚步。在我还没反应过来的时候，刹那间阳光穿过峡谷射了进来，照得我眼睛睁不开。等眼睛适应过来的时候，才看到一座巍峨的神殿坐落在蛇道的尽头。

我很难想象时隔千年之后，当初第一个来到这里的人，见到阳光、神殿的时候是何等的震撼！

贝都因小哥

古老的贝都因人生活在沙漠的深处，伴随骆驼而生。来到沙漠深处的第二天，我藏在一块岩石下躲太阳，美其名曰乘凉。事实上，在烈日炎炎下的红沙漠中根本无处可躲。我只能窝在这里数着蚂蚁等待太阳落山，内心却是异乎寻常的平静。

沙漠深处是贝都因人生活的腹地。然而这里只有一块崖下的营地和一个贝都因小哥。说是营地，不过是有一个像蒙古包一样的房子。房子四面都敞开着窗，可依旧酷热难忍。

那天一个当地的车夫开着一辆越野车，载着我在沙漠中开了几小时之后，把我带到了这荒无人烟的沙漠腹地，现在已经过去一天了。他很诧异我会选择留下来，因为一般的为数不多的游客，只是匆匆地来，又匆匆地离开。因为这里什么都没有，只有无尽的沙漠。连现在的贝都因人都不大愿意来这里，因而这里只有我和一个语言不通的贝都因小哥。

贝都因小哥很善良，仿佛越是生活在远离城镇的人，越是善良。小哥一点英语都不会，但在他绿色的眼眸里还是透露着大城市里所没有的纯净。小哥二十来岁的样子，短寸干净的头发，俊俏脸庞。每天我俩都用眼神和手势交流。

虽然交流得不多，在这里我们都安安静静地生活着。偶尔快到饭点的时候，他会溜达过来比画比画问我："你要不要吃什么？"我投以感谢的眼神，他表示应该的，接着转身去简易的厨房做东西吃。

我喜欢和善良交朋友，尤其是这种远离城市的善良。

沙漠里的夜晚，四周漆黑一片，只有篝火和帐篷里微弱的灯光。在这孤寂无聊的夜晚，我们偶尔也会聊天。小哥告诉我，他也有手机。随即拿出一个100多块钱的最原始的老人机，跟我比画。大意是说这里没有信号，要跑到很远的山顶上，才能打电话。

记得刚来的时候，我问他："这里有没有信号？"

他说："有。"

随即笑着带我爬了好久的沙坡，越过一个个沙丘，终于在一个很高的石头上，我艰难地收到一格时有时无的信号。

在沙漠属于我的娱乐时光是躺在崖石的一侧，数着蚂蚁避暑。

在早晨太阳把我赶出帐篷之后，带着没睡醒的眼球，拎着防潮垫我又睡到了营地的崖下。随着太阳越来越高，我也不断地挪动身躯，直到最后一丝阴影都没有的时候，我才起床。吃过午饭，我又踱步来到崖石上寻找一丝清凉和那一格信号。可是信号连一个网页都打不开，我索性关了手机，窝在这里数起蚂蚁。

自从离开网络、离开手机之后，我的心也慢慢平静下来。当下社会我们好像很难离开手机，可我们的内心也越来越孤独，并伴随着焦虑、浮躁等负面情绪。我们下载了许多APP，将很多东西绑定在手机上，最后却发现我们被手机给绑定了。

在这个只有石头和沙子的大漠深处，数着这唯一能见到的生物却带给我无尽的快乐。这种平静的幸福好多年未曾谋面，仿佛只在童年体验过。随着成长，我们对快乐的要求越来越多，阈值越来越高。当身边什么都没有，只剩我自己的时候，这种久违的快乐又回到了我的躯壳。

蚂蚁缓慢地爬过我的脚边，我注视着它们的每一个动作，每一个去向。我想同它们做朋友，它们也抬头晃着触角，仿佛是在同我打招呼，随即又自顾自地忙活去。看着它们忙活的劲头，我开心极了！

夕阳西下的时候，蚂蚁终于搬完了家。我坐在崖石上。向下看去，红色的沙漠深处，一个小小的身影正从远处向我走来。我静静地看着它。它走了很久很久，终于看清了——是一只野骆驼，它就这么在我崖下的沙漠走过，在它的身后是一串长长的脚印。这是沙漠里唯一的足迹。

今天的沙漠很平静，没有一丝风，也没有抹去骆驼留下的脚印。它慢慢悠悠地路过我的孤独，向远方的夕阳走去。

它走了很久，我也看了很久很久。在沙漠深处，天地间只有自己的时候，看骆驼走路倒成为我一天中最有趣的事情。

太阳落山了，天色渐暗，我又回到了营地。在篝火边同小哥比比画画地交流。一连好些天，我都这样生活着。

当我离去的时候，我依然记得，小哥那城市中所没有的，绿色而又纯净的眼神。

我在日记里写下以下内容：

这是一个冷漠的时代，也是一个离不开手机生活的时代。因为冷漠，而变得孤独，因为孤独，开始了手机生活，也因这种离不开手机的生活方式，好像再也不能，真正安静下来。

沙漠深处生活的这些天，没有网，睡在贝都因人的营地里。营地里没有人，只有我和一个小哥。一个不会讲英文的善良的贝都因人。我们只能用手势交流，更多的时候，是一个人待着。白天很热，沙漠很大，离开手机与人类的生活，窝在崖下，阴凉的地方，困了打着盹儿，醒了看着无尽的黄沙与红崖，世界变得很慢，人开始变得安静，哪怕一只蚂蚁爬过，也变成一件事情，看上半天，乐上半天。傍晚爬上山丘，等着日落，天色开始变暗，一只孤独的骆驼从沙漠深处走来，又从你的眼前走过，它很慢，你也很慢。夜晚的沙漠，很凉爽，只有满天的星空与一本《世界简史》相伴，越长大，越喜欢历史，越看历史，越会反思，很多东西，你会从中找到答案，也会看透很多东西。这些事情其实前人都经历过，生活也一直在重复只不过现代人往往总还会再经历一遍，再看透一遍，可能这就是历史的轮回。

不如做个尝试，试一试放下手机，给自己一周的时间，最好待在风景优美的地方，让自己真正安静下来。

非洲篇

关于非洲这块黑土地，我们总是充满了敬畏与恐惧，我们总害怕去探索它。在我们固有认知里，那里是神秘的、蛮荒的世界。我们不敢轻易涉足，却又对那块神秘的大陆充满着稀奇古怪的想象。

如果有人问我：环游世界回来，世界上最美的地方是哪里？我一定会告诉他：若论风景，最美是非洲。于我而言，如果中东充满着神秘，能每周充满着理想，欧洲承载着文化与历史，大洋洲是不一样的生活的话，那么非洲无疑是我走过最美的地方。那里有埃及古老的金字塔，安萨罗比亚的火山，肯尼亚的动物大迁徙，坦桑尼亚的碧海蓝天，赞比亚的维多利亚大瀑布，纳米比亚的高空跳伞，等等。在非洲，走过的每一个国度，都给我留下了深刻的印象。

我们总是认为非洲是炎热干燥的蛮荒之地，却忘了那里还有一望无际的草原，碧海蓝天，甚至还有企鹅。我们自认为非洲是贫瘠困苦之地，殊不知有些地方的物价甚至昂贵得让人消费不起。在走完东亚与中东的100多天后，我计划着接下去每个大洲都要用100天的时间来完成。

从我踏上前往非洲的邮轮开始，内心就异乎寻常地澎湃激动！我好像是在举行某种仪式一样，一脚重重地踏上了眼前这艘游轮。这是一艘从约旦开往非洲的游轮。在五分钟之前，我差点因为没赶上船，而像电影里的杰克追赶"泰坦尼克号"一样奔跑着。原因是我不小心花光了这个国家的现金，没有钱过最后一道不知从哪冒出来的登船税。而在最后一刻，我高举着包，一路狂奔终于踏上了这艘前往非洲的巨轮。

当巨大的舱门在我身后缓缓升起、关闭的时候，我知道我已经成功了。我成功地从自己长久以来生活的亚洲跳出，即将前往下一块、从未接触过的神秘大陆。那里生活着不同的人种，有着不同的文化。

看着游轮缓缓驶出，我知道现在谁也不能把我赶下去了。此刻的我，正置身在游轮底部巨大的车库里。一辆辆巨大的货车和私家车停满了游轮昏暗的底舱。我像一个小偷一样，跟随着一个从货车上下来的外国司机顺着底舱的门爬上游客舱。尽管偌大的停车场里不时有穿制服的船员路过，可是又有谁会知道我是从哪里上船的呢？

我穿过嘈杂的人群，一股劲地跑到了邮轮巨大的甲板上。汽笛声响起，眼前映着梦幻般的落日余晖，我知道，我离心心念念的非洲大陆越来越近了！

下五洋捉鳖（埃及）

我对埃及最初的印象源自小时候母亲给我买的课外读物。色彩分明的金字塔，神秘恐怖的木乃伊，古埃及人的生活方式深深地吸引着我。那时的我活在小小的世界里，从未想过有一天我会真的去往这个神秘而又古老的国度。

古埃及文明是世界古老的文明之一，和两河文明相当。当埃及已经建立了中央集权王国的时候，中国还处于氏族社会时代。不过古埃及文明后来被波斯、希腊、罗马、阿拉伯相继征服，最终淹没在伊斯兰文明的海洋中。尽管如此，埃及文明也走过了数千年的历程，在罗马时代看古埃及的遗迹，就如同在今天在意大利看罗马的遗迹。古埃及文明对整个地中海文明圈乃至世界文明都产生了巨大的影响。

金字塔

胡夫金字塔是古代世界七大奇迹之一。古巴比伦的空中花园、希腊的宙斯神像、太阳神殿……早已随着时间的流逝消失在历史的长河，只有这个古埃及的奇迹一直延续至今。

撒哈拉沙漠非常大，从东非埃及这头一直延伸到非洲西部的摩洛哥，把整个北非都隔绝起来。沙漠边的吉萨小镇很小，家家户户的房间都面对着沙漠里的金字塔群。这里的消费很低，花几十块钱就能住一间标间，并且还是直面着金字塔带阳台的房间。眼前的房间与金字塔所在的沙漠，中间仅隔了一条"马路"，那是一条真正的"马路"，只有当地的埃及人牵着马在路边休息，抑或是骑着骆驼奔驰而过。夜幕降临时，我看着金字塔一点点被黑夜吞噬。

月光下的金字塔发着幽暗的光。夜晚的金字塔里传来了法老和艳后的对话，伴随古埃及人的生活情景，征战沙场的画面。金字塔上面人影攒动让人不免有些惊慌。其实这是当地人给金字塔营造的夜晚投影。不愧是世界七大奇迹之一，竟是如此逼真！我仿佛回到了5000年前的古埃及。

太阳升起的时候，我就背着行囊出了门。近在咫尺的金字塔正散发着金灿灿的光芒。金字塔群的范围很大，金字塔与金字塔之间的间隔就有好几公里。若真的这么从一座金字塔徒步走到另一座金字塔，可能还没到达，我就已经被这沙漠里的太阳烤到脱水了。

于是，我在沙漠入口的"马路"边同牵着马匹和骆驼的当地人砍起价来。最后终于同一个老马夫敲定了马车。因为全程骑骆驼还是不免有点颠簸。尽管马夫承诺我还有很多骆驼，随时可以让我骑，我还是选择了坐马车。不过我没有告诉他的是，我打算自己走回来。马车开始跑进了沙漠，我坐在简陋的车棚里感受着一丝清凉，看着外面的炎炎烈日，暗自庆幸自己刚刚没有选择骑骆驼，因而没有被烤成木乃伊。

随着马车向沙漠深处一路前进，眼前的金字塔也显得越来越大，但当我真正站在金字塔脚下的时候，我被眼前这座金字塔的巨大惊呆了。这座便是胡夫金字塔中最大的那座，七大奇迹的胡夫金字塔其实是由三座金字塔组成，是曾经最繁华的胡夫法老上下三代陵墓。

胡夫金字塔整体高约150米，这相当于我们现代40层大厦那么高。它建于 5000 多年前，10 万多名工匠花了 20 多年的时间，用 320 万块，每块重约 2 吨的巨型石块建成。后来经现代科技探测，如果把这些石块，用现代科技切成每块 1 立方米大小的话，这一座金字塔的石料铺开来，能足足围绕地球两到三圈。

很难形容当我站在这座古老的巨型建筑下的震撼！我怀着激动的心情在老马夫见怪不怪的神情下同金字塔合了个影。随即一人站在烈日下，面对金字塔沉思许久。

见到了向往已久的金字塔之后，我骑着骆驼去看狮身人面像。这一整天我都沉浸在金字塔群里。当我再次返回到胡夫金字塔的时候，已是傍晚时分。再过片刻这一整片沙漠区域就要关闭了，马夫也在催促着我回去。

我对他说："你先回去吧，我按照全程的车费给你，我会在关闭之前走回去……"

"你确定？"马夫将信将疑地鼓着眼睛问我。

我坚定地答道："没问题！"

其实，我并不是想走回去，而是想躲在这人群散去的古建筑群里看夕阳。当然这是个秘密，可千万不能让他知道。在一些触动我的重要时刻，我总会这么干。等游客都散去的时候，一个人置身古遗迹里，感受历史的浩瀚缥缈。

若干年前走柬埔寨吴哥窟的时候，我也是这么干的。我当时被吴哥窟上空的那抹残阳震撼得不忍离去。那天下午我睡在古遗迹里，做了一个梦，梦到我回到了高棉时期的历史里。当然，到了夜晚的时候，体验了一把被保安追逐的惊险刺激。不过最后，我总是会笑着用我"迷路"收场，这一个借口，屡试不爽。

太阳落山的时候，我爬到了金字塔边上，虽然只爬了一点点，可也费了好一番工夫。我坐在金字塔上，望着远方，思绪早已飘出了天际。这时候，四周没有一个人，更显得古迹安静、神秘。

等我起身踏着沙漠回到门口的时候，夜幕已经降临，而入口处的那扇简易木门早已关闭。门口有几个马夫在同当地人聊天。我会心一笑，对着门口喊着："Hello! Hello!"

我装出很迷茫的样子，门口的马夫和工作人员也探出脑袋来看门缝里的我。瞧他们那惊讶的神情，我强迫自己忍住笑意。

"你怎么还在里面？"一个马夫问道。

我装作很担忧的样子："开开门，快让我出去，我被关在里面了。"

他们一脸狐疑地打开门之后，眨巴着眼睛上上下下地打量我。

我很焦灼地说道："Lost, lost."不过我眼角的笑意或许早已出卖了我。

工作人员用眼神瞟了我一眼，立马故作黑脸地抓着我手说："你这样可违反了规定，我要把你抓起来！抓起来，对，我要把你抓起来，当然还要罚款。"

看得出他的态度也不是有心要罚我，只是故意装给我看，吓唬吓唬我。就看懂不懂事，愿不愿意掏点小费什么的给他买包烟。当然我也确实做得不对。

我见惯了这种半开玩笑半认真的状态，也理解他们总想占点便宜的小心思。这可是他们为数不多的小费收入之一。

我也学着他的样子，提高音量，一脸惊恐地嚷嚷道："天哪，lost, lost。我迷路了，好害怕，好害怕……"

他看着我夸张的表演，也心领神会，憋不住笑了起来。

我也嬉皮笑脸地跟他们回道："Good luck!"

随即挥挥手，在一群马夫的哄笑声中翩然离去。

尼罗河邮轮

尼罗河的河水蜿蜒地蔓延在埃及中心腹地，把埃及分成了两段。在人类文明发源地历史上，除了幼发拉底河孕育最早的美索不达米亚文明之外，尼罗河就是世界上第二条孕育出文明的河域，它世代流淌在这里，孕育了一代又一代的埃及人。

古希腊历史学家希罗多德曾评论埃及是"尼罗河的馈赠"。尼罗河塑造了埃及的地理形态，影响了它的经济，造就了它的文明，也决定了它的命运。在埃及这片土地上，朝代不断更替，但每个时代都留下了它的痕迹。法老的战舰、托勒密的运粮船、罗马的运兵船和维多利亚时代的蒸汽船都曾遨游在尼罗河上。如今，我坐在尼罗河邮轮的甲板上，看着两岸郁郁葱葱的森林缓缓向我身后退去，宛如漫长的景深镜头。

当我知道有邮轮会顺着尼罗河上游一路横穿埃及，漂泊到尼罗河下游的时候，就立马背上行囊到开罗城里四处打听。我想要立马就走，因为这太吸引人了！

开罗的各个旅行社都很遗憾地告诉我已经没有船或赶不上时间了。于是我直接询问那些邮轮停靠的港口在哪，何时出发。按旅行社的意思，这些船一般在周一、周三或者周五固定的时间起航，一次要行驶三到七天的样子。

在旅行社告诉我港口在哪之后，我立刻就拎着包出发，辗转几个小时之后，终于到达了港口。想着晚上就不找住宿了，试试运气，看看能不能直接上船。我登上停靠在岸边的邮轮，逐个去询问。很多邮轮都告诉我"今日不开"或是"船员已满"，这令人沮丧。正当我耷拉着脑袋走向最后一艘邮轮的时候，邮轮前台的小哥告诉我，需要提前预订不过可以帮我咨询一下他们的经理。

我满怀期待地等待着，没过几分钟，就看到一位很绅士的水手先生向我走来。他告诉我："当然，先生。你也可以现在就登船，我们的船还没开，不是吗？不过现在只剩下标间了，你可以住标间中的一张床，我们按人头收费，这一次是 4 天的行程，一共 75 美元，包含所有三餐。"

75 美元！4 天，每天 100 多块钱？还包三餐！

在我惊讶之余，立刻交了钱。这个国家旅行消费价格之低远远超出我的想象。不知道是我自己上的邮轮才这么便宜，还是本身项目就这么便宜。我只记得当地旅行社的价格也没比我自己上船贵多少。

经理把我带到了邮轮的住宿层，欧式的复古的船舱与旋转式的阶梯，让我恍惚有种登上泰坦尼克号的错觉。虽然小号一些，但就这番体验，性价比太高了！

邮轮甲板上铺满了绿色地毯。甲板中央是一个蓝色的游泳池，游泳池两边摆放着一排排休闲沙滩椅。当我打开实木房门的时候，房间里面的设施又一次令我震撼！内部陈设有如国内三星级酒店，最重要的是还带了一个面对着尼罗河的阳台。

在这艘满满高级感的邮轮上，我度过了四天美妙的尼罗河之旅。

蓝洞潜水

达哈卜是个红海边上的美丽小镇。五颜六色的餐厅、茅草屋。达哈卜的蓝洞也是全世界最美的潜水胜地之一。我们一直以为埃及只有金字塔和沙漠，其实在红海周边海洋底下还有我们从未见过的缤纷世界。

从平静、安逸、断网四天的尼罗河邮轮上下来，再坐一下午的大巴就来到了埃及的西奈半岛。路途很远，它在埃及的另一头。不过听说这边有领土纷争。这也导致一路上，大巴总要停下来接受兵哥哥的检查，生怕我们有什么危险，或者伴随危险。当然，也是对我们的保护。

这一路去达哈卜我还有一个伙伴，她是我以前广州YOU+单位的同事。

Maggie是一个广州姑娘。她是因为失恋突然飞过来的。又是失恋又是辞职的迷茫期，她对我说："哥，我也想去埃及，我现在生活根本不能自理，想出去走走。"

我说："来吧，但不能一直跟着我哈，我可以带你一起去学潜水。"

让我意想不到的是，我们在埃及分开之后，她竟一个人走到了南非。在这之后，她一个人走了好久好久，还只花了极少的钱。我也算半个领路人吧，看着她一点点快乐起来，看着她坚定地走在属于自我的路上，这令我欣喜！

大家都是率性至极的人，她说来就来，第二天就飞到了。这样浪漫率真的性子可能同我们之前做YOU+这么浪漫的工作有关吧！

我们曾一起在青春里最浪漫的创业公司工作，一待就是三年。那段记忆给我留下了满满的成就感。城市里的YOU+国际青年社区就好像是沙漠里的绿洲。

那时候的YOU+人都满怀着浪漫的城市理想，我们想为在冷漠的城市里孤独漂泊的青年人找一个温暖有爱的家。它有点像现实版的"爱情公寓"，也是后来电视剧《安家》最后主人公愿望的现实版。那时候我们所做的事情与宗旨，是给城市的青年人一个挡风遮雨，有爱陪伴的家，让他们不再感到孤独和无助。那是一件非常正能量、有意义的事情。这源于我们几位创始人老大哥的情怀，这份情怀也一直影响着后来的我们。至今为止，那几位创始人是我在城市见过为数不多极具浪漫理想与格局的人。

一起在 YOU+ 拼搏创业过的所有 YOU+ 人都具有极理想与浪漫的性格。这种性格把城市里所有极具理想化的人都聚集在一起，像一家人一样。我从没见过一个公司，里面的人会如此像家人。哪怕离开后很多年，我们都还会像兄弟姐妹一样相处。包括那些曾经住在里面的家友，所有在社区里面住过的人，最后都建立了美好的友谊。那是孤独城市里所缺少的温暖绿洲，是青春里的美好回忆。那些家友哪怕在离开 YOU+ 很多年后，仍旧会经常相聚，一起回头去看这个共同的青春大家庭。

Maggie 就是我那时候的同事，可能在那里工作或生活过的人，都有着浪漫、理想，说做就做，说走就走的心吧！

在到了达哈卜之后，我们又遇到一位女生，叫小平。她总是埋着头看手机。我们相约一起结伴去学潜水。多人一起学潜水总是会便宜一点，更何况在这里学潜水，确实是全世界最便宜的地方。

200 多美元，7 天，每天潜 2—3 次，每次潜水近一个小时，包含 2 个潜水证，OW 证跟 OAW 证，就是一个初级，一个高级潜水证。高级的就能潜到海底 40 米的深处了。

1800 块钱，学 2 个证，还能潜水 7 天，棒极了！

在这最美丽的红海蓝洞边学潜水要比到东南亚花三四千块考潜水证要便宜一半多，更不用说国内动辄上万元的学费了。埃及的消费确实不高。

我们沿着海岸找到一家非常正规的潜水俱乐部。潜水教练有点明星脸，皮肤很是白净。白人教练在埃及可不多，还讲一口流利的英语。这总是让英语不太好的我有些跟不上。管他呢，反正潜水又不用说太多话，在水下谁跟你讲英语呢？白人教练开着一辆皮卡拉着我们三人，驱车前往更远的蓝洞。我们三个人都穿着潜水服，像青蛙一样站在蓝洞的海边，眼前是浅蓝色的海水，还有一个圆形的蓝洞。

　　起初教练并不让这三只急不可耐的青蛙下海，拉着我们在沙滩上的茅草亭里坐下，围坐一圈，跟我们讲解潜水知识。是的，三人报团会一对一地带着，专门负责。当然，旁边的茅亭里，也有三三两两几组的欧美学员席地而坐跟着他们的教练在认真听讲。海水里，偶尔也会有一拨一拨潜完水的学员从蓝洞里游上来。

　　看着蓝洞里的他们，我羡慕极了，以至于在教练讲课的时候，我总是走神。反正也听不懂，索性让英语比我好很多的Maggie回头简单地跟我讲讲就好了。教练讲得很认真，而我的眼神却忍不住地往不远处海面上的蓝洞瞟，幻想着那一抹深蓝底下的神秘世界。

　　就在我走神一个多小时后，听到了教练叫我名字的声音。

　　什么？现在就可以下水了？

　　看着我们兴奋的神情，教练突然一脸严肃："记住，下水后一切按我手势行事！"

　　"Yes, Sir! "

　　"上九天揽月，下五洋捉鳖"这是我一直以来渴望去做的事。在土耳其算是随着热气球上过九天了，这一次则要下到深海去，希望真能捉只鳖回来。鳖在我心里就是半个人大的大海龟。我在印度尼西亚浮潜的时候曾搭着一只半个身子大的海龟在海里畅游。不过这一次，我要下到海底去。

　　我们跟着明星教练向海里游去。我还算懂水性，所以对海水没有恐惧，甚至还感觉异常的亲切。我有样学样地跟着教练戴好潜水镜，咬着呼吸器慢慢地潜入海里。我跟随鱼儿向海深处游去，身体像在天空中翱翔。原来在水中呼吸，是如此的自由自在。

在 5 米深处的海水下，教练忙着拉住我们三个想快速向前游去的身影。他示意我们就这么坐在原地，随即又开启了海底课堂。我们活像三只刚入水的蝌蚪，围坐在老青蛙身边，看着他坐在水底用手势比画着上课。我的眼神跟着四周游来游去的彩色鱼群游向更远更深的海底。就这样，我们在海底坐了半小时之后，把基本该学的，该适应的都适应了一遍，随即跟着教练往前方更深的海底游去。

这一刻，我是自由的。眼前的珊瑚礁也越来越多，四周也变得缤纷起来。我从未见过如此美丽的海洋世界，仿佛置身在一个由色彩斑斓的珊瑚礁组成的迷宫，无数形态各异的海洋生物在其中穿行，我也悄悄靠过去打个招呼。当头顶的鱼群像乌云一般飘过时，我直起身子，在光照下来的鱼群中间，就形成一道自由的身影。

我来到海底 15 米以下的世界，这和我之前浮潜漂在海平面的感觉完全不同。这里异常安静，宛若隔世。海面上一束束光照射在珊瑚上，里面躲着的一只只橙色的小丑鱼好奇地盯着我。随后一只身长一米的蓝色巨鱼从我身旁缓缓游过。此时我突然看见远处有只海龟游过，我也兴奋地跟了过去，就这么静静地抓着它，让它带着我去往更深的海底。

潜水的第四天，我来到海底的 40 米深处。这里幽暗，又散发着深蓝，到处透露着海洋的神秘。我仿佛又进入另一个世界，身边漂浮着各种发着光的水母。那些浮游生物像宝石一样，又犹如夜空中的星星，一闪一闪地照耀着这片幽蓝的深海。

在一个狭小的蓝洞峡谷，峡谷的洞口很小很小，但底下却是另一个世界。这让我心跳加速，兴奋不已。我怀揣着兴奋，一头扎进了海底峡谷的入口。这个入口自上而下仿佛进入了一个瓶子，但这已经超出了我应该下潜的极限深度。40米早超过了，但难以抑制内心的渴望，我还是潜到了瓶子底部。四周的瓶壁包围着我，不时有幽暗的海洋生物游过。这让我心跳越来越快，不是因为害怕，而是这一片神秘的世界令我兴奋不已！

当教练从洞口上方漂过找到我的时候，我依旧安静地坐在峡谷底观看。我就这么安静地坐着沉入另一个世界。

随即，教练立马严肃地示意我上来。

我到现在还记得，从那幽暗的海底瓶子洞里，缓缓上升的时候，洞口的一束光正直直地打在我的身上。

我知道，我已经下到五洋捉到鳖了。

火山口的岩浆（埃塞俄比亚）

埃塞俄比亚，相比于欧亚交汇处的埃及，这里更多的是阿拉伯人种。他们信奉伊斯兰教。在殖民奴隶的时代，古埃及人早就消亡了，现在的埃及人，并不是以前久远的古埃及人。那个文明古国虽然犹在，但是民族早已更替。相对于这一点，我们还是值得骄傲的，毕竟上下五千年，我们的文明从未消亡过。

一踏上埃塞俄比亚的土地，我就感觉世界好像突然变了模样，身边走过形形色色的人。最初来到这里，仿佛闯入了另一个世界，站在人群中更显得自己是那样的突兀。旁边的人种完全不一样，我好奇地看着他们，而他们也正在好奇地打量我。

事实上，非洲并没有我们想象中的那么贫困，在我们的想象中，他们好像穷得连裤子都穿不起，过着原始、野蛮的生活。真正的非洲，很像我们国家20世纪七八十年代的样子。一样的房子，一样的街道，只不过没有我们那么拥挤。街道上，比起那时候的我们要多很多车。

不要以为非洲很穷，真正到过非洲旅行的人都知道，这里的旅行消费是除了欧洲和美洲之外最高的了。这里的消费比中东还要高，越往南走，消费越高，甚至到后面的纳米比亚跟南非这些富有国度，物价直逼欧洲。

总体来看，非洲多数国家的经济发展像我们20世纪七八十年代一样，但并非像我们想象中的那般荒芜。那些散布在偏远地区的原始部落只是一小部分。当然，他们大部分国家确实是穷困的。在物资匮乏、生产力低下的情况下，很多东西靠进口，因而也导致了相对高的物价。

埃塞俄比亚，这里地广人稀，道路遥远，交通不便，也导致我去一个地方，往往需要包车和向导，甚至还会有持枪的保镖。有些旅行项目也因此变得昂贵起来。

卖水果的小贩在大街上摆放着一个个整齐的橘子，叠成小金字塔一般售卖。在各种地摊上，还能看到我们早已过时的二手电器，二手生活用品，甚至还有二手的衣服。

他们拿着没有彩屏的手机，对于他们来说，进口的彩屏手机比较贵。他们也生产不了，而来自中国的手机性价比很高。在大街上我经常会听到他们说："Made in China, Good!"

我还在这里吃到了从没吃过的仙人掌果，咬一口很甜。可里面的籽硬邦邦的，满嘴的籽。他们还满大街在售卖小木棍一样的东西，像铅笔一样，五毛钱两根。感觉大城市的小哥总很调皮，坏坏地开着玩笑冲我喊高价，而小地方的小哥倒要朴实一些。那是一种未曾见过的"另类"朴实。

我看到路上形形色色的人，不管是西装革履还是穿着破烂，嘴里都会叼着那种铅笔一样的木棍。我跟小摊上的小贩砍价半天，最后他还是实价卖了我两根。比画半天，我才恍然大悟！

这是刷牙棒！他们把一种木头的头咬开，形成坚硬的木杈，就这么像香烟一样叼在嘴里，时时刻刻刷着牙！怪不得他们的牙总是白得锃亮！想不到他们竟有如此的爱美之心，去保护身体唯一白的部分。

后来，我住进一家华人老板娘的旅馆里。说是旅馆，其实就是自己家。当地华人租了栋楼，十多个房间，对外出租。一百多块钱一天，包三餐。对，包三餐！还是中餐！这让我四处漂泊流浪的心，突然有了归属般的安定。在那一百多天里，没有正经吃过中餐，是我的一种切肤之痛！

"中华之美食，影响之博大，历史之悠久，是我华夏千万儿女，漂泊异乡，不可描述的思念之痛。中华美食无疑是世界之最，是埋藏在内心的滚滚欲望，是流淌在血液里的、埋藏在骨肉里的神秘记忆。那是不能拒绝，难以遗忘的痛与亲……"

这是我行走136天之后，终于有天吃到了一顿正经的中餐所写下的日记。在外面走得越久，越是渴望故乡的美食，尤其是在像埃塞俄比亚这样的国度，还经常得吃生牛肉。他们烹饪技巧单一，还保留着很多过去的饮食习惯。当然，他们的牛肉是极好的。新鲜干净的牛肉切片，配上他们特殊的酱料，美味至极！不过，对于这种尝鲜的美食，偶尔吃个一两次就好，真正解救我的还是这一家旅馆里的家常便饭。

这家华人旅馆除了我之外，也很少有游客到来。租住在这里的多是中国外派基建公司的员工。老的、少的加起来正好整整一桌。几个年轻人，几个老师傅，清一色都是男的，只有老板娘一个女人。老板娘也是跟老公外出做生意，后来就在这边安了家，顺便做起了旅馆的生意。

几个人围成一桌，吃着不算太丰盛的家常便饭，嘴里吐着半开玩笑的段子。这让我想起了初进社会那两个月修车工的生活，多么久远而又让人难忘的记忆。

炎热的夏天，一桌人光着膀子吃完饭。午休的时候，随便找个纸垫子，躲在隔壁安静的小房间里，听着工友当时的黄段子。那时候的情景和此刻一模一样，只不过青春已悄然走过了九年。

那时候是青春的伊始，而现在我已站在与青春告别的尾巴，走在环游世界的路上。

埃塞火山

在"上九天揽过月，下五洋捉过鳖"之后，这一次我要去往地狱之门的火山口，我要去爬那里的活火山。整个非洲，只有埃塞和刚果可以爬活火山。或许这么野性的玩法，也就只有非洲这块绚烂多彩的土地才有。所以说，论五大洲的自然之美，令我留恋最多的还是非洲。

此次的火山之行，需要三四天的时间。我打算去一天，爬火山一天，在火山口睡一天。驱车穿过那五彩之地，五彩之地非常广袤，一路经历着春夏秋冬四季，而活火山就在那广袤荒芜的五彩之地中间。

这一趟火山同行的还有三位澳门姑娘，路上碰到，拼车同行一段，省了不少费用。

三位澳门姑娘是亲姐妹，两位是婚前最后的青春之旅，一位是辞职陪着去旅行。

那位辞职的澳门姑娘之前是商场的柜姐。据她们说，澳门的从业种类并不多，很多女孩子会在商场工作，而男孩子则多从事博彩业。这在她们那里是很普遍也是相对得体的工作了。相较于我们，她们普遍收入较高，但也很少会去创业。房价也比较高，年轻人也买不起房，但他们不会太过于执着，而是选择租房生活。在他们的认知里，有住的地方就行，没必要把自己大好的青春用来为房子奋斗。那是一个人一生中最好的年华，本该去做一些比赚钱买房更有意思的事。努力赚钱买房到底不过是为了追求更好的生活。其实睡在哪里都不过睡在夜里，何不停下匆忙的脚步好好享受生活呢？

去火山的路上，是五彩缤纷的，穿过了草地，越过了盐湖，走过了戈壁，最后到达熔岩之地。同骆驼赛跑，和羚羊追逐，走过了秋，也跨过了冬。

终于在一天之后，我们来到了火山脚下那块被称为"人间地狱"的硫磺之地——达纳吉尔凹地。传说中，这里是世界上最不适合人类生存的地方。底下是海拔 -100 米的地方，五十多摄氏度的高温。色彩鲜艳的荒地之上，到处充斥着金黄色的熔岩，熔岩坑里，不时会有沸腾的喷泉喷出。火山口地表布满着熔岩坑，那熔岩坑里流出的硫磺凝成黄金一样的结晶岩石。

我对持着枪看着我的小哥比画道："借我你的枪耍耍。"

他笑着露出一排大白牙，然后把身上挂着的 AK47 取下来递给我。

这是我们的保镖，同行的几辆越野车里，除了一名司机之外，往往还会跟着个持枪一路随行的保镖。如果你在非洲旅行，报团去玩一些偏远地区的项目，就会享受到这种土豪般的待遇。

难以想象的是，这一趟每人也不过几百块钱的费用吧，这在国内是很难想象的。

说是保镖，其实就是个普通小哥，看上去瘦瘦小小的，走起路来还有点"娘"。这同他身上用破布条挂着的老式 AK47 显得格格不入。这边就业机会不多，工资普遍偏低。人均工资每个月也就几百块钱的样子。所以看得出来，他不是专业的保镖，不过是为了前来赚钱糊口。

当地做生意的华人家里一般都会请四五个佣人，有保镖、司机、保姆等。我在上一个城市的时候，华人小家庭里就请了一个司机，一个做饭的，一个保姆和一个保镖。在这里生活的华人好像一个月支出几千块钱，就能过上像国内富豪般的生活。

不过这边的人每个月领到工资没几天就会吃喝玩乐花完了，然后再回来继续工作。

上火山的路，异常荒芜，龟裂的地面上寸草不生。爬过金黄色的硫磺地，再往上爬就是黑色的火山岩，那是漫长岁月里火山灰所形成的。远处高高的山顶上，有滚滚的浓烟正从火山口飘出，大有一种去冒险的感觉。

滚滚浓烟的火山口虽然看上去就在眼前，可此时我们已经在这座巨大的火山上爬了五个多小时。随着夕阳西下，终于凉快了些。一整个下午顶着炎炎烈日，往火山口爬，像极了去火焰山。可眼前这座火焰山，竟是如此的真实，是名副其实的火焰山！

随着天色越来越暗，月亮爬上了山头。因为没有光源，所以显得月亮异常明亮，还有那满天的繁星也对着地上的我们眨巴着眼。这一路我们都没有开灯，恰是满月，就着月光，我们足以看清周遭的一切。我们就这么一边爬着，一边享受着这一份难得的明亮与悠远。

一会儿，天空突然暗淡起来。远处的黑暗席卷而来，我们仿佛即将会被巨兽吞噬一样。抬头看看天，像圆盘一样的明月正在被黑暗慢慢吞噬着。一个黑影悄无声息地靠近月亮，以一点一点肉眼可见的速度撕咬着！

天狗食月！

我们一群人惊得站在原地，抬着头，张着嘴巴直愣愣地盯着。

眼见它一点一点把金黄色的大满月吃得一点不剩。

此时四周瞬间陷入了黑暗，天空只剩下一轮黑色的圆圈，黑色圆轮的周边，偶尔会有一点点微光透露出来。原本还明亮透光的山体，一下子陷入了无边的黑暗里面，我们甚至看不清就站在对面人的脸，仿佛世界末日一般。四周幽深一片，诡异至极。在过了许久的惊慌与不知所措之后，大家才慢慢平复下来。

当地的领队打开了手电筒，这才带来了一丝光明。

"好神奇！"

他也摇着头，不住感叹。他自己也未曾见过，然后继续带着大家摸黑前进。

随着硫磺味越来越浓重，前面泛起了烟雾。我们不得不把头巾摘下来，捂在了脸上。因为没有月光，所以看不清到底离火山口还有多远，只能看见前方隐隐发着红色的光。浓烟越来越强烈，心跳也越来越加速。我知道岩浆口就在不远处了。

"到了。"领队在黑暗中回过头来平静地对我们说道。

我分明看到黑暗中他的牙齿在发着白光。

我带头跟着他，跳上了火山口。刹那间，映入我眼帘的是满眼的血红。那跳动着的红色火焰，血红色的岩浆，就在近在咫尺的火山口翻涌。

这是我从未体验过的刺激！当然我也嗅到了危险的气息，仿佛这一刻，只要往前跨一步，就会坠入这红色的岩浆海洋！可这一切又是那样的美丽，对我充满了致命的引诱。岩浆口的火红色的高温，使我热得赶紧脱去了上衣，只穿着一件黑背心，汗水顺着脸颊流下，流到了岩浆里，发出了嗞嗞的声音。

我学着领队的样子，站在火山口的岩石边缘，站在岩浆与洞口的交汇处，探着头看底下那红色的滚滚岩浆，金黄色的火焰与红色的岩浆相互交织纠缠。

领队也不说什么，任由我随意地坐在岩浆口。国内的景区一般不会如此自由，可能早在几十米开外就围起来了，还会三令五申地不让靠近。而这一刻，我是贴近着自然也贴近着死亡，难以言说的是我内心的震撼！这是真正的自然之美！大自然有千姿百态，却都一样的令人难忘、着迷。当地人本身就热爱自然，谁又忍心阻止你去拥抱大自然的神奇呢？

火山口的边上铺了一层凉席，我们仰躺在凉席上，闻着硫磺的味道，望着重新回到夜空的月亮出神。

看着，看着，不觉闭上了眼睛，嘴角是一抹浅浅的笑。

请教教我功夫（肯尼亚）

向往非洲的人，都会向往着动物大迁徙。第一次听说动物大迁徙是小时候从《动物世界》栏目看到的。那时候只知道世界的一处角落有着一望无际的大草原和各种稀奇古怪的野生动物，却并不知道那些动物都在哪里。

电视里奔跑的动物大都生活在非洲的大草原上。在其他大洲早已没有它们的容身之所，它们主要栖息在肯尼亚。非洲不只有沙漠，它还有广袤的草原和无边的海洋。

那是另一方世界，同我们日常生活的世界相距甚远。那是世界上其他物种聚集的地方。我打算去马赛马拉大草原，那里水草丰美，覆盖了坦桑尼亚等周边国家。看动物大迁徙的首选国度是肯尼亚，而看动物的最好时节恰是现在的七八月。草原上现在是旱季，动物们成群结队地迁徙，去找有水的地方。那场面将会是何等的壮观！

从落地的首都到马赛马拉需要 1 天的车程，很多人会选择落地之后，找当地的旅行社，报一种叫 SIFA 的团。这并不算贵，来到当地再报团，要便宜很多，而且价格也透明。当然也有人在国内的旅行社花费好几万元报名。事实是，国内的旅行团到了当地，依然会交给这些整个行程只需 300 美元的旅行社来接待。

理想的实现——环游世界500天

300 美元的行程，3 天的时间。一天在路上 100 美元，看动物大迁徙 100 美元，回来一天在路上 100 美元，一个司机，一个向导，这就是国内几万块钱的全部行程。

300 美元对于我来说还是太贵，主要是行走在路程上花费的钱不值当，并且时间太短，对于我来说，还是不够尽兴。我要和动物生活在一起，生活在它们的周边。

我在谷歌地图上找到马赛马拉草原边上的那个小村子，反正带团的越野车都是开到这个村子住一晚，第二天才开始进草原的。我打算自己去。当地人在自己的国家去下一个城镇和村庄自然会有公共交通。有路就有导航，不然他们自己人怎么去呢？

我在首都稍作两天的休整打听之后就踏上了前往马赛马拉的

旅途。

当地人告诉我，他们都是从哪坐小巴的，然后到达一个中转城市，再转到下一个城市。其间要中转两趟就到马赛马拉草原的村子了。我根据谷歌地图的指示，在城市的一角找到了他们的公共乘车点。这里不像城市里的公交运输点，因为要去市外，所以也像我们国内一样，一辆辆的七座小面包车排成排。小面包占领了两条街道。每一辆小车上面，写着去的地名。

我上前跟几个看上去面善的司机，询价一番。

从首都到中转的城市，再中转两趟，加起来一共也不过几十块钱。这可比坐越野车一路要花 200 美元便宜得多。我就说嘛，想省钱总会有办法的。难道当地人自己不出门？

对比了一番之后都差不多，于是我就跟着一个热情的小哥上了他的车。他也不强制拉客，哪怕是对于我这样的外来者，当地人都统一一个价。只不过，这辆小面包车上，前塞一个，后塞一个，一共七座的车，最后竟塞了十几个人。副驾驶上竟然坐了两个人，驾驶位和副驾驶之间竟还塞一个人。从副驾驶位最后上车的小哥泰然自若的表情来看，这在当地应该是再正常不过的事。

十几块钱要开四五个小时呢，我还想怎样？我装作若无其事的样子，跟着他们坐下。隔壁的大叔、大姐都在冲着我笑，觉得新鲜，竟有个外国人，还是难得一见的黄皮肤。当然，他们也很有礼貌地装作我是他们中一员的样子，我也装作是他们中的一员。谁说不是呢？我就是他们中的一员！

许久之后，车终于启动出发。四个人挤在一排三人座上，那隔壁的大叔竟一路都使劲地靠着边，尽量不挨着我，想让我坐着舒服点。这令人感动的善意温暖着我一路来到了中转城市。然后，依旧如法炮制地坐下一辆车，俨然现在我已经是他们当地人的样子。

等到夕阳西下的时候，终于到达了马赛马拉的大草原边。我知道离前面落脚的马赛村子不远了。更令我惊叹的是，窗外草原上如蘑菇一样散开巨型叶子的大树，在我眼前倒退飞逝。

我终于来到了传说中马赛族的村子。草原边上的马赛人世代生活在这里。过去他们每一个人的成人礼，竟是进大草原猎杀一只狮子。

此时的他们，这会正坐在路边烹饪着动物的内脏。我也有样学样地买了几块，一块钱好大一块肉。我也在他们好奇的眼神下就这么吃着。紧接着我找到了当地仅有的一家旅店住下，40 块钱 1 天。原本 300 美元的行程，我只花了几十块钱就到了，并且住一天只需要几十块钱。最重要的是我可以无忧无虑地在大草原边同动物生活在一起，随时可以离开，没有时间限制。省下来的不只是金钱，还有时间。

从明天开始，狮子、大象、斑马、野牛们，我要与动物们在一起生活了。

理想的实现——环游世界500天

马赛马拉草原

我在马赛族的村子里生活了一天，整个小村子很小，只有前后几排的房子，这是历代马赛人生活的地方。马赛族当地的村民，更准确地说应该是牧民，只不过他们牧的不是牛羊，而是整个动物世界。

他们总在身上披一件红色的披风，腰里别着一把简易的短剑。这种短剑我曾向一个马赛小伙借来把玩过，再简易不过，简易到刀柄上只用一层简单的布包裹着。可他们却能用它来杀狮子，不得不佩服他们的勇气。毕竟凶猛的肉食动物，在我们眼里可是危险的象征，我们只敢通过电视远远观望。

像当地人一样，在村子里晃荡了一天之后，我终于跟几个人拼上了一辆越野车。这种越野车就是去看动物大迁徙的那种大型吉普车，四周敞开着，没有玻璃的车门和天窗，毫无遮挡。坐在这种车子里行驶在大草原，除了你是站在车子里这件事以外，你跟外面的动物是一样一样的，只是有一圈车架围着你。

我倒更喜欢这样，能毫无保留地同动物亲密接触。比起国内看个动物园都要里三层外三层地包裹着，我更喜欢这种天然的感觉。这种看大迁徙的越野车，在这个村子里比比皆是。着红色披风的马赛族人，开着越野车在村子里驰骋。因为外来的车辆，最终也需要这些马赛人来驾驶，因为只有他们才能找到所有的动物和壮观景象。

所以当地的马赛人，也会开着这些车来回跑。跟4个人拼完车，一个人几十美元！！而之前，从内罗毕过来一个人就要300美元，还塞6个人。现在我自己来到这里，拥有更多游玩的时间和同样的行程，却只需几十美元，这无形中为我省了很多钱。

随着越野车深入大草原，呈现在我面前的是一群群斑马。这些斑马比我想象中肚子要更大一点。一群群的斑马和角马，就这么散步在这广袤的大草原上。对于我们的到来，它们好像并不惧怕。在我们车子靠近的时候才慢悠悠地从车子边走过。我探出车窗，兴奋地大喊。

马赛人告诉我，这些斑马很笨。草原上一大群一大群的，曾经在非洲大殖民的时候，有欧洲人来过，想要试着驯服它们，可最终还是放弃了。因为斑马实在太笨，没法驯养。

原来一直没想明白，斑马为什么不能拿来骑。现在才明白竟然是因为它们太笨。不过想想这也算是好事，起码它们可以自由地在这片天地奔跑。

　　和斑马一起遍布草原的是角马。它们会成千上万地在草原上排队奔腾，冒着生命危险穿过满是鳄鱼的河流、峡谷。这也是非洲大草原上最壮观的景象！只不过它们现在还没过河，只是在我们身边踱步而过，抬起头好奇地看看我，然后又继续低头吃草，或者同旁边的角马顶着角，较量着力气。说是角马，其实它们长得更像牛，就是我们在电视中看到过的，排队过河的那种长得像牛的动物，其实它是马。

　　真正的非洲野牛，正在不远处警惕地看着我们，而我们不敢过于靠近。非洲野牛很危险，它们可是非洲五霸之一，比起狮子来，它们对于车辆的危险性会更大。因为它们庞大的身躯，与头顶上比一般水牛大3倍的硕大牛角。当它冲向人们的时候，有车也挡不住。非洲野牛是极其危险的，它可是比狮子排名更靠前的草原五霸，一般的狮子和野牛较量，哪怕群起而攻之，往往也很难获胜。野牛发怒的时候，它庞大的身躯与牛角杀伤力极大。

　　至于排名比野牛更靠前的非洲野象、犀牛、河马，那更是危险得让人望而却步，不敢轻易靠近。很多人可能会奇怪河马怎么会比狮子更危险呢？在真正的动物世界里，都是以体型论战斗力，排在非洲五霸最后的狮子，可打不过前面这四种比它体型更庞大的动物。

　　非洲野象，更多的时候会躲在树下乘凉，或者在水边嬉戏。当它踱步在草原的时候，那庞大的身躯宛如一栋两层楼房在移动。当它从我们身边路过的时候，我们更是不敢轻举妄动，只敢小声地同它打招呼。

　　这时候，一只不知从哪突然出现的猎豹正从我们车头前路过，然后就这么趴在那里不走了，直勾勾地看着我们的车子。这令我兴奋极了！我站在座位上，半个身子探出天窗热情地同它打招呼。

按照马赛老哥说的，它不敢对我们怎么样。因为我们车子可比它大得多了，在动物世界里，向来以体型说话。现在，在它眼里我们俨然是一个比它更巨型的动物，所以它不会轻易攻击。

偌大的车门，比一般的家庭越野车要大1倍，车门只有半截，却没有玻璃。这也方便我们更好地全方位地体验与这些大草原动物的近距离接触。想象一下，当你开着一辆敞篷车，驰骋在满是动物的非洲大草原，那将是何等的刺激！

我和老哥一起坐在车顶，而动物们就在离我们几米远的地方。现在我们也是动物中的一员了，动物也在看着我们，相看两不厌。

猎豹身上的斑纹很美，像是上天赐给它的礼物一般。它匍匐在车头，就这么安静地看着我们，但我从它那长期捕猎的眼神中，捕捉到一抹犀利与锐气。那是长期捕猎杀戮所带来的气息，这同它的美丽身躯还很不搭。它随时有可能会以世界上最快的速度冲向猎物。当然，此时的我并不惧怕，就像马赛老哥说的，我们可比它们厉害！人类才是最厉害的动物。我们发明了机器，在巨大的车辆面前，它们也只敢观望，不敢轻举妄动。再说了，马赛老哥现在腰间可别着他的剑呢，那可是连狮子都能屠的勇士！

最后，猎豹并没有像我"期望"中的那样冲向我们，而是好奇地看了我们好一段时间之后，又无趣地起身踱步到前方草丛里去了。我感觉它并不是惧怕我们，毕竟它是这片草原最优秀的杀手。天性并不会使它害怕，它只不过是好奇而已。

车子继续向草原深处开去，应我强烈的要求，马赛老哥根据熟悉的地形，往一片灌木丛开去。他将带我们去看雄狮。当我们听到震耳欲聋的咆哮声响起时，终于见到了狮子。

车子就停在它们的家门口。灌木丛里有一只雄狮。几只母狮慵懒地匍匐在草丛边。我们就这么直愣愣地停在离它们一米远处。这会儿，我们谁都不敢出声，大家屏住呼吸，就这么乖乖地坐在座位上，静静地看着它们。

一只母狮走过来站在我们车门边，用余光打量着我们。虽然知道它们不敢轻易对我们动手，可我们还是不敢轻举妄动。毕竟它们也是草原五霸之一。狮子的身躯比猎豹足足大了两倍。从它们泰然自若的脸上，我看到了那种与生俱来的草原霸主气息。越这么真实地看着它的脸庞，越觉得心惊肉跳。那可不是电视中所看到的样子，眼前的它们更真实，随时都有可能会扑过来。

这时候，一只雄狮带着幼崽出现在前方。几只小狮子蹦蹦跳跳地像小狗一样玩耍着。这个场景太可爱了，让人忍不住想逮一只来养着。随后瞥见雄狮，它正直勾勾地看着我们。那硕大的身躯令人战栗，这才是真正的草原之王！我立刻把胡思乱想的小心思收了起来，报以歉意的微笑，乖乖坐好。

在离开它们许久之后，我的心脏还在扑通扑通地跳着，倒不是因为害怕，而是太刺激了。

狮子！那可是真正的狮子！我终于见到草原上真正的雄狮啦！而那群小狮子玩耍的身影，我想我这辈子都不会忘记吧！

在峡谷河边，我们安静地坐在车顶上看着对面的角马群。几十米开外的河对面，正有成千上万的角马在那边聚集，它们准备过河。而在那河里，是群群鳄鱼。鳄鱼成片成片的，明目张胆地浮在水面。

我们在车上，都替对面的角马群捏了把汗。脚下的这一片死亡之地，充满了恐怖的气息，让原来敢在大草原上"撒野"的雄心壮志悄无踪影。面对着水面上那一双双探出脑袋的眼睛，我们清楚地知道，向前一步就是死亡。

可对面的角马群必须选择面对，它们需要去到河对面水源充足的草原。这就是真实的动物世界，它充满令人震惊的壮阔，却也残酷无比。在这片看似美丽的草原上，生死不过瞬间。

随着一声令下，成千上万的角马，扬起了尘土，向着峡谷下的鳄鱼群奔腾而去。而我们的视线，也被飞扬的尘土所遮挡，挡不住的是生死角逐的壮烈！

我在马赛族村子里安然生活了 5 天之后，开始从草原出来，去往另一边远方的村子。因为这边食肉动物太多，不允许你徒步行走在草原之上。如果没有车子的保护，可能分分钟钟就会被吃掉。但我渴望同动物亲密接触的心仍旧蠢蠢欲动。我要融入它们，到它们真正的生活中去。

你会功夫吗？

当我步入这片草原边大村子的时候，家家户户的小孩都睁着好奇的眼睛直勾勾地看着我。我也笑着同他们打招呼。这个时候，他们就会怯生生地对我说："China? China?"

我笑着说："Yes!"

他们往往眼神中会突然散发出一股异彩来，刚开始，我还不知道这代表着什么。

我来到他们村子边一片广阔的草地，看到一群当地的青年和小孩在踢着足球。

我很远就看到几个非洲小孩在草场上嬉闹，俨然有一种我们小时候的感觉。他们好像在比画着中国武侠电影里的动作。

这是什么？鹤形拳？出于好奇，我又慢慢向他们走去。当我走近的时候，那几个嬉戏的小孩也终于发现了我的到来。他们向我投来好奇和期盼的目光。

"Oh, China, China!! Gongfu Gongfu!"

他们兴奋地大喊着，向我跑来。

他们齐刷刷地就那么盯着我，眼神里透露出了同刚进村时遇到的那些小孩相同的眼神。

"Oh, China, Jackie Chen, Jackie Chen."

我听清楚了，他们说的是成龙。

我说："No, I'm Jake Dong."

那些小孩又兴奋地喊道："Bruce Lee（李小龙），Bruce Lee, Gongfu Gongfu."

我看着他们兴奋的样子，说道："是的，中国有李小龙。"

"你会功夫吗？教教我们，教我们中国功夫。"

"我不会。"

小孩们急了："不可能，中国人都会中国功夫，你肯定隐藏了功夫，我们很喜欢中国功夫，你教教我们。"

看着他们的热忱与期待的眼神，我又不忍心拒绝："好吧，我会一点点。"

他们大喊着，兴奋至极。

我让他们比画一下他们所知道的中国功夫。

他们5个就很认真地排成一排，开始扎半像不像的马步，比画得有模有样。

我说："不对，不对，马步不是这样扎的。"

然后就有模有样地比画起来，小时候外公教我的正经的扎马步。然后又比画了两拳，他们看得兴奋极了，高喊着："功夫，功夫，中国功夫！"

我笑着摇摇头，这哪是中国功夫啊，这只是比画两下的花架子。他们眼里闪烁着别样的光芒，然后一本正经地学着扎马步。我笑笑说："以后马步记得这样扎，中国功夫都是要勤学苦练扎马步的。"他们很认真地点点头，我笑了笑准备离开。

走出好一会儿之后，我发现那几个小孩还在远远地跟着我。我也不紧不慢地走着，小镇口又迎面碰到几个小孩，也怯生生地问我："China? China?"

我说："Yes."

他们又兴奋地喊着："Gongfu Gongfu."

随即一路跟着我，后面刚刚那五个小孩见状，也赶紧快步跟了上来。一堆小孩就这么跟在我屁股后面。到后来，越聚越多，俨然有二十多个的样子，就那么直愣愣地跟在我身后，像一条长长的尾巴。

"功夫，功夫，教教我们中国功夫吧！"

我被他们诚恳的样子逗乐了，然后停下来："好吧，我再教你们一些。"

他们集体欢呼雀跃，兴奋极了。

我也有模有样地在他们围成的一个大圈里，比画起了太极的"架势"。他们兴奋极了，也跟着我有模有样地学了起来。

比画了几次之后，我跟他们说："这叫太极拳，中国功夫。"

他们聚精会神地学着、比画着，看我的样子恍若神明。我看着这一幕，摇了摇头，既开心，又失落。

在这偏远的非洲小村子尚且对我们国家的传统文化如此推崇，而我们自己却早已淡忘，抑或是嗤之以鼻。网络上的言论总在批评传统文化，觉得中国功夫不过是个花架子，而远在异国他乡，却有一群小孩对我们的传统文化向往不已。

后来我一个人骑车去地狱大峡谷的时候，沿途遇到许多野猪、斑马和野鹿，我随时可以停下来和它们打招呼。路边空空荡荡没有一个人影，只有炎炎烈日以及和我同去峡谷的小动物的身影。

在峡谷的入口，我遇到了一个脸上涂着火山泥的小哥。大峡谷很深，需要有人带路。他说5美元带我过去。后来听说我会中国功夫，兴致勃勃地学了几手太极，就免费带我去了。

这一路，我也在脸上涂了血红色的火山泥，跟随他进入峡谷深处。本来两个小时的路程，他带着我抄一条凶险崎岖的近路，半个小时就爬完了。而一切只是因为我说我会功夫。

还有一次，是在那个小镇周边，我想冒险爬过那个小镇与草原的铁丝网围栏，因为那是食肉动物生活的大草原，所以一般是不允许徒步进去的。

可冒险的心总让我蠢蠢欲动，钻过第一条围栏的时候，还是始终沿着两条铁丝网的中间向前行走寻找入口，因为有两道网隔着，而中间是一条夹缝中的小路。

走着走着，入口没找到，迎面走来了一群狒狒，远远的，我就感觉有什么动物，这让我胆颤心惊。这一群狒狒好像完全不怕我，也是气势汹汹，就这么向我直冲而来。

而此时我已经决定好，拿出对付大型动物的架势驱赶它们了。张开双手，保持最大身躯，向它们嘶吼。

遇到老虎、狮子这些大型动物，退无可退时，我们是跑不过它们的。这个时候千万不能跑，要用上面的那个方法对付它们。

但幸好对面过来的，是一群狒狒，让我还不至于太害怕。当它们越来越临近的时候，我还是选择了往后退，它们好像根本不怕人。

算了，人不跟猴子一般见识，我这么自我安慰道，然后慢慢地后退，它们也慢慢地靠近。

它们数量众多，前前后后，有十几只之多，排着队像鬼子进村一样。这时，走过来一个当地壮硕的村民，他也终于看到这一群不速之客，然后迅速熟练地拿起来一条大铁棍，对着围栏的铁网重重地狂敲，发出巨大的声响，这才让那些狒狒退了开去。

可它们只是战略性地后退，等过一会儿后，我看到他们还是慢慢靠近。当然这会儿我已经知道怎么对付它们了，手里也拿了一根大棍子比画着。然而它们并不朝我这个方向走，而是直接越过了旁边的铁丝网，把我留在了草地上。它们冲进了铁丝网附近村民们的屋子里，偷吃东西！

我终于发现它们从草原组团而来的目的。

紧接着就听到院子里发出怒吼的声音，与石头飞起，狒狒们不慌不忙地抱着偷来的战利品，又躲到房顶，然后对我的方向一笑，调皮地到处腾挪。

我被它们草原周边的日常给逗乐了。

就这么隔着铁丝网，在草原上看着它们与村民斗智斗勇地展开"地道战"。

我终于还是来到了这一片梦寐以求的遍布食草动物的草原。

好像叫什么月亮湾，一般人找不到这里，而我多方打听后，还是来到了这里。

那是一座在湖边的草原半岛，刚一进入草原，就遇到 2 只长颈鹿在树下吃树上的水果，高大的身躯，竟有 4 个我那么高。

我抬头仰视着它们，我第一次这么近距离地感受到，原来长颈鹿如此的高大，这不像马赛草原上远远地看到的长颈鹿。

当它们发现我靠近的时候，全都奔跑了开去，你很难想象2层楼那么高的身躯，跑起来的时候，是什么样子，那一刻我是震撼的。

同时内心也苦笑，你比我高那么多，你跑什么，我跑才对，吓我一跳。

当慢慢深入了草原，一群群的灵鹿与羚羊停下动作，警惕地看着我。然后一大群一大群地，奔跑开去，等到它们觉得安全了，才停下来静静地打量你，发现你没有危险了，才又低下头来吃草。

草原上还有一些不知名的动物，我认不全，但我看得出来它们都是食草动物，在这一片没有人没有食肉动物的天堂。

因为这里没有食肉动物，所以没有设围栏，可以这么自由自在地与动物们一起行走，那么自然地接近它们，融入它们的生活。这一片草原上，唯一需要注意的，只有河里的河马，在当地人看来，它比任何动物都危险。

因为河马可是非洲五霸之一，别看它们呆头呆脑的，那可是非洲每年杀人数量最多的动物。因为沿河的流域没办法防范，到处都是，它们往往隐藏在河里，关键是它们脾气不好，暴躁起来的时候会主动攻击人。当然，你不那么靠近有河马的水域就好。

虽然我此时也远远地看到了它们庞大的身躯，可我这会在岸上呢，所以并不担心。

这一次，我是如此近距离地与它们走在一起，感受着同一片土地，拥抱着它们。

食草动物们胆子总是小的，刚开始它们会很警惕地盯着你，你在它们眼里，是从没有见过的生物。我需要很小心翼翼，很小心翼翼地靠近它们，缓缓地把身姿放低，装作漠不关心的样子。它们慢慢地，慢慢地会感受到，你并没有危险，也就允许

理想的实现——环游世界500天

你靠近了。

当然，你还是摸不到它们，它们会跑。

我就这么坐在草原上跟它们说着话，坐在它们中间，河边有几只斑马母子，小斑马很小很小，像刚刚学会走路的样子，躲在斑马妈妈的身后，好奇地看着我，它可能一出生，就从来没见过其他生物。

我坐在斑马的眼前，对着它们唱歌，唱着一首我青春里的记忆：

斑马，斑马，你不要睡着啦，

再给我看看你受伤的尾巴，

我不想去触碰你伤口的疤，

我只想掀起你的头发……

斑马，斑马，你回到了你的家，

可我浪费着我寒冷的年华，

你的城市没有一扇门，为我打开啊……

我终究还要回到路上……

唱着唱着，小斑马终于探出了身子，就这么看着我，而它的母亲，也听着歌，就这么直勾勾地看着我……

赌场里的迷失（坦桑尼亚）

在非洲这块大陆，除了一望无际的撒哈拉沙漠和广袤的大草原外，其实大部分国家都面对着一片碧海蓝天。

其中最美丽出名的一片海域在坦桑尼亚。坦桑尼亚的桑给巴尔岛是号称仅次于马尔代夫的非洲最美海岛，那里有着柔软的沙滩和纯净的海洋。此行的目的地，就是去往心心念念的桑岛。从沙漠、火山、大草原出来，此刻的我多么渴望拥抱海洋。

可是旅途中，往往会有一些意外耽搁你一下。听说坦桑尼亚首都办理美签跟巴西签证，非常的容易，所以我想着驻留一下。先办个美签或者巴西签再走，可这一停留，结果就让自己懊悔不已。

赌场迷失

非洲绝大多数的国家公路与建筑基建都是我们中国援建的。随着基建与援助输入的是源源不断的中国员工。非洲为了招商引资，工厂的土地费用一般都极其便宜，一些中国企业小老板会来这里开办工厂。当然这边廉价的劳动力也是吸引华人在此做生意的重要原因。

可往往除了这些基建人员跟开工厂做生意的小老板之外，也少有其他的人到来。旅行的人少，生活的人多。可能因为这些无趣的生活，赌博行业也随之兴盛起来。

人们因为背井离乡，语言不通，男多女少，生活乏味，所以大大小小的赌城，分布在非洲的各个角落。坦桑尼亚有好多漂亮精致的小赌城。这也是我被吸引逗留此地的原因。

在这之前赌博在我的青春轨迹里也曾留下过一丝深刻的印记。

那是刚出来参加工作的一两年，两点一线的上班生活索然无味，几个同事下班后会聚在一起打麻将和打牌。在 2012 年年底的春节，那时的我终于厌倦了一成不变的枯燥生活，选择了离职。这于我而言，显然是自我的觉醒。

我不顾一切，毅然决然地辞职去了西藏。我说我要去重走青春，这不是我要的生活。徒步搭车走向了西藏。这一走就是两个月，而这两个月也是我青春生涯里最开心和满足的日子。精彩开心的生活，总会让你觉得时光的厚度与漫长。

如果，当你回过头来看自己的青春过往时，内心却毫无波澜的时候，就停下步伐好好思考那样的生活你是否快乐。如果日复一日生活在枯燥乏味里，那么试着跳出来去找寻真正的生活，用自己喜欢的方式过完一生吧！

当我徒步搭车来到西藏的时候，我才发现自己不过花了三四千块钱。这一刻我才明白：原来真正快乐的生活和金钱并无关系。我青春里最开心的时光竟是我花钱最少的时候，我第一次知道什么叫"青春的厚度"。

几个夜晚放肆的挥霍失落同两个月丰富多彩、内心丰盈的生活形成了鲜明对比。此后我再没有触碰过赌博。这一次，却又突然的放肆是因为经不住这非洲赌场的诱惑。那一切于我而言是如此的新鲜，让我忍不住想去体验一番。

我随意走进首都一家大型的赌城里，瞬间就被这里的精致浮华所吸引。虽然比不上电视里拉斯维加斯、澳门的赌场，可这也是我见过最精致而又最正规的赌场了。穿着燕尾或者兔女郎的荷官被赌徒们围绕着，楼上楼下里里外外的各种赌场设备，港片里才有的得州牌桌，筹码的精致与规整，还有免费的吃喝和香烟，这哪里是赌场啊，这分明是高端会所啊！在当地赌博是合法的，赌场是合法的休闲娱乐场所。

同赌场的精致、高端格格不入的是这里的筹码兑换确实极其便宜。几毛钱、几块钱就能让你在任何的机器、牌桌游戏。在这里，几百块钱就能玩上一晚，还可以体验这边的服务。

我也兴致勃勃地拿着 20 美元，换了一大堆筹码。就在那些各式各样老虎机、转盘机、摇杆机上面玩了个痛快。如此便宜的筹码，却能在这里当大爷一般的享受，怪不得管这里叫娱乐休闲场所了。各种各样的机器、牌桌层出不穷，高端而又上档次。这确实让我体会了一把来非洲当土豪的感受。

我从刚开始的摇杆机、老虎机，慢慢地转移到德州扑克的桌子上。饿了就叫人送份牛排过来，渴了就让人递杯可乐。自己抽了包烟，口袋里还揣着两包免费高级烟。

这神仙级别的体验，一只脚翘在德州牌桌上，一手端着红酒，对面的荷官女郎正笑盈盈地为你发着牌，看着你下注，这谁顶得住啊！起初我下得很小，一美元两美元地下。因为当地人也是这么下的，这是常规行为，你完全不用觉得不好意思，只需尽情地去享受。

入夜的时候，我有些疲惫，起身数数筹码。天哪！居然还赢了 100 美元。我满心欢喜揣着满口袋的烟，对着漂亮的荷官笑着说了再见，就抽身离开。嗯，隔天再来。

第二天中午，我又跑去了赌场，我的初衷很明确：过去蹭饭。这里有很好吃的免费中餐。带着酒足饭饱后的满足，我又像个老手一样扎进了游戏区和德州牌桌上。

老外发明的德州扑克其实蛮好玩的，这很像港片里赌神和周星驰那种摆着排场坐在一边的牌戏。在这里，有跟对方赌的，也有半张桌子跟庄家赌的。庄家是虚拟的空位，其实就是荷官发的牌，我们只需要看着自己的牌，选择跟还是不跟，或者在牌非常好的时候，来个梭哈。我玩了个不亦乐乎，还大有一种港片里赌神附体的感觉。

赌博毕竟是输多赢少的游戏，你在越赌越觉得赢得少的时候，就会不自觉地加大筹码。从第一天的一二美元到现在的五美元、十美元。这也是自己内心的赌性在作祟，赌徒总是这样越下越大。第二天结束的时候，我输了一千多块，只能灰溜溜地离场。

我自我安慰说就当体验了一番服务，明天再赢回来。慢慢地，慢慢地，在沉沦赌场第四天的时候，我终于意识到这四天的赌场生活已经让我输了近九千块钱！

虽然旅途代购赚得多，现在的存款也早已超出了当初刚出发时所带的钱。可也不能这样挥霍啊，我来这里的初衷是什么？我是为办签证而来，可这四天我都干了些什么？这还是自己想要的旅途吗？虽然刺激奢靡，可从刚开始的新鲜，到现在的沉迷真的快乐吗？

这天夜里，我从赌场出来走在回宾馆的街头，内心五味杂陈。不行，不能再待在这里，哪怕签证去下个国家办，也不能在这里驻留了。我连夜收拾行李，一大早就登上了去往桑岛的船，逃离了这"罪恶"的地方。

桑岛

桑岛是一座美丽的岛屿，这里有碧蓝色的无人沙滩，也有当地人生活的渔船、夕阳。一半在岛的西边，一半在岛的东边，把天然海域与岛民炊烟，就这么巧妙地分隔开来。

这个岛屿很大。我曾坐突突车去岛的西边，过了几天碧海蓝天生活，也偶尔坐在东边的沙滩渔船上看夕阳。东边的生活是市井的，是非洲渔民们出海捕鱼的生活，也经常看到小孩们无忧无虑一头扎在海里的身影。

这里的每一个小孩都会跳水，一个接一个地从几米高的码头上一跃而下跳到海里，在空中变换着各种360度的表演式的姿势，敏捷而又猛烈地一头扎进水里。一个接一个，引得过路人驻足围观。

岛上有家华人餐厅。现在的我，遇到华人的餐厅，总会流连驻足。这是旅途中难得的犒赏，不管贵还是便宜，哪怕点一份简单的炒面，也已是旅途中难得的美食享受。

我在桑岛上遇见了火火和刚哥。火火是我浙江的老乡，也是旅行代购圈里的朋友，一个很漂亮的姑娘，有拉萨市花之称。她长年混迹在拉萨和大理，卖虫草赚得盆满钵满。

她总在是每年六七月的时候，上拉萨卖一波虫草，赚个几十万，然后淡季的时候，到处旅游。每一个行走的人，总会有他自己的生活方式，不拘一格。

她有一个常常挂嘴边的未婚夫，我也暗暗佩服这样的男生对自己心爱姑娘的包容，任她满世界周游做自己。或许这也是人家姑娘一直把他挂嘴边的原因吧！

刚哥是上海某电视台的记者，也是主编，有几十年的从业经验，编内人士。年近四十，脸上却是满满的少年感，有着大男孩一般的心性。刚哥刚刚从肯尼亚拍完动物大迁徙，来到桑岛，他背着专业相机，跟着火火带队的桑岛私人定制团。说是私人定制团，其实也就是两三个家庭。我跟着火火的朋友报名，他自己因为有事来不了，火火正好在附近，就帮忙带团。事实上，比起私人导游，像这种走世界的姑娘哪哪都不比他们差。她带着一群人玩了个尽兴，大家都在夸这个领队专业。

谁说不是呢？这些游客来也是为了体验这种真正的私人定制。我还抽空给他们当了一回浮潜教练，一个个大人、小孩，在海里洋溢着久违的笑容。

饭店的老板见到我们这些志同道合的外来朋友，高兴得不得了，拉着请吃生蚝。一顿大餐下来，全是他自己掏的腰包。按他

理想的实现——环游世界500天

的话说，我在这里憋很久了，来来去去就那么几个华人，每天吹着同样的牛，日子久了，也就倦了。

"我们来来去去就那么些人，每天说着同样的话。今天认识你们很开心，这种外来的朝气，弄得我都想去旅行了。"老板眉飞色舞地对我们说。"你们不是爱吃生蚝吗？明天我把饭店关了，我带你们抓生蚝去，有一片岛屿上全是生蚝，就当你们带我玩呗。"

无人岛

第二天，老板真的关了门，租了条小渔船，带着个小哥，领着我们仨去往海中的一座无人小岛。在这片海域中，散落着一座座小岛，有些甚至只是一个沙丘，也叫无人岛。

无人岛非常神奇，夜晚潮起的时候就没了，白天潮落的时候又浮出来。我们此次去挖生蚝的岛屿离得不远，也没有人生活。这边的居民都生活在桑岛上，附近这些小岛都没有人。

生蚝岛离这不远，开出去没20分钟就到了，但我们也只能远远地停着，因为前面的海域太浅，不到半人高，海水充斥着海草，几乎布满了这座岛屿周边，小船无法停泊。

我们在离岛500米处抛了锚，火火跟刚哥留在船上，我跟饭店老板一人拿着麻袋，一人拿着榔头游过去。挖生蚝要用榔头，我们准备挖满满一大袋回来。

我跟老哥戴着泳镜跟脚蹼，一头扎进了水里。我一手提着麻袋，一手拎着榔头奋力向前游去。

他抬起头示意我底下有宝贝。我钻下去半米深的水底一看——海虹！老哥说这海虹就是青口，一波波的，躺在水草边。

老哥兴奋地挖着，我也跟着这么一路游一路挖着。

我说："这东西不值钱，哪有生蚝好吃？我们赶紧上岸挖生蚝。"

"你不懂，这些野生的海虹很鲜美，岛上可比生蚝贵多了，都是宝贝。"我悻悻想着，敢情这岛上生蚝太多了，都不值钱了！怪不得生蚝岛的生蚝就这么让它们随意生长着。

不一会儿，我们就游到了岛边。我提着麻袋，站起身来。这一刻，映入眼帘的是满满密密麻麻的生蚝，布满了整个岛屿。放眼望去，白茫茫一片。仿佛满岛的美食都在主动向我招手。我领受着热情的邀约，更觉饥肠辘辘，奔跑着上了岸："我天！这是要发啊！"

老哥此时露出了得意的笑容："愣着干什么，快挖啊！"

我们提着榔头，像挖金子一样，一边挖一边吃着。

看着那砸开壳硕大鲜美的生蚝肉，我一口吞了下去，老哥得意地笑着。国外的生蚝，一般都是生吃，特别鲜美。这些水域几乎没有污染。只有真正生吃的生蚝，才是最鲜美好吃的。当地人往往会滴上柠檬或者醋，直接咬一大口，异常鲜美！

在这之后走过的各大洲、各大海域里，我都会吃他们当地的生蚝。不同海域的生蚝，会有不同的味道，有的像牛奶一样是甜的，有的微咸，有的特别的鲜美。国内能生吃或者选择生吃的生蚝大多是法国生蚝或者澳洲生蚝。其实世界上还有很多不同海域的生蚝，品类繁多，异常鲜美。虽然在之后的日子里，吃过的各大洲各大海域的生蚝，却再也没有如在无人岛满地生蚝任你吃的满足和快感。无人岛就好像一场天然的海天盛宴，任由人来品尝。

我跟老哥，就这样边砸着，边挖着，边吃边装……过了好久，我们吃饱喝足后，才依依不舍地提着麻袋往回游。

后来我又一个人去了无人岛和西岛。在潮落才出现，涨潮会消失的无人岛上，我在那里浮潜着、发着呆，想象着这片海岛夜晚就要沉入到海底的样子。西岛的生活，分外宁静。海边退了潮的沙丘和大海遥遥相望。纵深几公里宽的白色沙滩外是天边那一汪天蓝色的水潭和渔船。水里倒映着远处的帆船滑翔伞，快艇拖着从冲浪板上起飞的身影，飞到了空中，追逐着船只飞行……

我本打算停下来一周学习帆船滑翔伞，可两三千块钱的学费，在我刚刚输了万把来块钱的内心总会隐隐作痛，到底还是打消了念头。

无人岛日记

潮起而没，潮落而出，像极了这个世界，世事无常，物极必反。任何一个事物，都是物极必反。人也是这样，过久了城市生活，总会向往去到诗与远方，而本身在诗与远方生活的原住民，却向往一线城市的生活。浮躁快节奏的大环境下，会去寻求慢节奏的无欲生活，物质至上追求的当下，也即将引来精神向往的自我。世界的每一个角落与事物都是一样，终究不过物极必反。只愿一些迷茫能早点醒，开始询问真正的自己。只愿知足早一点来临，放下无谓的攀比。

去经历吧，少年。总有一天你会找到真正的自己。

瀑布上的魔鬼池（赞比亚）

在卢萨卡的旅馆

在赞比亚卢萨卡的一家青旅住下，这是一家类似家庭式的花园旅馆。花园里搭了两栋木头房子，木头房子里放置着几张床位，里面空荡荡的没有什么人。

来这里的人，可以算是深入非洲腹地了。这里没有海洋也没有沙漠，没有草原也没有动物，来这的只为了那一条世界上最大的瀑布——维多利亚大瀑布。

而瀑布哪里都会有，所以也导致了欧美旅行者的鲜有驻足，显得这个还算美丽的花园旅馆，空空荡荡的，我会在这美丽的花园旅馆里花几十块钱住宿，却也毫不吝啬地花 10 美元，坐在花园里一个人吃饭。

我看着那白人老阿姨在户外厨房里忙碌，为我一人准备着食材。因为平时也没什么人住，也没备什么食材，我也很体谅地告诉她："我就喜欢吃这鱼，没有鸡不要紧，你看这鱼，肯定美味极了。"

她也放心地露出了笑容。她系着海盗头巾，在花园的厨房里边唱歌边做饭。我喜欢在这里吃饭，坐在户外草坪的木头餐桌上，阳光透过院子里的大树，照射在我吃饭的脸上，就有时光温柔、岁月静好的感觉。

这里的夜晚，格外安静。我走出木头房子，走进了草坪。硕大的院子一角，生着一堆火，燃烧着垃圾。夜晚的草坪，没有一个人，只有两个没人的帐篷孤零零地站在那里。

这是我环游世界的第 180 天，不知不觉已经出走半年。我抬头看着满月，原来就要中秋了。看来今年的中秋是不能陪在家人身边了，我一个人安静地站在院子里，只有那熊熊燃烧的火光带给我些微暖意。

突然地回想起了青春这些年的经历与过往。

又写下了今天的日记：

第一个半年：

夜半微凉，仰望月光。回想青春这些年，有青涩暗恋的学生时光，也有初入社会的激情拼搏；有迷失自我的理性思考，也有放下世俗的感性之路；有初上滇藏的刻骨铭心，也有事业有成的骄傲自满；有两点一线的城市生活，也有一年几次的诗与远方；有青旅的流浪漂泊，也有攻城拔寨的七城拼搏；有自私决绝的男孩成长，也有精彩缤纷的恋爱时光；有行走远方的浪漫，也有岁月蹉跎留下的伤疤。可是青春总会走到尽头，不知何时我会牵着一个姑娘，敲开家门："妈，这是您儿媳妇，是我要用一生去守护的姑娘。"

那一刻将成为一个真正的男人，去肩负起属于我的责任和担当，那也是我回家的路。结束了青春，收起浮躁不安的心，看过了世界然后扛起担子，进入人生的下一个阶段。

环游世界 Day180——记夏至已过，秋微凉。

维多利亚大瀑布

维多利亚大瀑布是世界上最壮美的瀑布之一。瀑布宽 1700 余米，最高处 108 米。可想而知，站在它的面前，那是多么震撼的画面！赞比西河在抵达瀑布之前，舒缓地流动着，而在瀑布落下时宛若晴天霹雳，发出的声音在几公里外都能听到。当地居民称之为"莫西奥图尼亚"，意即"霹雳之雾"。

我站在瀑布下，望着一泻千里的瀑布，任由它的"嘶吼"炸裂我的耳膜。瀑布从群山之巅倾泻下来，激起了数丈高的水花，水花带上来的水汽，打在我的脸上，像是在调皮地同我打招呼，欢迎着我的到来。

突然发现，一道彩虹正横跨在我和瀑布之间。我从没有见过这样的场景，如此宏伟广阔的瀑布，与横跨在千米瀑布上的彩虹。这些彩虹有双层的，甚至有三层的。双彩虹与三彩虹，层层重叠就形成了一条五彩缤纷的桥梁。我从未如此近距离地接触过彩虹，仿佛自己此刻正置身云端，而眼前的彩虹触手可及。

此刻，更激起我向上爬的欲望，百米之上的瀑布顶端令我神往。那里有世界上海拔最高的泳池，也是世界上最危险的泳池。在百米之下的瀑布底，早已堆积了因失足跌落的层层白骨，所以被称为魔鬼池。

生与死边缘的池水，这更是令我兴奋！危险的事物总对我有着致命的引诱。

树林里有家私人五星级酒店可以坐船绕过顶端前往观看，可每人需要 70 美元，我还是觉得太贵，打住了前进的步伐，退回到了来时的地方。之前听当地的一个小哥说，他可以带我绕道爬上魔鬼池，只收我 10 美元。我这会正找到了他，在砍价一番变成 5 美元之后，决定跟他前往。按他的意思，这条路会更刺激。

跟随着光着膀子的小哥，一路攀爬，终于在半个小时之后，爬到了瀑布顶端。放眼望去，在汹涌澎湃的瀑布上空竟是平静的河流，它们缓缓地流淌着。

正当我发呆神往之际，小哥已经顺着溪流的岩石一路向前。他告诉我，维多利亚大瀑布的顶上很大，千米长呢，那魔鬼池还需要走半个多小时才能到。魔鬼池在一个溪流与瀑布的夹角。那里形成了一汪水池，上段的瀑布从顶上而下，汇聚在池里，然后又在池潭的边缘，倾泻而下，美丽绝伦！

我跟着小哥跨过岩石和树木，溪流之上生机盎然，犹如天然的湿地公园一般。只不过这里离太阳更近，到处满溢着阳光。此时，一直走在前面的小哥突然停下脚步，半蹲着身子，神情紧张，示意我别出声。我有点懵，打手势问他怎么了。

小哥小心翼翼地指着小溪里的灌木丛小声说道："有大象，elephant，dangerous！我们必须得绕道过去，它非常危险。"

我顺着他手指的方向看去，果然两只庞大的野象在眼前树丛里若隐若现。小哥告诉我，这种野生的象非常危险，会伤害到我们，我们必须绕道过去，不能走前面这条被它挡住的路。

在野象精心营造的惊心动魄氛围下，我们只能蹚过眼前的河流，往另一边小心翼翼绕道前行。幸亏我来时穿了泳裤。在没过半个身子的河流里，我们慢慢潜伏而过。

在走了半个多小时之后，眼前终于出现了一汪碧绿色的天然水潭。水流奔腾而下之后汇聚在这方圆形的水潭里，而在另一半的边缘，池水继续奔腾而下。魔鬼池之上悬挂着一道彩虹，夕阳正照在这一轮美丽的水潭之上！

在令人胆寒的名字之下，竟是如此美丽的景象。我被眼前的神奇美景吸引，也顾不得魔鬼池的传言，立马脱去衣服，一头扎进了魔鬼池里。漂浮在碧绿清凉的水面之上，这一番景色真的太美了。在我享受美景游在水中的时候，小哥也娴熟地跳到了水里，他告诉我他是老手了，经常来这里游泳。

"今年的雨季不算大涨，所以水池的水很平静，不算太危险，只要游到水潭与悬崖的边缘的时候，注意一点就行了，不会掉下去。"

我顺着小哥指着需要注意的方向，平静的水流从水池的边缘，顺着悬崖倾泻而下，瞬间变成了奔腾的瀑布。而此刻，我们置身的瀑布之顶，却是这样的平静。魔鬼池也并没有想象之中那么危险，而我们总是被传言所吓到，进而错过了天地间难得一遇的美丽，到底辜负了大自然的一番美意。

看着眼前的美景，我异常兴奋，我一边在水面漂浮着，一边拿着手机自拍。我玩了个忘乎所以，漂着，漂着，"啪嗒"一声——手机滑下去了！

我慌忙伸手去抓，可眼看着它从清澈的水面，向幽暗的池底这么沉下去！

我想完了，我的手机！我的照片！我所有环游的照片都在手机里。单单手机倒没事，可这是我一路的心血啊。

看着我焦急的神情，小哥也游了过来，问我怎么了。

我说："手机掉水潭底了，我的照片，照片。"

小哥也露出了惋惜的神情，看着我一脸享受的表情一下转变为着急自责。小哥也表示没办法。

越是遇到事情的时候，越要冷静。我在瞬间跳转、思考着，权衡利弊之下，瞬间平静下来。笑着对小哥说："嘿，哥们，我给你 100 美元，你帮我捞上来。"

照片是我旅途的回忆，是我成长的见证，一百美元算什么。小哥思索了半天，然后一头扎了下去，然后立马又上来了，摇摇头说："没办法，兄弟，水底太深了，又完全看不见，捞不了的。"我见他表示没办法，想了想，还是决定自己捞！

小哥见我不死心地一头扎了下去，他无奈地摇摇头，自顾自地向旁边游去了，在远处看着我在水里，一下上一下下的身影。

过了半个小时之后，我拽着手机从水底出来，对他得意地大笑，他也露出了雪白的牙齿："Good luck."

当他再次看到我，继续笑着在水里嬉戏，边拿着手机，边漂在水面自拍的时候，他发出了惊人的叫声："什么？你的手机还能用！"

我边自拍，边转过脸，笑嘻嘻地对他说："iphone 8 plus，这个手机型号以上的手机都防水。"

他愣在一边，脸上露出了疑惑的表情。

此刻，我正趴在魔鬼池的边缘，看着底下那奔腾而下的轰隆与彩虹。

夕阳西下，那一抹金黄色此刻映在我趴在泳池边的脸上。

监狱里的无助（纳米比亚）

我去纳米比亚，有两件很重要的事：办理美签和跳伞。办理美签则是重中之重的，这关乎我接下来 100 天的行程。

如果没有美签，或者加拿大签这种含金量较高的签证，我根本没法在南美洲旅行。如果说非洲经济相对落后的国家还可以通过递小费提前办理过境手续来解决的话，那去稍微发达一点的其他大洲，可谓寸步难行。

纳米比亚是世界上办理美签最简单的国家之一。不需要提交任何资料就能办理。

在狱中

在纳米比亚，我住在一家华人家庭旅馆里。在这里，城与城之间隔了很远，公共交通出行费用很贵。一般来这里的华人旅行者都会选择窝在一家华人旅馆里，拼车结伴，这样会比较省钱。

纳米比亚的华人旅馆是非洲旅行的信息站、拼车站，也是办理美签的聚集点。一趟疲惫的旅途下来，能有一个华人聚集的家，对于在路上的人来说是一种安慰。而安慰之余是这个国家在不久前发生了两件令人心惊的事。这影响着我整个走非洲的旅行圈，也影响着环游世界的圈子。

其中一件事情，对于我刚出走之前的心态影响很大。那是在去年年底，四个环游世界旅行者在这边结伴自驾，最后车子在半夜旅途翻车。那一夜，死掉了两个人，一个是旅行摄影师，一个是我曾有过一面之缘的环球旅行者。

那位环球旅行者，在旅行的圈子里小有名气。2017年我徒步搭车去拉萨的时候，我们一起在浮游吧喝过酒。那次去拉萨，是为了反省自身工作中的短板，也是为来年环球世界旅途摸索经验。

我去找住在拉萨的朋友鹏鹏，他带着我去见几个环游世界圈的朋友。拉萨总窝着一些奇奇怪怪的人，我要向他们请教关于旅行的经验。那一夜，一桌围坐着三四个环游世界的旅行者。其中一个就是事故中逝去的少年。他皮肤黝黑，半长的头发，还有一颗磕掉的门牙。这是他留给我仅有的印象。他说门牙是他跳水的时候不小心磕掉的，没来得及补。缺了门牙笑起来依然灿烂。记得那时候的他是那样的意气风发。而就在我即将准备出行的前半个月，他遇难的消息就在新闻和朋友圈里传来。那一刻，对于即将出行的我来说是巨大的打击。原本鲜活的身影历历在目，他的微笑谈吐都还在我的回忆里，可一切突然就随风而逝。那是一种心理上撕裂的痛苦。环游世界是有风险的，而这风险就这么赫然摆在我的眼前。曾经一面之缘的朋友意外离世，旅途中的风险充斥着我的大脑，挥之不去。

可我最终还是背上行囊，选择踏上旅途。

另一件事情是在我到达纳米比亚前的两个月，在我住的这家华人旅馆里，有六个驴友遭遇持枪抢劫。纳米比亚算是非洲相对富裕的国度。与富裕伴随的是阶级不平等和贫富差距。这里持枪抢劫事件频发。在我走过的五大洲中抢劫事件发生最多的地区就是非洲。而在非洲，则以纳米比亚和南非这两个最富裕的国家抢劫率最高。

非洲旅行圈里有一句话：走非洲的人，如果没被抢劫过，就不算体验过完整的非洲。不过，我在非洲的旅途确实没有遇上抢劫。

因为听说过抢劫案，我对这个国家的印象并不好，仿佛这里充满了抢劫和意外事故。可我又不得不来到这里，因为还有美签与跳伞牵绊着我。当然还有那一半沙滩一半海洋的奇观，这也是去南非的必经之路，我必须来到这里。我们不能因为传说中未知的风险而停止了前进的脚步。如果因为恐惧而踟蹰不前，我们的理想又该何时去实现呢？

我在华人旅馆里休息了几天，顺便在线上提交了美签需要的资料。接下来便是耐心等待一周之后的美签面试。

在这一周多的时间，我准备和路上遇见的马来大叔，拼车去下一个海边城市鲸湾。大叔是马来西亚的华裔，六十多岁的年纪，依然行走在世界的各地。我喜欢这样的老人，从来不向年纪妥协，并看清了生活的本质。

按马来大叔的说法，在他这个年纪，环游世界的大有人在。他们国家的护照，100多个国家免签，像走城市一样，很方便呢。他说着流利的英语，令我羡慕。

我同马来大叔坐着一辆司机的车，去往下一个城市。一路上也算相安无事。听传言说，有些不法分子总会趁人不注意，在某个加油站的停靠间歇拉开车门抢走旅人的包。对于这些"传闻"，我总是置之不理的，况且我已经把最重要的物品寄存在上一个华人旅馆里了，属于轻装上阵，一点也不在意。

就在这时，一个警察突然拦下了我们的车，说是要例行检查。那个胖警察鼓着眼睛，检查了车子一番，见没发现什么问题，就神色暗淡地敲了敲车窗，问我们要证件。马来大叔拿出了他的马来籍护照，而我则拿出了一张中国护照复印件。那胖警察，一看到我的是护照复印件，立马就两眼放光，像是逮到什么猎物一般，脸色立马严肃而又故作姿态地喊道："不行，必须拿出你的护照来，你是不是没有签证？"

我说："警察先生，我有护照，并且有签证，没有签证我怎么能入境你们国家呢？"

"不行，拿出你的护照来！熄火，下车。"

胖警察，一本正经的像是必须例行公事一样，要求我下车。这样的阵仗，我见得多了，在肯尼亚的时候就遇见过，总会为难你一番，然后见实在不可行就突然变换一张脸出来，搓搓俩手指，暗示你"money, money"。而我也总是配合他们的演出，同他们互相"恐吓"一番，然后各自离开。在他们看来，我们总会给点钱了事，而我却总不愿意跟他们妥协。

我们遇到不公，很少会去奋起反抗。我们总是被告知"小心危险"，害怕惯了。出门遇到事情，也是习惯性地逃避，总想着"花钱了事""破财免灾"，这恰恰给匪徒提供了可乘之机。没遇到事情，我们也总是战战兢兢、担惊受怕的。如果我们集体自信、勇敢，遇到不公会奋力反抗，最终的结果一定是，没有人敢来抢劫勒索我们，也不敢抢劫勒索我们。

我下了车之后，依旧泰然自若地跟他解释道："警察先生，我有护照复印件。因为来此旅行的时候听说，这里抢劫事件多发。为了保险起见，我把护照留在上一个旅馆，并且我没有钱。"

理想的实现——环游世界500天

见我这么开诚布公地直接跟他坦白，并且没有油水可捞，那胖警察立马黑着脸喊道："什么抢劫？这里安全得很！这个国家非常安全！"

我耸耸肩表示无奈，他见奈何不了我，就对司机说："你们先走，我需要把他留下来，逮捕起来，你们先走吧！"

我有点愕然，那马来大叔见这场面，看起来也有些不知所措，满脸焦急的神色。我当下还算淡定，心想着大不了给警察视频看护照签证就是，他还能拿我怎么着！我大有一股要同黑恶势力斗争到底的架势。

我跟着那警察队长，进了临时检查站。后来，我才知道那家伙是个这个片区的队长一样的角色，还有点权力。在那个检查站里，我与他僵持不下，最后我说，我们用公正的方式解决。我与旅馆那边视频联系，给他看我的护照签证和照片，来证明我有签证这件事情。可是视频也看到了，照片也有了，那胖警察依然不接受，说除非你让那边把护照送来，我亲眼看到才行，不然我就要把你逮捕起来。我知道，这分明是想让我主动妥协，递给他小费。他话里的意思直白点就是想勒索我。

车子都开出去四个小时了，都快到目的地了，他居然要让我请人把护照送过来。我表示很为难。那胖警察，看我半天雷打不动，就装作拿起对讲机，说那边要派辆车过来什么的。我依旧同他周旋，大不了我原道返回，我也绝不会给他递钱的。

可是那胖警察不依不饶，连原路返回也不让，非要我待着。那好吧，我想：看你能拿我怎么办！就在周旋半个多小时后，一辆警车真的就开到了我面前，警察像胜利了一样，笑嘻嘻地跟我说："上车吧，朋友。"随即交代开警车过来的警察，把我带回警局去。我见如此，也只能跟着上车，想着到警察局再想办法，然后示意马来大叔先走，我先去趟警局。

马来大叔就那么一脸愕然地看着我，可能他在想，从来没有见过这么倔强的中国游客。

我一路跟着另一个还算和气的警察，有说有笑地到了警局。这个警察还算得体，但我也知道，他也是按命令办事。可一路上想着，为了不耽误行程，我得想想办法。这一到警察局，刚一进门，我就立马换了副嘴脸，立马拿出烟去递，然后又买饮料给他们。紧接着我跟这一警察局的警察打成一片。我想着用江湖套路换个薄面，赶紧把我放了，免得耽误行程。这人在江湖，身不由己啊！

可这帮警察跟我有说有笑，就是不放我走，说要收到命令才能行事。命令？谁的命令？刚刚那个胖警察的命令！这哪还有好！我这会才知道那个胖警察，是他们的大队长。本来也不是什么大事，可是得罪了他们大队长，他们也没办法。只能表面跟我和和气气，到底还得按"规矩"行事。

等了半天之后，都快天黑了，那边终于收到指令，要把我关起来。

"把我关起来，凭什么？"

我这一下确实慌了，这完全不按套路出牌啊！那警察说："这是上头的指示，必须先收押。等你护照送过来了，才能放你出去。"

说着，就要我把全身上下的物品都交出来，并且把鞋子也脱了，只允许穿一件衣服跟裤子进牢房，我知道这是怕犯人在牢房里自残，所以连鞋带都要脱。这哪是收押啊，这分明就是坐牢！

非洲这边的牢房都是跟警察局连在一起的，一扇铁门里面就是一间一间的牢房。我见当下情况紧急，赶紧想办法，于是反驳道："我说，这是哪门子的事？关起来可以，但请允许我先联系一下我的朋友，手机允许我用半个小时，我再进去牢房。"

看在我刚刚请过他们抽烟、又喝饮料的分上，那个警察终于答应，允许我用手机十分钟再进去。

这是什么道理？分明就是滥用职权！再说东西全收走了，进了牢房，谁知道我在这里，到时候是真叫天天不应，叫地地不灵了。

不过越是遇到事情的时候，越需要冷静。这是我旅途一贯的做法。

在思绪慌乱的一分钟后，我立马让自己冷静了下来，想办法在有限的时间内解决事情才是关键。当我冷静下来之后，第一时间联系上个城市的华人旅馆老板，请他务必在今晚让那边的人把护照送过来。那边的华人老板也很着急，大晚上到处联系当地顺路的司机，问有没有到这里的。我在给他留下务必送到的看守所地址信息之后，紧接着就只能选择等待了。

我第一次感受到一个人在异国他乡面临险境的无助与绝望。时间终于到了，我被脱掉了鞋子，收走身上所有的物品包括手机，推进了一间黑漆漆的牢房。而这一刻，我完全同外界失联了。唯一的希望，只能寄托在那当地的华人老板。不知道他有没有真的上心帮忙这件事情。帮忙是情义，不帮忙也无可厚非，毕竟我们不过是点头之交，他并没有义务帮我这个忙。

就这样，我在这种未知与无奈的裹挟下，被关进了牢房。这是一间十平方米左右的潮湿的牢房，里面什么都没有，只有三个铁墩子和四周漆黑的地面。唯有牢房外面的一丝光亮照进来。没有窗户，没有厕所，牢房的角落里，散发着一股臭味，应该是同牢房的犯人，为了方便就在那里撒尿了。

而除了我之外，关押在这里的还有一个小哥，跟一个巴基斯坦人。就这么三个人，关押在这个连一张床都没有的幽暗牢房里。我在想现在就差那铁墩上有三条铁链把我们捆着了。

牢房里的小哥，算是这里的老人了，不知道被关押了多久，只有他有一床被褥与地铺，瘦瘦弱弱的样子。而巴基斯坦小哥，进来也不久，才一个多星期。我也不知道他因何罪名被关押起来，也不合适直接问，但看他愤愤不平的样子，想来不是什么大案。

小哥看到我进来，兴奋坏了。按他的说法，他在这里太久了，太无聊了，好久没有新人进来说话了。一听我是中国人，更是开心得手舞足蹈。就这样，我们三个人，有一搭没一搭地聊了起来。更多的是那个小哥在说，巴基斯坦人也偶尔搭搭话，而我呢，因为英语比他们都差，也就有一搭没一搭地聊着。但我的思绪，却全在怎么出去的问题上。这一刻，我是迷茫的，毕竟人生第一次被关进监狱，还是在这异国他乡，更不知何时才能出去。

我装作若无其事的样子，同小哥聊天。他的热情和乐观倒让我焦虑的心情平复了些。小哥很善良，关心着我们的国情，与功夫，眉飞色舞地讲述着他所了解的中国。

他说中国人很多，车也很多。中国人英语好像都不太好，中国的功夫怎么样，怎么样的。那股兴奋劲，感染着我们，三人就那样一直聊到了半夜。聊天或许也是在那个牢房里唯一能做的事。

如果不聊天，大家都保持沉默，在这漆黑的空间，不知道我一个人会胡思乱想些什么。

迷茫、无助、愤怒、不甘，仿佛被外面的世界抛弃了一样。抵抗着困意，与两位患难狱友，就那么交流着。他们的善良与热情深深地感动了我。在我看来，他们可比外面的勒索警察要好得多。

这人哪，不一定在外面光鲜亮丽的就是善良，被关在里面的就充满邪恶。有时候，恰恰相反，越不被善待的人，越懂得善良。

最后，小哥看我们实在困得不行了，就提出把他那一米宽的地铺平铺开来，我们三人横躺着睡觉。一半的身子裸露在冰冷潮湿的地板上，但起码还有一半是温暖的，能稍微舒服一点。这一刻，我被感动得说不出话。他宁愿自己睡在一半地上，也要把仅有的一床被褥分享出来给大家睡。在这样的环境下，哪怕一点点温暖，都足以让人暖到心底。

夜，也终于安静下来。

我们仨就这么横躺在一张一米多长的被褥上，并排着睡觉。我躺在最侧边，听着他们俩呼噜声响起，而我却久久无法入睡。

一直在想什么时候能够出去，外面到底有没有收到消息，外面是否已经天亮……

此刻，我终于感到害怕了。这是我整个旅途中，遇到最无力改变与无法抉择的未知。因为你看不到明天和未来。你渴望着被救赎，却被困在这与世隔绝的漆黑牢房里。我就那样迷迷糊糊半梦半醒地等待，等待……

我记得那一夜，我甚至连续做了好几个护照已经送到的有人喊我的梦。可睁开眼，包裹我的仍旧是无尽的黑暗。我明白，那是我内心深处对于出去的渴望。

不知道过了多久，在里面根本分不清白天黑夜。我无数次跟狱警确认有没有人找我，得到的都是否定答案……

又不知道过了多久，也许是一天一夜，也许是两天，或许更久，当你什么也不做只是眼巴巴等待的时候，时间仿佛也被拉长了好多。

终于有一次，一个狱警走过来，站在铁栏门口对我说："嘿，

China，你的朋友过来找你！"

我一下从地上蹦跶起来："有人来了，有人来救我了！"我对着两个狱友说道。

他们也露出了开心的笑容，可是那笑容转瞬即逝。我才猛然想起他们此时的感受。不知不觉我们已经建立了新的友谊，那是一种真诚的友谊。我甚至想着，离开的时候，一定要回来看他们，买很多东西过来看望和我患难与共的朋友。

可这一会儿，我不得不离开，我要去外面看一看，到底是谁来救我了！

我和狱警们交涉了好久。在他们电话确认、沟通多次之后，终于确定我可以被放行。那个警察队长一副公事公办的样子，他说我签证过期了，找了这么一个蹩脚的理由来证明自己办案的合理性，实属可笑！可看到护照上赫然在列的正规日期，他也只能悻悻然地放我离开。

当我走到警察局监护栏的时候，看到了之前驴友小六和两个陌生的身影，是他们收到消息来救我的。那两个陌生的身影是一对情侣：船长和双喜。我一眼就喜欢上了他们。在于他们行走"江湖"的气质，在于他们对素未谋面的我给予的帮助。到后来，他们一直被我当作旅途中最好的伙伴之一。

跳伞

我躺在飞行俱乐部门口的草坪上，抬头望着蔚蓝的天空。不远处有两个白人老先生在唱歌。他们一个弹着吉他，一个敲着非洲鼓。在我眼里，他们唱的不是歌，是自由和希望，是安定与祥和。

从昨夜黑暗潮湿的世界里出来，此刻天空的气息是如此的美好。外面的世界与里面的世界，形成了鲜明的对比。我从未这样真切地感受过，外面世界的阳光是如此的温暖。或许只有经历过黑暗的人，才能明白"重见天日"、重获自由的快乐与幸福吧！

我想那两位老先生也同我一样在等待跳伞吧！只不过他们的方式是如此的悠然自得。这也给此刻的我带来了一丝温暖。多么令人感动啊！等我头发花白的时候，希望我仍旧这样热爱世界，还会和朋友结伴去跳伞，把天空当作怀抱，自由自在地在空中翱翔。

外面的沙地上，盘旋着一架架直升飞机。当然也有我将要坐的螺旋小飞机。它待会儿就会把我带到万丈高空，然后我将一跃而下。

纳米比亚是全世界跳伞最便宜的基地。1000多块钱，你就能坐一辆螺旋小飞机，飞到云端上，然后跟着专业教练，一跃而下。那是真正的跳伞，需要飞到很高很高的云层之上。

这是处在沙漠之中的一片基地，边上围起了铁丝网，一架架小飞机就停靠在沙漠上。这就好像战争片里的军事基地一样，让人有种真人 CS 的即视感，仿佛我就是一名伞兵，将要去打仗一样。而沙漠下面是一半沙漠、一半海洋的奇幻场景。

是的，这里的海洋和沙漠是紧挨着的。公路在沙漠里穿行而过，而沙漠的另一边则是蔚蓝的大海。我坐在沙漠尽头的沙丘上，望着眼前的茫茫大海。我从来没有见过这样一种场景，那种巨大的反差，宛若梦境。

我坐在一架螺旋小飞机里，颠簸着直上云霄。这种小飞机加上飞行员也只能坐五六个人，我在迪拜的时候坐过，飞机越小，飞起来就越颠簸，但那种感觉是刺激的，是自由的。飞机里甚至没有一个座位，所有人就那么半蹲着，或者直接坐在地上。

从一开始起飞的时候，飞机半边门就一直敞开着。这让我异常兴奋，我可以爬到飞机边缘，看着地面一点点变小。直到我冲入云端，仿佛伸手就能触碰到云朵。当飞机继续向高空飞行的时候，一束阳光打在我的脸庞上，也散在云层上。

"Everybody! Everybody!"

教练兴奋地大喊："我们已经到达了预备跳伞的高度，所有人做好准备。"此刻，我的神经异常兴奋，热血沸腾地起身。一边兴奋着，一边按照教练的指示开始穿戴跳伞装备。

这一刻，我们马上就要从这个令人害怕的飞机边缘跳下。教练带动气氛，高喊着："勇士，我们马上要面临死亡，你们都是勇士！"

而我们也紧张得热血沸腾，仿佛去奔赴远方的战场，下一刻就真的会死去。没有我们想象中那么拖拉的准备时间，就看着带头的教练兼摄影的老外，就这么从飞机门口，倒了下去，他已经跳下去了。这一刻，你不知道有多刺激，就这么看着一个人在你眼前轻而易举地跳了下去。

教练喊道："下一个谁来？谁？马上接上！"

"我！我来！"

这种不可抵挡的刺激让我立马站了起来。我恨不得啥都不准备就跳下去，我可不愿意跟在别人屁股后面做第二个勇士。

我老是这样，任何新鲜刺激的体验总要第一个尝试。

教练仿佛也被我感染了："很棒，中国人，你是一个勇士，很少有人像你这样勇敢！来吧，勇士！"

说着他就把我推到了门边，连一丝扶手都不让我握，只让我抓着他的手。而此时，我的半个身子，倾斜着半倒在机外，冷风呼啸着吹打着我的脸。

"勇士，听我号令，我数一二三的时候就会放手，你做好准备！"

"我准备好了！"我高喊道："一！"

只听到"哗——"的声音，我已经从飞机上一下子失重地掉了下去！

他骗我，根本没有数到三。

那种还未完全准备好与等待数三的心情，一下子被高空中的瞬间失重感所代替。我按照教练的指示，慢慢打开了身体，伸展身躯，抬高双脚，像一只老鹰一样，展开全部的躯体，速度一下子就慢了下来。我就这么飘浮在空中，慢慢地下降。

人是可以飞的，只要你完全张开身体，你会像雨伞一样轻轻飘浮。只不过这一种飘浮是相对于这万米高空巨大的下落距离来讲的。实际上，你还是按照自由落体的速度在降，但你有一种在云端翱翔的感觉。

阳光依旧照在我的脸上，摄影师飞过来与我拉手，击掌，我们比画着手势，兴奋地交流。他更轻便、更自由地在我身边到处飞，用不同的角度，证明他是一只老鸟，而我也兴奋地大声喊着。这一刻，是多么的自由啊！我从来没有在天空自由自在地翱翔过。

穿过云层，我看见底下的沙漠和海连成了一片。在天空中再看到这幅画面是如此的美妙。金黄色的沙漠和天蓝色的海洋就交织在我的眼前，如梦如幻，越来越清晰，越来越清晰。

许久之后，降落伞打开了，瞬间人被拉到了垂直，甚至往上弹了一下。打开降落伞的瞬间，就像跟蹦极往上拉是一样的，失重感把我瞬间拉回现实。只不过这次没有继续往下掉，而是抓着降落伞，在天空中翱翔。

我下降得很慢很慢。因为高度我甚至觉得自己只是在天空中旋转，绕着很大很大的圈，看着地上这片沙漠与海洋。

美签失败

在一周的等待之后，美签失败了，具体原因不详。大概是说我走了这么久，都没有回国，再去美国，可能会有移民倾向。

在纳米比亚，仿佛所有坏事情都让我遭遇了个遍。因此，我很颓废地窝了半个多月。一是旅途的疲惫，二是思考接下来的行程该怎么走。

南非！南非！决定了，非洲的最后一个国家，也是非洲的尽头，把美签办了，再最后搏一次！

世界上本没有路（南非）

南非是非洲大陆上的最南边的一块土地，它靠近南极，有一块地方，叫天涯海角。在大航海时代来临之前，也就是四五百年前，欧洲人来到这里，望洋兴叹，以为这里就是世界的尽头。

南非，在几十年前就是非洲最富有的国度。只是后来的南非到底没落了，又成了发展中国家。

我为了美签来到约翰内斯堡，这里的华人老板总会告诫我："不行，不行，千万别出门，危险！"

因为需要换当地的货币，我免不了要和华人老板们打交道，他们总是战战兢兢的。华人在外仿佛都以谨慎著称。他们会告诉我："千万不要出门，百里之内必定遭劫。"可我依然就那样我行我素地走着，试图融入当地生活。当然，也没有人来抢过我。

不知道是我们总被传言吓到，过分胆小被动，还是我们本身的怯弱导致了我们容易变成被抢劫的对象。这我也无从分得清。我只知道，反正连警局都进了，这经历也够糟糕的了，还有比这更差？我就那样从容坦然地生活在这里，危险反倒对我无从下手。

美签再次被拒，这令我心灰意冷。让我心灰意冷的不单是美签被拒，而是所有人都告诉你，接下去的旅程无法如期出行，接下来的路没法走了。

"没有美签，你不可能去南美洲的！"

"放弃吧，回国吧，你已经无路可走！"

"何必这么执着呢？"

这不是一个两个朋友告诉我的，而是整个旅行圈的人，整个在走非洲的旅行者们，他们都如是对我说。这令我沮丧！

在他们的认知里，没有美签，没有便捷的通行证，是不可能去南美洲的。哪怕他们都是所谓勇敢的旅行者，我向来承认他们是勇敢和专业的。可是他们都在告诉我放弃。可我不愿放弃，我不相信世界上有哪一条路是走不通的。哪怕全世界都在告诉你：回去吧，这条路走不通。我依然会告诉自己：想办法，走下去！

关于既定的目标，在我没有尽最大努力的亲身尝试之前，我是不会轻易放弃的。怀着一份信念，我在剩下的一周里，跑遍了当地所有南美的驻外大使馆。每一次被拒绝，失落地瘫坐在门口的时候，我都会告诉自己，也许下一家可以。

终于，在巴西大使馆的门口，我看到了希望。一位和善的女签证官告诉我："虽然没有什么中国人来办理，但是我相信，这不是难事。你三天后过来取签证吧！"

天哪！成功了！我就这么轻而易举地通过了！当我走出大使馆门口的时候，内心高呼："谁说此路不通！"

在你没有尽力尝试过的时候，不要轻易下定论！哪怕全世界都告诉你此路不通。因为在路上的人是你自己！

在三天的等待之后，我正式拿到了巴西签证。我知道，我的南美洲之行马上就可以开始了。

此后在南美洲行走的一百多天里，我过关斩将，一个国家一个国家的签证都很顺利地办理下来了，我最终如期走完了南美洲。事实上，这并没有传说中的那么难，当你踏上那个大洲之后，办当地国家的签证反而会变得非常简单，并非像当初所有专业人士告诉我的那样"此路不通"。从此，这条路就这么通了。后来也有一些走非洲的小伙伴私聊问我拿攻略，我也一一告诉了他们。

当然来私下询问的人并不多，因为在很多"专家"的建议里，此路依然不通。多数人还是会选择主流最便捷的那条路——美签。当没有美签的时候，也就理所当然地认为这条路走不通了。但我知道，只要你有坚定的信念，这条路总会通的。

世界上本没有路，走的人多了便成了路……

约翰内斯堡在传闻中是危险的，可与危险相伴而生的是很少为人称道的美丽。整个约翰内斯堡都种满了蓝樱花。道路两旁一排排紫色的樱花树在随风招展。我从没有见过这么美丽的城市，道路上铺满了紫色的樱花。我走在无人的马路之上，风吹动着树枝，一片片花瓣飘散在这危险的城市上空。

在南非，枪支是合法。让我这种从来没有摸过真枪的人，会忍不住经常跑到他们的枪店。看着那些让人眼花缭乱、各式各样，只有在电影中或者游戏中才能见到的枪支，我兴奋极了！

一把手枪几百块钱人民币，一挺大型的AWM狙击枪也才1万多块钱。这让喜欢玩射击类游戏的我热血沸腾。要知道我有多怀念坐在大学宿舍玩CS的时光！而事隔多年之后，我在世界的另一头，握着年少时的幻想，摸着真正的枪支。

在南非另一端的体验则截然不同。在那里，我坐着火车沿着蔚蓝的海岸线去往天涯海角，看着那真正的世界尽头发呆。在那里，还有无数的企鹅从海中跳上岸来，它们在非洲的海岸边自由自在地嬉戏，就在我身边笨拙地行走。你一定很好奇：天哪，非洲怎么还会有企鹅呢？是的，非洲还有一切我们未曾想过的美丽。

非洲给我最大的感触是自然的壮阔，那是我走完五大洲仍旧念念不忘的美！非洲比我们想象中的贫瘠要美丽得多，比我们想象中的危险要多几分善意与温柔。火山口、瀑布、草原、小狮子、魔鬼池、纸醉金迷的赌场、学功夫的小孩、监狱里的伙伴、带给我希望与救赎的朋友、高空跳伞、沙漠、海洋、签证、企鹅等，一切如电影镜头般在我脑海闪过。当然还有飘在城市上空的一片片花瓣……

"在一片沙漠的海边，我看到了一群动物在嬉戏的身影……"

迦太基古国（突尼斯）

突尼斯属于地中海板块，但地处北非大陆的国度，是非洲最北端的国家。只不过与非洲大陆上的其他民族有所不同，这是一个伊斯兰教的国度，这与它在历史的进程中与公元700年时被奥斯曼帝国占领有关。在古代突尼斯有着一个更为显赫的名字——

迦太基。这也是吸引我来到这里的原因之一。

迦太基古国有着 3000 年的历史，早在公元前 7 世纪时，它就已经创国。它是由前章提到的腓尼基人的城邦所建立，腓尼基人就是发明字母的民族，希腊字母就是由它向西传播而来，形成现今的西方文字。

迦太基在古典文明时期，是比古汉帝国与罗马帝国更早的强大奴隶制强国，那时候的地中海以东包括西班牙地区都被迦太基所占领，地中海以西由希腊诸城邦所控制，从而平分地中海。只不过在后来发展强大起来的罗马帝国吞并希腊之后，再经过几百年的斗争，迦太基古国也在几次布匿战争之后被罗马帝国所吞并。再后来随着罗马帝国的灭亡，奥斯曼帝国成为中世纪最为强大的帝国之后，迦太基从此变成了穆斯林的世界，一直延续至今。

欧洲自西罗马帝国覆灭后，从来没有势力能与阿拉伯帝国抗衡。直到后来的欧洲因为阿拉伯帝国的侵略，不得已开始海上贸易，进而探索更多的生存空间。因资本主义而兴起的工业革命与科学革命的开始，世界的格局才再一次转变。阿拉伯帝国也因专制与不变的农业社会与故步自封的思想形态，变成了挨打的一方。

现今的突尼斯，就是原来的迦太基。人们穿着长袍，拿着被奉为国花的白色茉莉行走在街上。只不过在这个国度，还依稀可见曾经的历史和辉煌。

那一座座与众不同的古城墙，是我见过保留最完整的古城墙。三千年前的迦太基古都遗迹就矗立在山头，只不过鲜有人踏足，如同它三千年前的历史一样容易被人淡忘。

在突尼斯所保留的古城墙内，人们还依然生活在这里。这里的古城墙仿佛从来没有变过一样被完整地保留下来。城墙里面是低矮的建筑和狭小的街道。人们依然生活在巨大城墙包围起来的古城里。那是真正意义上的古城墙里的生活。不过好似全世界的古城都长一个样，这边的古城墙遗迹也像极了中国古代的城墙和城楼的建筑。一样的围城，一样的塔楼，城墙之上是一垛垛箭防。人们依旧像古时候一样生活在此。

如果说要体验我们中国古代的城防生活，这或许是一个能够让人身临其境的地方。这是我见过全世界保留最完整的古城墙式的生活，这里的人们悠哉优哉的，我行走在古城里昏暗的街道小巷，仿佛穿越回到了千年多前的汉唐。

南美洲篇

我再次踏上这一片土地，我已不再是我。

——切·格瓦拉

在飞往南美洲的飞机上，太阳照着我的脸，仿佛永远不会日落一样。我是在傍晚上的飞机，已经飞行了10多个小时了。就着夕阳起飞，可现在窗外云层上的夕阳还是那个夕阳，仿佛天永远不会黑一样。在这期间我已经看了半本书和三部电影，可夕阳依旧如此的灿烂夺目。我这才意识到：我在追着太阳跑！对，没有错，这会儿我正绕着地球飞。跨越了大半个地球，夕阳一直伴随着我左右，仿佛时间静止了一样。这是一段神奇的体验，生命仿佛无端多出了十多个小时。

在旅行的初始，我就将南美洲作为我旅途的终极目标。相对于亚、欧、非大陆，我对南美洲有着不一样的执着和向往，不只是因为它遥远神秘，更在于它于我青春里的意义。

每个人心目中都会有一个偶像，而关于旅行的初始，也总有一个人引导着你。那可能源自一本书、一场电影，又或是一个传说中的身影。切·格瓦拉就是我成长过程中的偶像。他生于阿根廷。他曾在青春初始就环游南美洲，也因理想参加革命解放古巴；也因为理想而放弃权势，投身到和他毫无关联的世界其他国家，去为其他国家人民的疾苦与和平而奋斗。后来，他成为那个时代全世界青年的理想信仰，那理想的光芒，至今依然照亮着心怀理想、坚持自我的青年们。

20世纪50年代，格瓦拉作为一个刚大学毕业初涉社会的年轻人，也不过二十三四岁的年纪。他毅然踏上了环游南美洲之旅，在那个还处于半殖民地半封建的社会背景下，很少有人会像他那样做。可他依然遵循心中的理想，用一年多的时间游历南美洲。

那时候的南美洲，国与国之间都异常的生疏，仿佛家乡便是整个世界。我不知道是怎样的勇气，让他做出游历美洲的决定。说是骑行，更确切地说是游历，为了探索生命中的未知，而选择做世人并不理解和支持的荒诞行径。用双脚丈量生长的土地也是青春伊始的自我探索。

因此，我对南美洲更有一番情怀。那里有我前人的足迹，有我偶像闪闪发光的青春。我要去追随我偶像的脚步，踏上这场理想主义的朝圣之旅。

机长逃跑（巴西）

巴西的街头

里约热内卢的夜，透露着一股清凉。这和非洲是不一样的。此刻，我的心情忍不住又一次激动起来。每一次踏上新的大洲起初都有着难以抑制的兴奋和激动。

看着满街不一样的白人与巷子里穿着清凉的巴西女郎俏丽的身影，我仿佛又回到了当初刚踏上非洲时的期待与热望里，恍如隔世。只不过这一次是由黑色人种的世界一下子进入到白色人种的世界。而这白的世界是如此的绚丽多彩！一扫我旅途的疲惫，让我一下子又容光焕发，旅途前的精神劲儿又回到了我的身体。

巴西的女郎不像是我们平常认知中黝黑的皮肤和桑巴的气息。她们比想象中更白。后来走过南美洲的多数地方，我发现这里多是白人。但不知为什么，在我们固有的认知里，总以为拉丁美洲的人群皮肤都是黝黑黝黑的。他们中大部分是白色人种，白色的皮肤，碧绿的眼睛。

巴西的女郎着实漂亮，这是我走过亚美尼亚、伊朗之后，看到的另一道美丽的风景。这也是我走完世界之后得出的结论，世界美女排行榜上，巴西女郎必然名列前茅。

巴西是一个多民族的国家。巴西80%的人是混血儿，异常漂亮。有北欧混血的，有中东混血的，还有印巴混血的。想象一下，满大街的混血俊男靓女走过，那是何等的美丽！巴西女郎的美不在于她们的热情，而在于她们本身所散发的气质，满大街的美女都穿着泳衣行走在城市角落，也无怪乎你会惊叹她们的热情如火。

我发现，这种清凉的又不失潮流的时尚观，早已成为她们日常生活的一部分。这就好像我们看到中东的姑娘穿着黑袍下水，与东亚的姑娘穿着长袖在海边一样，其实这都不过是不同文化、环境下的穿衣日常。而里约街头的美女穿着早已清凉如夏，而我们这些土包子还在感叹着这里的姑娘热情如火。

巴西的街头，壁画和涂鸦随处可见。这使得整个城市都充满着自由随性的气息。那些被我们视为街头文艺的场景，这里应有尽有。如果说伊斯坦布尔是被猫占领了的城市，那么里约热内卢就是被街头艺术壁画涂鸦覆盖的天堂。大街小巷，城墙大厦，到处都是涂鸦和壁画，仿佛这里的每一个人都是艺术家一样。走在这座城市的大街小巷，目光所及都是五彩缤纷的颜色。这是一个年轻而又绚丽的城市。

在里约热内卢的沙滩边，我看到一个父亲在教儿子踢球。父亲不厌其烦地把球传过去让儿子踢，一样的动作反复了数十次，不断地告诉儿子该怎么进攻，该怎么发力，好像要把毕生的本事都传递给他的儿子一样。这个父亲，只是一个普通的父亲，看上去并非专业的球员。沙滩的另一头，那些光着身子的热血青年，更是把球踢得神乎其神。

这就是足球文化的差距，或者说全世界大部分国家的差距一样。全民老少，随意的一片沙滩上，便可见到踢球的人们。足球不再只是竞技，而是一种全民皆宜的文化。看着远方坐在海边嬉戏的巴西女郎们，我不得不感叹这座城市的朝气与活力。

机长逃跑了

我也学着当地人浪漫的做法，一个人坐在沙滩边看着夕阳。

他们总是拿一张躺椅坐在海边悠闲地看书，或是一男一女盘坐在沙滩上，面对着大海吹风。

这时候，我发现我的旁边，也悄然坐下来一个陌生的东亚面孔。看打扮应该是中国人，国人的形象总是很容易辨认的。我用英语打了声招呼，果不其然，这个看上去和我差不多大的青年确实是我们国人。一阵寒暄过后，才了解到，他是假期出来旅行的游客，也是一个人出行，还是国内一个航空公司的副机长。这令我兴致高昂，在表达过对这位年纪轻轻就高任副机长的同龄青年的敬仰之后，也发表了我对于他们这个行业的诸多疑问。比如，飞机如果突然失事，我们的存活率是多少之类的问题。

我总对这种生命不掌控在自己手中的交通工具心存疑虑，哪怕我天不怕地不怕的出来走世界，内心也总会隐隐担心着什么，也会偷偷琢磨飞机在飞行中掉下来的存活率是多少这种奇怪的问题。事实上，我向往这种荒岛求生的突发情况，却又担心存活的概率。这位年轻副机长经过我一阵商业公关之后，也露出了骄傲的神情滔滔不绝地同我讲述着他们的行业故事。

他告诉我："这类事情基本不会发生，就算坠落也会选择迫降。"

在他给我科普、拓展我知识边界之后，我们的关系瞬间攀升到了"好朋友"的层次。毕竟一个人的旅途往往是孤独的，难得遇到一位可以畅聊一番的同胞。我们都不免要畅谈一番，甚至结伴而行，以证实我们对这不期而遇缘分的珍重。

夕阳落山后，我们相约一道回去，顺路一起去超市采办生活用品。既是朋友了那便同行一程。但隐隐中，我总感觉他那种国人旅行的警惕心始终没有放下。一来到里约热内卢就担心治安问题，毕竟里约热内卢是全世界跟南非约翰内斯堡并列的十大危险城市之一。

当然，我不知道这是国际评价的，还是我们自己评出来的标准，对此我并不太关心，显然我已经在这边生活了几天，依然是之前在南非生活的态度，我仍旧悠然自得，甚是惬意地闲逛着。此外，我说我刚到不久，手机没买卡，想蹭一下对方的热点定位一下我的旅馆。他也总是犹豫不安，或许这也是在城市漂泊来回的习惯，总对人保持着一种戒备之心。

虽然我们现在已然是"朋友"了，又或者他只是害怕一个人晚上的回程，才愿意与我同程一段。当然他这会儿俨然还是个一米八的个儿，仪表堂堂不失副机长风度，一副商业社会里的得体形象。放在哪儿，他都是社会精英，风度翩翩的样子。除了一再强调里约热内卢很危险这类的话语之外，在回程的路上他再没说过什么。我也只能不断告诉他世界是美好的。

我们结伴一路来到超市，陪着他采购着生活物资。我们聊着天，分享着各自的旅途故事和感悟。我们笑谈着从超市出来，去到对面的公园里等车。他需要回到他的旅馆，我需要回到我的青旅，并相约第二天他搬到我那边去，方便结伴游玩。

正在我们等车的时候，突然来了一个衣衫不整的老人，伸手向我们要钱。我笑笑跟他表示没钱，我们也很穷。这种街头流浪汉到处都是，类似我们国内的乞丐，总会伸手向你要1块钱或是要点食物。毕竟在路上，我的生活并不宽裕，面对他们我总会笑笑了之。

就在这时候，我看到那哥们儿突然局促不安起来，拉着我说："我们去旁边点，去旁边点。"

我对他笑着表示道："不用担心，这就是流浪汉。你看他这么老，就算抢我们，我们也不用害怕。"当然，我们还是往旁边挪了一点点。

可这位老流浪汉，还是不依不饶地跟了过来，问我们要点钱，我刚想像之前那样笑笑表示没有的时候，我身边这哥们，满脸煞白，突然毫无预兆地拔腿就跑。他一声招呼也不打，自顾自地一下子跑到了马路对面，消失在了人流中，留下我一个人在风中凌乱。

此刻的我，正瞪大着眼睛，一边看看那哥们儿消失的背影，一边看看还在我眼前的老流浪汉，有点缓不过神来。我假装生气地对流浪汉说道："我没有钱，你去找别人要去。"

那老流浪汉看我一毛不拔，也就耷拉着脑袋到下一个人那边去纠缠了。我仍旧站在原地，很难把自己从刚刚被"背叛"的错愕感中回过神来。

这只是流浪汉啊，又不是抢劫，不至于抛弃同伴一个人跑路吧！

哪怕是真正的抢劫，刚刚那样的行为也有失我们志同道合相约同行的友谊啊！

这还是副机长，一个得体大方、高高在上的城市精英。旅途中只是遇到这么一点点小危险，就抛弃了同伴独自"逃命"去了。那要是在正规的职场中，遇上飞机失事，还怎么保证乘客的安全，去维护秩序并操控全局？说不定一个人跳伞自顾逃命去了，我不禁为乘客担忧起来。

我们总是对外界充满着戒备和莫名其妙的恐慌。我们总在被告知的危险前战战兢兢，却失去了去拥抱世界的勇气。我们只是在原有的相对熟悉安全的生活里光鲜亮丽着。当遇到一丝丝危险的时候，总想用钱解决，以此来掩盖着内心的怯懦。我们把"多一事不如少一事"的中庸之道奉为圭臬。殊不知，我们早已失去了面对危险的勇气。

整个南美洲都讲西班牙语，而里约则讲葡萄牙语。对我来说都一样，反正都听不懂。但也正因为语言不通，我才更深刻地感受着当地人的热情。他们总是会说着葡萄牙语，对我手舞足蹈地比画一番。在我理解并道谢之后，哈哈大笑着离去。这里并没有想象中的那么危险，相反纯粹、热烈得可爱。

耶稣基督像

我生活在里约热内卢的街头，每天买菜做饭，抬头就是基督山的耶稣基督像。这是我第五个要去见的世界七大奇迹之一。它就在我房间对面的山上。

山上总是云雾缭绕的，耶稣基督像若隐若现，让人看不清它的真容。

几个小时的攀爬之后，我终于站在了它的脚下。高耸入云的身躯，依然藏匿在云雾中。说实话当我近距离瞻仰的时候，确实有些失望。若论建筑的宏伟观感，云雾中的它似乎并没有其他七大奇迹来得震撼。甚至它比不上我曾经见过的吴哥窟，吴哥窟"高棉的微笑"与整个庙宇的建筑群落，让我记忆犹新。论建筑与古人的智慧震撼，眼前的耶稣基督像仿佛还差了些什么，可它无形中的神圣与神秘，却带给我不一样的感觉。

它脚下的天台边，躺满了人，或半卧或半坐。因为站着抬头看着实太累，并且迟迟看不见它的真容。云雾笼罩下，隔着几米距离就已看不清，仿佛跌入梦境，惹人浮想联翩。

我跟着那些信徒盘坐在它脚下，盯着云雾中模糊的身影。这时一位身材修长，半长头发的白人男士从迷雾中出现，棱角分明的英俊脸庞和修长的身材宛若天使降临。我从未见过如此俊美的

理想的实现——环游世界500天

身影，他默默平静地从迷雾中向我走来，我想这一定是天使的化身。当他在我面前走过之后，迷雾缓缓散开，耶稣露出了它悲天悯人的容颜。

我终于看清了它的面孔，它是如此神圣平静。

世界的尽头（阿根廷）

阿根廷是我最喜欢的国家之一。走在布宜诺斯艾利斯的街头，会看见许多五颜六色的房子。阳光洒在屋顶上，透露出冬季特有的温柔与美好。

街头巷尾总会看到一对对俊俏的男女跳着欢快的探戈。女生穿着旗袍般的衣服勾勒出她柔美的腰肢，男士穿着帅气潮流的西装，头上戴着一顶绅士帽，脸上洋溢着幸福的微笑。那微笑融化着这初冬的寒意。舞蹈是当地人生活的一部分，在布宜诺斯艾利斯的街头，我与他们的热情、欢乐撞了个满怀。

城里的夜晚充斥着足球的狂欢。大街小巷都爆发着胜利的呐喊。跟巴西不太一样，这里有种全民热爱足球俱乐部的氛围。阿根廷的人们下班后都会聚集在大街小巷的足球俱乐部和酒吧里，为了自己喜爱的球队呐喊。我去的时候，正值欧洲冠军联赛，全城如"暴乱"般冲上街头狂欢，每个人脸上都洋溢着幸福的笑容。

阿根廷的生活节奏很慢，人们生活中充满着浪漫的气息。家家户户吃饭很晚，一般不做饭，他们会在晚上八点之后，一个个正装走进各个美丽的餐厅，进而开始一天中最重要的事情。

正如我在八点时候走入一家商店，要买一样东西的时候却被告知："不好意思，我的朋友，打烊了。"

我说："我就买一样东西，不会花费您太多时间，我想你不会放弃赚钱的机会吧？"

"哦，亲爱的朋友，我下班了。没有比陪伴家人更重要的事，哪怕再多一分钟，花更多的钱。"

我无奈地离开商店，感叹着他们从来不为金钱而放弃生活的观念。后来我在欧洲行走时，很多商店会在六点钟打烊。他们从来不会为了多赚钱而放弃陪伴家人的时间。

阿根廷的生活很慢很慢，他们把慢节奏的生活看得比什么都重要。慢慢地赚钱，再慢慢地花掉。我一直在想象我的偶像切·格瓦拉的家乡会是什么模样，从未想过布宜诺斯艾利斯是如此浪漫的一座城市。这也难怪，或许唯有如此浪漫的地方，才会养育出这样一位理想主义者。不追逐金钱和名利，想把这浪漫的美好生活带给每一个人，愿意为理想放弃生命。

马黛茶杯

《摩托日记》里切·格瓦拉在环游南美洲的时候，手上总会端着一个马黛茶杯。马黛茶是源于阿根廷的一种浪漫茶饮。喜欢看足球的人一定会知道，梅西的手中也经常端着一个圆圆的像椰子壳一样的茶杯，配上一个精致的吸管，浪漫极了！我这一路一般不会买多余的物品，只留下每个国家的钱币作为我环游世界的礼物。这一次，我一定要买一个马黛茶杯。如果一路端着马黛茶杯，像偶像切·格瓦拉一样环游南美洲，那将是多么浪漫的一件事！

大街小巷的商店虽然已经关门，可餐厅仍旧灯火辉煌。还有路边摆摊手艺人，他们还在不辞辛苦地坐在街边雕刻着自己的爱好，雕琢着生活，如同古老的波西米亚人。

眼前一位蓄着长发、盘腿而坐的手工艺人，正专注地雕刻着他手中的马黛茶杯。他浑身散发着艺术家的气质，那专注的神情令人动容。在他身边摆放着一个个马黛茶杯，漂亮极了！这些马黛茶杯比商店里摆放的还要漂亮几分，并且价格还便宜近一半。

手工艺人微笑着不急不躁地给我讲述它这些宝贝的制作工艺。我决定了，就买他的。一个银色的马黛茶杯，在他专注的神情下，刻上了我的名字"DONG DONG"。

"Dong Dong"一直是我在外使用的英文名字，让一些刚认识的外国友人，总会会心一笑。他们说，这是一种声音。

餐厅里柔和的灯光下是用餐的人们。窗外的路灯照得我手中的马黛茶杯发出金色昏暗的光芒。我知道，接下来的旅途我将有一只浪漫的马黛茶杯相伴。

乌斯怀亚

我看过所有世界的美丽，不及乌斯怀亚的那一份安宁。

"准备去哪儿？"

"慢慢走，去一个叫乌斯怀亚的地方。"

"冷冷的，去干吗？"

"听说那是世界的尽头，所以想去看一看嘛。你去过没有？听说那儿有个灯塔，失恋的人都喜欢去，把不开心的东西留下。"

这是电影《春光乍现》里的台词，诉说着关于世界的尽头——乌斯怀亚的故事。

阿根廷的乌斯怀亚是世界上最南端的城市，也被称作世界的尽头。中国和阿根廷，确实是世界地图上的最远点，而乌斯怀亚，也是离我们最遥远的城市。也可以这样说：我们经历着彼此的春夏和秋冬，也经历着彼此的白昼和黑夜，用一根木棍所刺穿的，是过去、现在和未来。徐志摩曾说"人生至少该有一次，为了某个人而忘了自己"。在我看来，人生至少该有一次，为了去到自己想去的地方而忘记自己。

尽头也是一种新的开始，去到世界的尽头，或许就明白该怎样继续生活。乌斯怀亚也是最靠近南极的一处小镇，在它遥遥相望的对面，就是南极。去南极的人都在这里上船，这里是真正意义上世界的尽头。这里离中国近两万公里，我走到了这里，也算走到头了，再远也去不了了。因为去南极的船有些贵，我还要留着路费回家。

令我没想到的是，世界的尽头竟是如此的美丽，让我至今依然流连忘返，我足足在这里生活了2周。

这是一个冬季的小镇，小镇的背后被一排雪山包围着，那是很美丽的雪山群，阳光洒在上面，散发着白色的光芒。小镇对面就是南极洲的冰洋和冰川。一艘木质的老帆船就那样孤单地搁浅在冰洋之上，好像在等待着谁，而岸上的人，却在等待一艘能开往南极的船。

远处的冰川是如此的湛蓝，像悬崖一样竖立在海的前方，冰川蔓延而去，深入大陆的深处，我不知道，那冰川的尽头是什么。那是另一个大洲，另一片天地。

我终于感受到了一丝冬天的气息，在走过中东、非洲近一年之后，我终于遇见了冬季。在过去的一年里，我仿佛都生活在炎炎夏日里，早已忘了冬天的模样。我是如此的渴望拥抱冬天，而此刻，让我终于投入了冬天的怀抱。

这边的冬天很美，清爽的空气让人沉醉。阳光下的冰川金灿灿的，仿佛给整个小镇穿上了一层金色外衣。

我吸进去的每一口冷气，此刻都是如此的幸福，这是我渴望已久的冬天。我喜欢这里，小镇上的人们生活节奏很慢，每天就是喝茶晒太阳。晚上十点钟的光景，天还不会黑，人们依旧坐在门口晒太阳。

在这个极昼的小镇上，慢的不只是生活，更是那不肯离去的时光。慢下来的太阳迟迟不肯落下，我坐在草地上，看着小镇另一头的雪山。已经是当地时间的22:00，可太阳依旧高挂在雪山之上。温暖的阳光洒满我的全身，喝上一口马黛茶，呼出了一丝白气，心底是无尽的满足。

我像当地人一样，带着一个马黛水壶，斜挎在肩上，慵懒地在小镇上溜达。随意找一处座椅，背对着雪山，面对着湖里的冰川，泡一杯马黛茶，游哉优哉地打发时间。这个小镇是彩色的，夹在雪山和湖面的冰川之间就显得格外浪漫。我学着他们慵懒而浪漫地过活，两周时间飞逝，而我却迟迟不愿离去。

友善的大使

我在乌斯怀亚优哉游哉，也去小镇上的智利大使馆敲过两次门，在巴西办下阿根廷跟秘鲁的签证之后，我就知道我此趟的南美洲之行必然成行，谁说没有美签走不了南美洲。我始终相信，路是走出来的。

那些曾经告诉我没有美签就走不到南美的"忠言逆耳"，早已被我抛到了脑后。

闲暇时刻，我就去当地的大使馆遛弯，顺便办理去智利的签证。或许是乌斯怀亚太小，又或是国人未曾到这边办过去智利的签证。那小小的使馆里，和蔼可亲的胖大使，总会抓抓头，很不好意思地跟我说："没问题，一定可以办理，待我询问一下流程。"

哪有这么可爱的大使会为了你的签证到处去问，又极度抱歉的态度，显得好像是自己业务不专业似的，对我非常不好意思。

一直以来欧美国家的护照来南美洲都是畅通无阻的，而国人一般也只会拿着那非常难办的美签来走南美洲。这就导致那位胖大叔在小木屋一样的大使馆里尴尬地对我解释道："由于您是第一个来这里办理智利签证的中国人，所以流程上我不太熟悉，非常不好意思。但我已经向总部咨询过了，需要的材料，很简单，您第二次来提交一下就能拿签证了。"

我表示了感谢，并在第二次来到这个小木屋后顺利拿到了签证。

我知道的是，南美洲之行其实很简单，在我拿到巴西签证踏上南美洲那一刻开始。只是如今的我们总是耽于享受，受限于传统观念或是"专家"建议，不敢轻易尝试罢了。

我另一个偶像鲁迅先生说过："世界上本没有路，走的人多了也就成了路。"

只不过现在的我们，享受惯了安逸与便捷，走新路的人越来越少了而已。

在后来的日子里，我曾坐船到达冰川脚下，看着如山的南极的冰川轰然倒下，落入水中溅起了千层的浪花；也曾穿过火地岛海峡，如麦哲伦当初穿过海峡，穿过了历史的年轮。

然后，我终于收拾行囊，离开了这个令我眷念的小镇。

复活节岛石像（智利）

复活节岛

在智利首都经历过一场小地震之后，我就匆忙飞往太平洋中的复活节岛。这也是我人生中第一次经历地震，也算是一场特别的体验，智利这个国家总是地震多发。

复活节岛是太平洋中的一处小岛。在离它最近的智利首都起飞，要往太平洋上空飞5个多小时才能到达。我坐在飞往复活节岛的飞机之上，望着太平洋的茫茫海面思绪漫飞。复活节岛在几百年前，还是无人踏足。当人类穿过太平洋发现地球是圆的之后才发现了它。如今这里只剩下一尊尊雕像。

复活节岛并不算大，开车绕岛一圈也不过两个多小时。岛的一边有一个小镇，我生活在这个小镇上，而岛的另一边并没有人居住，那里散落着六百个神秘的复活节石像。石像一个个都硕大无比，大的能有几层楼高，最小的一个也是人的几倍大。它们就这么散落在这个不大的小岛上，增添了几分古老而神秘的色彩。

据说当地人的祖先最早踏上这座岛屿生活的时候，这些石像就早已伫立在这里。哪怕是科技发达的今天也查不出这些硕大而又古怪石像的来历。

这些巨大石像的神奇工艺，是那个古老的时代人类所不具备的。有人说，这是外星人的产物，也有人说是古人留下来的，众说纷纭。人们只知道，这些遍布满岛屿、形态各异的神秘石像，都奇怪地朝着同一个方向。

在复活节岛悠闲的生活，仿佛有种与世隔绝的感觉。我住在一个当地人家里。这里所有的餐厅都面朝大海，我偶尔会坐在海边的餐厅吃饭，吃完饭总是随意地坐在门口的地上，抱着一只狗看着眼前的太平洋。

雨后的岛上会出现双彩虹，就那么横跨在岛屿上空，横跨在屋顶处。我坐在院子里，一抬头就可以见到两道很深很深的七色彩虹。这些被我们视作一遇难求的浪漫场景，只不过是当地岛民的日常生活景象。

我租了一辆车，每天游走在这座岛上的各个神秘角落。回小镇的时候，就把车停在岛上的一个崖边。这个面朝太平洋的崖边平台上，停着好些车，车里的人就那样慵懒地躺着看着夕阳。或是像当地的居民一样，下车坐在崖边一排排的石头凳子上。

这时，看到一个头发花白的老奶奶拄着拐杖，慢慢悠悠地来到这个镇子村口的平台，坐在长长的石板凳上安静地看着海上的残阳。在那一瞬间，仿佛岛上所有人都沉浸在海上的落日里。

我曾探访过这个岛上各个角落里的石像，有的在树林里，有的在山坡上，有的在悬崖边。每一个都像巨型石人一样，散发着一股神秘古老的气息。我与它们合影时，远远地看去，我像是它们脚下的一个小人。它们静默地伫立着，仿佛在宣告，它们才是这座岛屿的主人。

我曾因为好奇，在半夜十二点一人驱车前往岛屿深处。因为在白天见到那边丛林深处的海岸上有一排最为神秘的石像，一共七个整整齐齐地排列在那里。这仿佛预示着它们是多么的与众不同。我总觉得它们是这个岛屿上的核心存在。出于好奇，我在半夜时分仿佛受到了某种号召似的驱车前往一探究竟。

漆黑的岛屿深处，七个巨大石像的身影就伫立在月光下，仿佛在举行着某种古老的仪式。我躲在暗处静悄悄地观察，漆黑的夜晚伸手不见五指，只有月光下一排石像的身影。夜，静悄悄的。我屏住了呼吸，小心翼翼地紧盯着，紧盯着。突然，内心的深处涌现出一股莫名其妙的恐惧感！仿佛有个声音在驱逐着我离开。我分明感受到了，那一丝内心的声音。

我确定这并不是幻觉，也不是胆小的借口。在环游世界以来我从不会害怕黑暗或者神怪的东西。我想我是勇敢的！

可这一刻，我感到了害怕。我清楚地感受到有一种声音在驱逐我离开。这让我毛骨悚然。我从没有遇到过这样的事情，如此的清晰，如此的令人恐慌！

当下我放弃了作为勇士的探险。我决定听从它的号召，乖乖地启动了车子，在黑夜里对着那排石像，由衷地说了一句"I'm sorry"，就匆忙离开了。每当我回想起那个夜晚，那莫名其妙的声音就会回荡在耳际。对于这一切，我也无从解释。

后来的日子，我依旧在岛上生活着。民宿里来了两个从台湾来旅行的男生。后来我们成了好朋友，经常一起结伴去环岛。

那个在澳洲工作的男生喜欢谈论世界，这同我趣味相投。

沙漠自驾

智利可是个发达国家，不要以为拉丁美洲都是挺穷的样子。智利的首都消费可要比上海高出两三倍。可是在这高消费的城市里，车厘子却是几块钱一公斤。在这里我们完全可以实现车厘子自由。

事实上，我对高消费的城市并没有太多留恋。从复活节岛飞回来之后，我就立马去往另一个沙漠边境城市。一大片沙漠横跨智利和邻国玻利维亚之间。阿卡塔玛沙漠是世界上海拔最高的大沙漠，平均海拔在3000—5000米之间，我原本打算直接跨过沙漠，去往玻利维亚的。可一来到这个沙漠小镇，我就停下来不想走了——这，不就是三毛书中的撒哈拉小镇吗？如此的文艺，如此的安静！

这里也是南美洲背包客的聚集地，走世界，走南美的背包客都喜欢聚集在这个沙漠小镇，去户外，去冒险。来自欧美的背包客们骑着自行车悠然自得地游走在沙漠边缘的小镇上。

圣诞节将至，整个小镇都是过节的气息。人们张灯结彩地期待着节日的到来。老外们总是这样，在圣诞节到来还有十天半个月的时候就开始布置节日氛围，整个欧美国家都如此。他们会提前放假去享受生活，享受假日的快乐。

谁说不是呢？有什么比过节假日更重要的事情呢？工作在他们眼中，只是一种可有可无的生活附属品，不是必需品，假期才是必需品。当然，我并不愿意留在这个沙漠小镇过圣诞节。相较而言，沙漠的深处对我的吸引力更大，我要把圣诞节留给下一个国家。

我租了一辆越野皮卡车，两百多块钱，就准备前往沙漠深处。沙漠里必须有一辆越野型的车，这种大皮卡车太适合了，越野的性质，身后还带一个大皮卡，就是美剧里经常见到居家旅行的大皮卡。我一直很好奇，国内为什么没有这种大皮卡车，这可比轿车方便多了，又能居家，又能旅行，外型又如此的帅气，也比越野车帅气多了。我们往往只会买一辆轿车作为上下班代步的工具。

你能想象开着一辆大皮卡行驶在无尽的沙漠公路上的感觉吗？一个人在广袤无垠的沙漠里开着皮卡穿行，那份不羁与自由令我怀念。只不过，如果没有刚驶出小镇就陷在沙漠里的尴尬就好了。

刚刚行驶出小镇的时候，我因为太兴奋，横冲直撞，直接跨过公路，行驶到沙漠里。结果这片沙漠太软，两只轮胎陷进去了，怎么也开不出来。幸好我当初干过修车工，千斤顶、木板、石头一顿猛操作，但没有结果。在一个小时后，当地的好心人开来了一辆车，终于把我的大皮卡拽了出来。

嗯，不是我技术不行，确实挺专业的。只是后来人家才告诉我，这片刚出来的区域，沙地实在太软，不适合直接开车。你看吧，当地的村民都这么说。他们总是那样的热情。

在村民的帮助下，我终于又一次驶上了无尽的沙漠公路。看着两边无尽的沙漠倒退，前面是笔直的看不到尽头的公路。我仿佛有种行驶在美国西部片镜头中的感觉。只不过这会儿我车厢里所放的，是最近国内很火的《沙漠骆驼》。嗯，除开这一点儿，我想我现在就是在美剧片里公路上的感觉了。

随着车内高昂的音乐和窗外扬起的风沙，我不住地向前穿行。沙漠上偶尔会出现戈壁。戈壁上有野生羊驼会成群结队地路过，或者分散在公路两边，或抬起脑袋直勾勾地看着我。

一路走来，这是我唯一遇见的生物，一只只可爱极了！想不到这么可爱的生物，竟生活在这片广袤的沙漠之中。这也让我确信，它们应该是驼类的一种，并非羊类，虽然它们长得比羊还要可爱得多，呆萌呆萌的。它们的灵动与生机同这片死寂的沙漠形成了鲜明对比。

有时候开车太无聊，看到路边"散步"的羊驼们，我会故意开着车，假装在追它们。可它们好像没有动物天性一样，竟排起了队，然后直勾勾地在公路上笔直地奔跑，也不拐弯，也不散开。仿佛排队，才是它们此刻最需要做的事情一样。我被它们那呆萌的举动逗乐了，就故意停下车，下车去跟它们一起跑。它们看着旁边的我，就这么直勾勾地跑在它们队伍的左侧，如临大敌一般，继续回过头照直了跑，有的还会好奇地侧头看看我。

我实在被它们逗得不行，就停下追逐的脚步，看着它们奔跑的身影在路边大笑。它们这才慢吞吞地从我身边跑进戈壁里，然后散开，又抬起脑袋，直勾勾地打量我。

我就这样开往沙漠深处，遇到戈壁，就下来逗逗羊驼，享受这无人天地里的乐趣。

突然，远处广袤的沙漠里出现了一个很大的旋涡。

眼看着沙子漫天飞舞，飞着飞着，出现了一条细长的龙卷风。青色的旋涡，如此的清晰，直挂在黄色的沙与蓝色的天空之间！

这是我生平第一次遇见龙卷风，这种奇观，可能这辈子也就这一次了。当下我立马权衡起来：究竟是追还是跑？

可是看起来也并不像灾难片里那么恐怖的样子，再三思量，看看我大皮卡的重量。嗯，我对它有信心。还是抵挡不住好奇心的驱使，一踩油门，追了上去。随着离龙卷风越来越近，也越来越清晰地看清了它的容貌。事实上，它并不像灾难片里那么巨大，反而修长无比，高高地挂在沙漠表面，直冲天际。

它竟是如此的清晰、美丽，令人不禁感叹：大自然是最伟大的艺术家。当我越靠近的时候，风沙也越来越大。在离它不到五米距离的时候，我不得不把车停下来。现在满眼的风沙不得不使我把车窗摇上。紧接着，我放倒了座椅，放上音乐，拿出了马黛茶杯，泡上了一壶马黛茶。交叉着双手就这么静静地看着龙卷风美丽的身影，任它在我眼前跳舞。

在这些天里，我游走在这无尽的沙漠深处。我总是这样，自驾的时候就睡在车里。把随身带着的衣物往身上一盖，放倒驾驶座，停靠在美丽的地方睡觉。

第三天入夜的时候，格外寒冷，渐渐地我开始感觉不对劲儿，随着月亮的高升，车窗外竟结起了冰，这时我才意识到看一看海拔表——4600 米！

大意了，广袤平坦的沙漠，让我忽略了我在高原上这一事实。我睡在一座火山脚下，海拔居然高达四千多米。这是一片广袤的草地，因为停留在这里看夕阳，就决定露宿于斯。想不到这美丽的草地竟是这样寒冷。随着夕阳西下，车窗外美丽的金黄已经被爬上车窗的白色冰霜代替。

我想象着前一会儿阳光洒下的温暖，因为现在我的双脚已经变得冰冷，将会面临失温的危险。我还是理性地努力直起身子，把背包里所有的衣物穿在身上，把最后一件羽绒服也盖上。

可这车，本就有个空调的入风口，丝丝冷风仍旧会灌进来。那一夜我做了很多个梦，也被冻醒了好多次，醒来后又渐渐地睡去，梦到了好多好多。

过了很久很久之后，终于有一道朝阳的光芒射下。

我这一辈子从来没有如此渴望日出过，日出了，一丝丝阳光照耀，慢慢融化了盖满车窗外的冰，照射在我的脸上。我木讷地盯着太阳，随着它把阳光慢慢洒满我的全身，身体开始慢慢地变得温暖。

那是一种真正从内心而起的温暖，这种温暖慢慢把我的身躯照得充满幸福。我知道我熬过去了。等日晒三竿，过了许久之后，我才开始动身，驱车穿过沙漠快速赶回了那个镇上。

当晚，我发烧到了 40℃。

一片白色的世界（玻利维亚）

天空之镜

世界上最大的一面天空之镜在玻利维亚。在天空之镜里，开两天的车，也开不出来。这里没有人也没有生物，只有一眼望不到尽头的白色世界，就连天空的尽头也是白色的，看不到山，也看不到湖，只有一片白色天地相交织。偶尔下过一场雨，让地面照耀出天空的样子，像一面镜子。

多么梦幻的场景，可不能贪恋美景而迷失在这一片景色里。因为漫天的白色，会让人产生雪盲！往往美丽的事物总伴随着危险。这里荒凉，毫无生气。纵然美轮美奂，可人在里面也只有戴上墨镜才能生存。这里的白太过纯粹，满世界的白都会反射阳光。若在这白色世界里流连忘返，不到半小时人就会短暂失明。这时才会意识到，在这异乎寻常的美景里，必须保持理智，小心行驶，不可久留。

不一会儿，我就迷了路，迷失在这片白色的世界里。我开始分不清道路，不知道哪一个方向才是出去的路。四周只有白色的世界，连一个参照物都没有。我不知何时已经身处白色世界的中心了。

不得已，我登上一座难得发现的小山丘。可小山丘仿佛也不属于这个真实的世界，遍地的仙人掌长得比房屋还高。我坐在这些仙人掌下，像动画片里的小人一样。不禁怀疑这究竟是现实还是梦境。天空的世界，一切的事物都会变得高大，而我却在不断地变小。我游离在仙人掌的森林，找不到方向。我在这一片巨大

理
想
的
实
现
——
环
游
世
界
500
天

的仙人掌世界里游离很久很久，终于爬到了小山丘的顶上。我坐在一棵高耸入云的仙人掌下，眺望远方，可世界的尽头仍旧白茫茫一片。

这里没有信号，没有导航，指南针也随着这个磁场的不确定变得飘忽不定。我最后尝试着，朝着一个方向开，一直开，仿佛是来时的方向。开了好久好久，终于发现了人迹，我知道我出来了。这是刚进入这片天地时的场景。

大多数游客是为了这一片白色的世界而来。每到雨季，降水丰富，一片沼泽就变成了汪洋泽国，洁白的盐面覆盖了一层薄薄的水面反射着天空，呈现出一片天空之镜的效果。

来自世界各地的人，开着各自的车，停泊在一片白色巨大的"镜子"上，那仿佛是一面天地间的镜子。人们悠闲地拿出躺椅，立起房车的架子，坐在镜子之上。人们光着脚丫，喝着茶，看着夕阳在镜子下的变幻。夕阳把整个世界照得金黄金黄，闪闪发光。人们在这片金黄的世界里感受着不一样的奇幻。

中国老乡

回到了天空之镜边缘的小镇上，光照也不似天空之镜里那样强烈，仿佛生活一下子也慢了下来。慢下来的不只是时光，还有生活在这里的人们。

我在小镇闲逛的时候，遇到了两个中国老乡。大家热烈地闲聊起来。

我给他递了支烟，他递给我一根华子："兄弟，华子，华子……抽华子……这里的烟我抽不惯，我只抽华子。"

我微笑着点头："大哥，我不抽华子，华子太浓了，呛嗓子。"

大哥问："你一个人来旅游啊？"

我说："是，环游世界呢，路过这里。"

"真好，中国人很少来这里的。"

"那你们在这里做什么？"

"我们在这里工作，项目在天空之镜的最深处，开发盐矿。我们在那里面工作，一周才出来采购一下物资，消遣一下，里面太大了，出来也得好久。"

"里面生活如何？"

"就那样呗，每天窝在里面开采工作，与世隔绝，白茫茫的一片，像南极一样。刚来的时候也不适应，经常被晒脱一层皮，慢慢地也就习惯了。没办法，这里薪资比国内稍高一点，为了养家糊口，也就来这边了。"

"你觉得这个小镇的生活怎么样呀？"

"这里啊，怎么说呢？当地人生活挺好的呀，慢悠悠的，赚的不多，却也悠然自得。不像我们啊，不管到哪，天天只知道赚钱，你看啊，我也去过一些南美国家工作，跟这些老外比起来啊，我们算不懂生活的了。赚的吧，也不比人家少，可你看看，南美这些国家的人，平均工资每月也就两三千块，可人家把生活过得，那叫一个滋润啊。"

听着大哥抱怨，我随即问道："那你们怎么不改变一下呀？"

"已经改变很多喽，也慢慢开始学会生活啦，不像刚来的时候，只知道天天窝在项目上，现在已经改变很多喽，可这里工作条件有限。等回国吧，回国了，我也要好好开始享受生活。"

"哈哈，那祝你们以后生活开心呀！"我笑着同他们告别。

我在天空之镜边缘的小镇上度过了一个愉快的圣诞节。哪怕是一个小小的城镇，大街小巷的人们都笑逐颜开地期待着新年。

人们会在家门口布置各种各样的圣诞树，漂亮极了！有心的邻居们，会穿上各种圣诞老人或怪兽的装束。一个全身穿着"绿毛怪"的大叔，给小朋友们扎着一个个漂亮的气球。

拉巴斯

后来，我来到了玻利维亚的首都拉巴斯。这是我见过夜景最美的城市。

拉巴斯的夜，是我见过最美的夜。这是全世界海拔最高的首都，建立在 3700 米之上，满是山城。出门吃个饭，上下落差都得 100 米，所有的房子建在山城之上，城围山而建。在夜晚，透过落地窗，目之所及是满天的"星辰"。这不是天上的星，却比天上的星更绚烂夺目。

在拉巴斯出门交通都靠缆车，坐缆车三块钱一个人，可以坐好久，比任何景点的缆车都要精彩。缆车之下，是满星的城，这是我见过最美的夜，我在这个城市夜的上空划过……见到夜景最美的星，然后回到家睡觉伴随着窗外的大海星辰……

我从这城市的上空划过，见到了大海星辰，并照例写下了每天的日记，只不过这一篇是关于告别，2018，并迎来环游世界新的一年。

关于未来的理想愿望：

关于 2018：

这是新年的第一天，也是环游世界的第 300 天。

今日不再记录世界，而是做一点儿小总结，我总在阶段性的时候仪式一般总结与反思。回顾了一下 2018 年的旅途，更多的时候是记录下关于世界的美好，其实在环游世界的路上，每一天都有不同的故事，每一天都有新的感触，那是不同国家生活下的生活观的碰撞与各种眼及所触下思想上破而后立的反思。关于不同的世界观，关于不同的生活习性，关于不同的价值观，关于不同的民族信仰，关于跳出的反思，关于看到的世界，关于我们的国家，关于客观的对比，关于什么是真假，关于什么是对错，关于包容与理解，关于情怀与理想。但这一切我视为个人的思想，我会在环游世界结束之后更加客观地写下。

最后也感恩 2018，感恩这一份勇气，让我去看这世界的繁华。

关于 2019：

如果 2018 视为繁华，而 2019 我更希望退去繁华，回归平淡。我会继续走在路上，去走完南美洲、欧洲、大洋洲，去完成环游世界的理想，不管前方多艰难，我会依旧勇敢。

而繁华过后，我会回归平淡。我希望每天柴米油盐，在一个我喜欢的地方，它是我曾经生活过的地方，大理、福州、成都、温州或者广州。每天买菜做饭，每天读书写作，然后出门散散步。花五六个月的时间写一本书，关于青春，关于"理想主义"，把那些曾经环游的经历，与破而后立的反思写下。送给自己，送给青春里的回忆，作为青春里的礼物。然后牵着心爱的姑娘，步入婚姻的殿堂。

关于以后：

平淡过后，我会扛起责任与家庭。我会开始创业，无关金钱，关于青春里所看到青年生活的疾苦与自己家庭以后生活的安排。会有一个可持续稳定的项目，不在乎赚多少钱，而在乎能帮助到多少人。

　　生活其实向来不需要多少钱，而在于你的生活观：我会每年带着家人去一个喜欢的国度，在不同的国家每年生活两三个月，不再到处走走，而是一起旅居在那里换着不同的生活。因为我相信生活需要浪漫，也见过了世界上不同的生活，没有一种生活观是一成不变的，而在于你的内心想法怎样，其实这在别的国家都很正常。我希望她们也一生浪漫，没有遗憾，每年回归以后生活依然豁然开朗。

　　这是关于以后，关于生活一定会实现的规划向往。

　　看看自己当时写下的青涩文字，与现在正独自坐在大理理想主义小院里的自己，只不过时间已是环游世界回来后半年多。每日劈柴喂马，读书写作，书写了一半多，比预期的晚了几个月，心爱的姑娘也还未找到。

　　但我庆幸我依然按照当时的理想一路在前行着，也相信终究都会得以实现。

　　我总是这样，在青春轨迹里，给自己明确下目标与理想。然后与所有人诉说，也不断地告诉自己，不要忘记了最初的理想。

　　我会告诉很多人，当你最开始明确自己想要什么的时候，就去吹牛皮。把自己的目标与理想，跟所有人吹牛皮。告诉身边所有的人，你的理想，不断地与人讲，与自己讲，当身边所有人都知道你那看上去不切实际的理想的时候，你也断了自己想要逃跑的后路，最终你也会不得不去实现，最终也会得以实现。其实这，就是初心，与理想的力量。

找到天空之城（秘鲁）

在秘鲁所看到的民族和美洲其他国家的人种不太一样。在这个南美洲印加古文明的发源地，我一度觉得世界上曾经的大陆板块都应该是连接在一起的。和南美洲秘鲁这块高原地区相连在一起的，可能就是喜马拉雅山脉。因为秘鲁人竟然和我国西藏地区的人长得一模一样。在这个平均海拔三千米以上印加古文明的发源地，生活着的民族竟然是亚洲人的面孔，这非常的不可思议。

南美洲曾经在欧洲大陆入侵之前，存在着印第安人生活的印加古文明。印加古文明北起哥伦比亚，南到阿根廷，是西班牙殖民者到来之前南美洲最大的帝国。不过相较于我们熟知的古希腊、古埃及等文明，这边的古文明相对落后。最主要的原因是与世隔绝，并且没有文字记载。这里的古文明一直没有发明出文字，保存至今的古代历史记录都是用一种至今还无法完全破译的结绳记事方法。在科技发达的今天，我们仍旧对南美洲曾经的印加帝国知之甚少，而关于印加帝国的印记留存至今的只有世界七大奇迹之一，神秘而古老的马丘比丘。

天空之城

马丘比丘是我自中国的万里长城、印度的泰姬陵、约旦的佩特拉古城、埃及的金字塔、巴西的耶稣基督像之后，要去寻找的第六个世界奇迹。

马丘比丘在南美洲原住民语言中为"古老的山"之义，也被称作"失落的印加城市"。马丘比丘有着"天空之城"之称，它藏匿在深山老林里的山巅。在古文明没落消失之后，马丘比丘也随之埋没消失，封印在密林深处几百年。直到几百年后国外的探险家来到密林深处，才发现了这座天空之城。

天空之城坐落在印加古首都100多公里处的深山密林之中，要去寻找这一座马丘比丘，路程异常的艰难。有小火车穿过层层密林，到达山脚的小镇。不过我还是想像当初那位发现它的探险家一样步行前往。我和大部分欧美背包客一样，背着几十斤重的背包，沿着火车道向密林深处走去。

这一天我穿着随身携带的雨衣，沿着铁路一路穿梭在密林之中。从天亮走到了阴云密布，从细雨走到了阳光普照。其间我还冒着雨，在林中生起了火，煮了一碗面吃。因为这途中没有任何的人烟。这是我那天唯一的一顿饭。我用打湿的柴火煮了一碗半生的面条。但在湿冷的天气里，足以让我感到温暖。我清楚地知道，这一路起码要走到天黑。终于在天黑下来几小时之后，我来到了那个叫作温泉小镇的古镇。

这座简易的小镇，也是在发现马丘比丘之后，在天空之城的山脚下慢慢发展起来，才渐渐有了人迹和生活的气息。我在这座小镇上休整了一夜，洗去一身被雨淋过的疲惫。睡梦中我仿佛回到了印加古帝国的时代，站在这座天空之城上。这让我对于第二天的探访充满期待。

第二天一早，我沿着古遗迹的道路一路前行，在不知道绕过多少个环山路之后，终于到达了顶端。天空之城出现在我的眼前。

这是一座巨大的古建筑遗迹，它是由一块块巨型的石头砌造而成，保留着最初的模样，至今无人知道它修建于何时，为何人所建。古代的工艺又是如何缔造了这座天空之城。留在世人眼前的，就是发现它时的模样。

我行走在天空之城，夕阳的余晖照射在古老的城池上。一只只羊驼不知古迹的宏伟，也流连于此。它们和我一样迷失在这古老神秘的古遗迹群里……

后来，我在印加古首都迎来了自己在路上的生日。这一年的生日，我只是在路边买了几块小蛋糕，仍旧许下了 2019 年的愿望，就像 2018 年初许下去环游世界的愿望一样。

我总在固定的时刻许愿，愿望也不是不可实现的事情，而是那个已经在心中琢磨已久的计划。我只是再给自己一点点坚定的力量罢了。

你是否还记得，自己曾经许下的那些愿望？

亚马孙雨林的生活（厄瓜多尔）

厄瓜多尔有百分之五十的国土面积都被亚马孙雨林覆盖着。这是一个名不见经传的小国家，却也是南美洲为数不多的一个对中国护照免签的国度，这令我分外欣喜！抛却了各国办签证的烦恼，我也快环完南美洲了，我在没有美签的前提下，终究会环完南美洲。

亚马孙雨林，是世界上最大的热带雨林，它覆盖着厄瓜多尔、巴西等很多个国家，就像非洲的撒哈拉沙漠一样。但在这片生机勃勃的原始森林里，有着世界上还没探究明白的数百万种动植物，这也显得这片与世隔绝的热带雨林更加神秘。

小时候，只在《动物世界》里见过，亚马孙雨林里的食人鱼，各种蛇虫鼠蚁，各种各样的猴子，与亚马孙河流充斥着的鳄鱼世界。这是一片神秘的世界，但我没想到的是，小时候纪录片里的热带雨林，原来如此的广袤……

我坐着小飞机来到亚马孙雨林边缘的小镇，再乘当地人的摆渡船进入雨林深处。当司机带着我来到这片原始的木头码头之后，我原以为他带错路了，这明明就是一片茂密雨林的小河流边，哪是一个坐船的码头。当我怀着疑虑，等了半小时，怀疑司机是不是带错路的时候，"嘟嘟嘟"的马达声从雨林的深处传了过来。只见一艘摆渡船模样的小船，载着个雨林原住民缓缓而来。

司机告诉我，这边摆渡船一天也没几趟，主要是雨林生活的原住民，出来采购食物的时候顺便把我们带进去。平时也没什么人来，也就一些欧美的驴友或者探险者会进去，像我这样的亚洲人并不多。我踏上了这艘只够坐得下几个人的摆渡船，随着马达声的响起，缓缓向雨林深处驶去。

整个亚马孙雨林只有水道，狭窄的河流两边长满了热带植物，不见天日。我们只能在这条不足几米宽、弯曲狭长的亚马孙河流中随道前行。我甚至怀疑这里没有一条正规的航线，因为几米宽的小河流在行进的过程中会遇到几十条分支河流，一会儿向左拐，一会儿向右拐。船家有时候甚至会驶进一条只有一米宽的小水道里，从雨林的夹缝处驶过，并不走我之前看到的宽广河道。

船家看出我疑惑，笑着解释道："这里就是这样，我们世代走在雨林的水路里，不会有错，你看到的大河道并不一定是对的路，而穿过这种雨林里的小分支才会到达真正的路。所以，这片神秘广袤的雨林里，只有我们世代生活的原住民才能行走。外来的人进入，肯定会迷路，最后死在这里，这片雨林虽然神秘美丽，可也充满着危险。"

我看着这几十米高不见天日的热带植被和这弯曲的水道，连连点头表示赞同。在这片完全看不见太阳、每一棵大树都直入天际的阴暗雨林里，根本辨不明方向，何况这几十条错综复杂的蜿蜒水路。在没有陆地的情况下想翻越雨林，不走水路，真的会有去无回。

也不知过了多久，只知道在水里各种蜿蜒小道前行了好久好久，眼前豁然开朗。一条密林深处的主河流，5米宽的样子在两边的树林里一路向前，而河流的一边，有一座木头搭的平台与几座房子出现，房子上盖满了茅草，会有密林里若隐若现的阁楼吊床。

船家说："到了，这就是你未来一周居住的地方。欢迎来到亚马孙雨林。"

我怀着兴奋的心情一下跳上了木头平台。木头平台是平时他们出门的路口，小船就停靠在这里。小平台里面是用木头和茅草搭建的棚子。棚子两边是蜿蜒的小道，就像木栈道一样向两边延伸开来。每隔一小段距离就会看见一间小木屋，大概有五六间的样子。这些小屋在雨林的深处，也算独门独院了。院前紧挨着亚马逊河流，院后则是绵延无尽的雨林。

有个小女孩从茅草屋里跑出来，可能是很少见到亚洲面孔吧，小女孩眨巴着眼睛好奇地看着我。小部落里，除了房东原住民一家，还住着几个欧美的驴友和学者。接下来的几天，房东会充当向导，每天带着我们去雨林深处探索。

两个欧美旅人比我早到达这里，他们光着膀子坐在亚马逊河里的一只轮胎皮圈上，顺着河流漂浮着。他们看到我很高兴地同我打招呼。他们好像已经融入了这当地原始的生活一般，身上的那种怀抱自然的气息扑面而来。我知道未来一周我也会变得像他们一样，钓着食人鱼，跳着水，漂浮在亚马逊河流里。

我在日记里写下以下内容：

"我现在正坐在大理的院子里，享受着停电的时刻……就宛如当初那一周亚马孙雨林的生活一样……现在的社会里，我们多久没有离开过手机，离开过电，离开过人群，离开过繁杂的信息时代，就好像当初那与世隔绝的亚马孙雨林一样，那是一种原始而平静的生活……"

小木屋的夜晚没有灯光，窗外围满了萤火虫，在高高的雨林遮盖下，只能看清头顶的一小片星空，月光也只能穿过密林顶端透进来，月亮却不知所终。这让围绕在我周围的萤火虫们，显得异常明亮，像是满天的星星。我抓了一堆萤火虫用袋子装起来，放在我的蚊帐里当灯光使用。不时还会听到蝉的鸣叫声，这让我仿佛回到了小时候，回到童年那些安静美丽的夜晚。

有时候房东也会在午夜带着我们进入雨林，夜晚的雨林更是丰富多彩，有白天看不到的新鲜物种。我们从不知道，家门口的小树上，会爬着手掌大小的狼蛛，白天是见不到它们的；晚上在房东的手电之下，它们就窝在那里一动不动，好像一个小偷被逮住了一样。毛茸茸的巨大身躯看上去并没有那么恐怖，但房东说它们会吃掉一只鸟。一只蜘蛛能够吃掉一只鸟，真是难以置信！

在雨林的深入，原住民房东先生的手电总会在我们毫无察觉的情况下抓住各种各样我从未见过的青蛙、蜥蜴等动物。有些青蛙的头顶长着角；有些蜥蜴会在人的注视下变换着颜色，挂在手上玩；手掌那么大的猴子在树梢上扑闪着眼睛打量我们。虽然白天已经见到很多不同种类的猴子，可有些种类只会在晚上出现。或许夜晚才是动物真正的世界……

在这里，人类原始的天性也被唤醒。白天的时候，我经常从门口的平台上跑过去，跳起来抓住一根树上垂下来的藤条，像人猿泰山一样荡到半空，然后扑通一声跳进眼前的亚马孙河里。我们经常在门前的亚马孙河里顺着河水游泳漂流，漂到下游另一条河流分支的拐角处又爬上来。然后跑回平台，再起飞，跳水，游泳，漂流。这个游戏可以玩很久很久，千百次也不会觉得厌倦。

当然眼前的这条河流里还有食人鱼和鳄鱼。事实上，食人鱼并没有想象中那么可怕，鳄鱼更是不敢靠近人类，它们生活在更远一点的河流里。

闲暇的时候，我们总会拿着一根钓竿，在钩子上挂上猪肉，钓食人鱼。这种鱼非常容易钓，不一会儿就会蹦跶着咬住钩子，它们锋利的牙齿会紧紧地咬着猪肉，然而它不知道的是，不一会儿它就会成为我们的盘中餐。食人鱼很美味，鱼肉很劲道，一看就是力气大的鱼。

食人鱼其实并不可怕，我天天在亚马孙河里游泳，也不曾见到它们咬我一下。它们毕竟是鱼，而我们是人。我们总会对未知的事物感到恐惧，当房东告诉我，这些都是可以吃的时候。我才明白，原来恐惧不过因为它还没能成为我的盘中餐而已。

我们有时也会开着小船去远处的河流看动物。那里有猴子，有树懒，还有很多不知名的动物。小船穿梭在狭小的亚马孙河道里，有时两边伸出的树枝会挡住我们的视线，需要经常用手去拨开，有一种探险的感觉。阳光明媚的时候，阳光会顺着遮天蔽日的树叶间隙投射下来，宛若梦境！

有时路过开阔的水域，水流清澈而又凉爽，我会顺势跳到水里游泳。随行的两位法国夫妇则会架起鱼竿。虽然这片开阔水域里隐藏着鳄鱼，可我们一点也儿不担心。此时的我们俨然是过着当地人的生活。

有时候，我们甚至会去故意找鳄鱼的茬儿："咋的嘞？不服？我们可是人类……"鳄鱼瞪着眼睛一副想吃掉你又干不过你的神情，最后只能灰溜溜地逃走。

同住的邻居里有一位德国老先生，五六十岁的年纪，是一个老师。他总会和我坐在一起吃饭，他说他每年会花一个月的时间去一些与世隔绝的地方度假。每年暑假的时候，他也会去非洲做义工。他说他的兴趣爱好是当一名木匠，他总会做一些木制的工艺品送给当地的孤儿。他觉得生活需要有兴趣爱好，要去做一些有意义的事情。

很久以后，在某个断电的午后，我突然回想起在亚马孙雨林的那段时光。我们生活在信息爆炸的时代，离不开电，离不开网络，离不开手机。可是当有一天，放下手机，离开那纷纷扰扰的一切，回到大自然怀抱的时候，我才猛然想起生活最初的样子是这样的安定、祥和。

我仿佛又回到了小时候，邻居们点着蜡烛，坐在门口乘凉。那时的月亮是那样明亮，小孩的笑声是那样的爽朗。

我的偶像——切·格瓦拉（古巴）

古巴是我南美洲之行的终点，也是我整个环游世界途中最重要的国家。我的偶像切·格瓦拉曾经生活在这里。

切·格瓦拉

他是我的偶像，他是切·格瓦拉。出生于 1928 年，阿根廷的一个贵族家庭。因为家人的期盼，他大学读的是医科。在 23岁那年，他不顾家里的反对，休学一年，骑着摩托车去环游南美洲。他想看一看这个世界，这一路，他走过了阿根廷、智利、秘鲁、厄瓜多尔、委内瑞拉，历时一年。

这一年，于格瓦拉而言有着非凡的意义。他看到的不只是风景，还有这个世界的不平等。那是同他成长截然不同的环境，那里的人们忍受着疾苦，那时的南美洲还是殖民地，尚未独立。当他旅途结束回去的时候，他写下一句话："当我重新踏上这一片土地的时候，我已不再是我。"

他回去完成了学业，成为一名合格的医生。可他的内心却再也不能平静，他又一次踏上了环游之路。在这次旅途中，他遇见了卡斯特罗，并一起投入了革命。他们一起解放古巴，而他也成为这个国家的二把手。那一年，他28岁。他从不搞特殊化，始终穿着军装，和最底层的人民生活在一起。在他眼里，革命本身就是为了平等。人民亲切地称呼他为"切"。他代表国家，代表共产主义，访问各个国家，参加各种大会。他总是最显眼的那一个，因为所有人都西装革履，只有他穿着旧的军装，叼着雪茄。

最著名的一次联合大会是在乌拉圭，他慷慨激昂地发表了一篇关于平等、抨击美国总统的言论，赢得了热烈的掌声。

五年后，他给当时的古巴领导人卡斯特罗写了一封义正词严的辞职信。他说："世界上还有不平等，我不能安坐在这里。我要继续革命，为那些尚未独立的人民奋斗。"

选择一个人出走，去非洲，去刚果，去帮助那些素不相识不同种族的人们，号召他们为自由、独立而奋斗。后来他又辗转到玻利维亚去革命。这一次他被当地间谍出卖，被秘密杀害。

这一年他40岁。在此之后，他的头像被全世界的理想主义者所景仰。他的头像被印在衣服上、挎包上，他的照片被做成海报挂在墙上，大街小巷的咖啡店随处可见。在那个灰暗的年代里，他是一道光，是不畏强权、追寻理想的光，也是不慕权势、忠于自我的光。记得在刚出社会的时候，我办公桌上的电脑桌屏，贴的都是他，告诉自己，要忠于理想。

很多人看见过他那张最著名的头像，那也是世界上流传最广的头像。但很多人并不知道它背后的含义，那是忠于理想、忠于自己的理想信仰，是从那个时代，照射到这个时代的一道光。

这就是我的偶像，切·格瓦拉。他是一位纯粹的英雄，也是这个国家的精神象征，是那个时代全世界所有理想主义者所追寻的偶像。

而今的社会里，又有多少人能在拥有名利与权势的时候，愿意舍弃所有，而去遵从自己内心真正的理想？

现在的我们浮躁着，随波逐流着，陷入金钱至上的洪流里，又有多少人为了钱而去奔波，去损害他人，变成了金钱的奴隶。又有多少人还记得最初的理想，追崇自己真正的内心所想的……

古巴和朝鲜一样，都是坚定的社会主义国家。不过，古巴人民思想相对比较开放，是一种真正的幸福和快乐。古巴尽管还遭受着美国的经济封锁，但这里的人民生活真的很快乐，幸福感很高。这里社会安定，医疗、教育（包括高等教育）都是免费的，这是古巴人最自豪的事情之一。在餐厅，在酒店，在街道随处可见当地人就着音乐翩翩起舞，他们见面也是拥抱、贴脸、握手等亲热寒暄，那是一种很轻松而又自在的氛围。

哈瓦那

"时而令人愉悦，时而令人沮丧。"这是对古巴这个国家最形象的浪漫诠释。

哈瓦那的街头，遍地跑着五颜六色、浪漫至极的漂亮老爷车。我从没见过一个国度，能有那么多的复古老爷车跑在街头。在古巴首都的街头，跑着几十万辆，颜色各异，不同年代、不同款式的老爷车。在这个小小的城市里，日常的代步车竟然是国内被视为复古昂贵极其难买，多被土豪用来收藏的老爷车。

五颜六色的老爷车奔跑在哈瓦那的街头，那是五六十年代美剧里才能见到的高端老爷车，这些车辆同这个城市五六十年代的房屋互相映衬，更增复古色彩。来到这里仿佛穿越回到 20 世纪五六十年代的美国。这是一种不可思议的时空错位感。

在 20 世纪古巴和美国交好的时候，古巴经济相对繁荣。后来由于冷战的开始，东西两个阵营的对立，使得美洲这个唯一的社会主义国家受到了美国的经济制裁。时至今日，哪怕苏联已经解体，冷战结束后世界向着多极化、全球化的方向发展，古巴仍被经济制裁着。所以并不是他们不愿意更换街头的景象，而是这个国度的贸易被制裁限制了，国外的车很难进来。他们只能把那个时代的车不断改造翻新使用。只不过他们不知道的是这种遍地的老爷车和出租车，要是放在中国市场，富人阶层一定会争相购买，其价值难以估量。

因此，古巴至今还保留着 20 世纪五六十年代美国式生活的街景。由于那个时代经济发展相对较好，这反倒显得哈瓦那这个城市在今天看来，格外复古，有格调。

十块钱的人民币，你就能打辆老爷出租车行走在这座城市的大街小巷。当然，你也可以花几百块钱，租一辆敞篷老爷车，叼着雪茄去古巴的街头吹海风。那是《速度与激情 8》里面的场景，那座城市就在哈瓦那。

　　因为被经济封锁和制裁的原因，古巴人到现在还属于半计划经济的社会，一些物资还需要集体分配。他们好像根本不看重钱。

　　傍晚的时候，大街小巷的人们都放下手头的事情聚集在街头，开启全民狂欢式的派对。在食品摊位门口，大家排起了长长的队。第一天晚上，因为很饿，我也跟随当地人到卖鸡腿的市集摊位前排队。他们不紧不慢很有秩序地排着十几个人的队伍。大家有说有笑，一点儿也不着急。摆摊的人也不着急，一个鸡腿可以慢悠悠地炸个十分钟。

　　十几个人的队伍排了近一个半小时，这让在国内快节奏生活过的我无法理解。他们所有人都不紧不慢地热情地聊着天，丝毫不为排几个小时队而焦躁不安，仿佛花时间去等待美食是一件很值得的事。在国内我们追求着速度，总是匆匆忙忙，动动手指叫着外卖，毕竟时间就意味着金钱。

　　一个古巴老先生看到我翘首以盼、急不可耐的样子，举着酒杯走过来笑着与我聊天："Where are you from?"

　　"China."

　　"哦，我的朋友，欢迎你来到古巴。"

　　"真羡慕你们耐心而又悠闲的等待心情。"我如是说道。

　　他大笑道："不要着急，朋友，这就是古巴生活，好好享受这一份不紧不慢的快乐吧！"

　　看着他洋溢的笑容与周围人们脸上的欢乐，我仿佛一下子理解了他们，原来他们的快乐，竟是如此的简单。这就是他们习以为常的生活，不急不躁，慢慢悠悠。不追求太多，但也相对富足。

　　在这个计划经济的国度，就连网络也是计划的。在古巴的街头，你会看到三三两两的小伙子、小姑娘坐在楼下的房屋门口。年纪稍大一点的叔叔阿姨们，也会在他们下班之后来到复古的欧式建筑门口，乘凉聊天。

这么喜欢集体坐在门口的，这样的景象我已经很多年没见过了。在我很小的时候，邻里之间也是这样的亲密友善。夏天一起坐在大树下乘凉摆龙门阵，冬天也聚在一起晒着太阳聊着市井百态。有时候，吃饭时也会端着碗去串门，东家吃红烧肉要夹一块，西家吃鱼盛碗汤。大家生活得随性又自由。不像如今城市的冷漠，邻里或互不认识，或客气疏离，我怀念邻里和睦温暖的年代。

很久以后我才明白，那些年轻的男女一排排整齐地坐在建筑下并不是在聊天，而是在集体上网。其中有一家私人运营的电脑有网络的人家，开了热点，分享给坐在门口形形色色的俊男靓女。这就像一个户外网吧，每个人收一美元就可以无限期地坐在门口上网了。而像我这种刚来不懂行情的外来游客，则会按照正规操作，买 1 美元 1 小时的上网卡。在他们类似移动营业厅的地方，一个人限购五张。

当地人民日常生活中好像并不太需要网络，这里的手机更多的是黑白机。只有一些时尚一点的青年男女想追赶互联网热潮，花上大代价买上网卡，或者蹲守在门口。这么贵的上网卡，可把我这个在互联网时代生活过的网民难坏了。手里一张张上网卡，可无比重要。上一会儿网就要掐掉网络，毕竟太贵了，七块钱一小时呢。这可比我小时候去网吧要贵得多，还是限量的。

巴拉德罗

巴拉德罗是世界上最美的海滩之一，在加勒比的海岸。这是一片集大海、阳光、沙滩于一体的美丽海滩，人们常说，"不到巴拉德罗，就不知道古巴的秀美"。

应着这句话，我来到海边租了间小房子，一个人生活了几天。有个小阳台，对面就是椰树林与沙滩。每天早上坐在阳台上，看到的都是不同的蓝色，加勒比海的蓝千变万化，或深或浅，飘忽不定，有时波涛汹涌，有时风平浪静。我经常下到海里游泳，这里的海岸很浅，没有珊瑚和鱼，只有细沙。这是我见过最适合旱鸭子游泳的海滩，步入海岸线纵深三十米远，站起来还能从湛蓝的海水里露出半个身体。在一两米高的海浪席卷而来的时候，我会站在大海深处面对着巨浪的拍打。那一刻，我想象自己是生活在海水中的巨人。

后来我去了圣克拉拉，那是埋葬我偶像切·格瓦拉的地方，现在他的墓地已经被修建成了纪念馆。在纪念馆里，一处阴暗的角落是埋葬他的地方，我虔诚地向他献上了花。

在首都哈瓦那，他的雕像和古巴的伟人卡斯特罗并肩矗立在广场。他是世界的偶像。他的故事，至今还流传在世界的各个角落。纪念馆门口是他巨大的雕像和他那封义正词严的辞职信纪念碑。我戴着他那款贝雷帽，蓄着和他一样的胡子，留着半长的头发，叼着他生平最爱抽的古巴雪茄，庄严地对他敬了一个长长的军礼。

我在日记里写下以下内容：

"我终将会去到你的国度，真切感受你闪闪发光的青春。但我追寻你的足迹，踏上这片土地的时候，我看到你的理想已经实现。这里再也没有殖民和压迫，这里的人民安居乐业，生活幸福。你作为我儿时的偶像，一直激励着我。你为理想而逝，却为世人留下了理想的种子。你忠于理想，要带给世界上所有的人民自由和平等。如今我来到你的国度，见到了你为之奋斗的人们，他们虽不富裕，内心却是快乐而丰盈。这里没有少数的富裕，也没有多数的贫苦。这里仿佛是人人平等的理想国度。你曾是我的偶像，你曾照亮我前行的路，过去如此，现在如此，未来也是。"

"让我们面对现实，忠于理想。"——切·格瓦拉

环游世界分享会

2019 年年初，南美洲结束后，在旅行的第 333 天，我回了趟国。这是因为护照已经盖满了，需要换一本新护照和欧洲的申根签证，我不得不回国办理。

本以为换一本护照和办个申根签证我就会快速踏上欧洲的行程，不曾想却在国内足足耽误了两个月。除了换护照和办签证的等待之外，应一些朋友的邀约，我在上海、广州、厦门等 5 个城市开办了 5 场环游世界分享会。

虽然这只是个人的理想，可在这些尚在城市拼搏或是已经事业有成的朋友眼里仍旧是疯狂的举动。他们自然也会心向往之。他们都想听听这个关于行走世界的故事，想听听我的感触和收获。每一个人的内心又何尝没有过一个环游世界的梦呢？只不过随着年龄增长，我们在世俗生活中沉浮，不断追求物质以满足更好的生活，我们离最初的梦想也越来越远。

分享几个人也是分享，于是就干脆有模有样地借了一些老朋友的场地开起了分享会。一个月跑了 5 个城市，每一场分享大概都来了差不多百十来号人。我看着下面一个个翘首以盼的年轻人，他们眼里流露着对未知世界的憧憬和期待。他们都是一些

一二线城市的打拼者，他们中有些毕业后在城市拼搏了五六年，如今是现代社会城市中的主流精英。只不过在他们时尚靓丽的身影下，有着藏不住的疲惫与迷茫。

在每一个城市的分享会上，开场的时候我都会问在场的所有人三个问题：

"你是否还记得刚出社会时的那一份理想？"

"你是否还遵循着自己那一份的理想？"

"在场存款超过5万的人请举手。"

当问第一个问题的时候，我发现很多人陷入了思考。许久之后，才有人慢慢地开始举手然后断断续续地讲述自己最初的理想。事实上，更多的人从没有想过，自己真正想要的是什么。只是毕业了就该工作，工作就该买房，买房就该结婚。大家就这样按部就班程式化地生活着。只是在社会中随波逐流地走过五六个年头之后，在某一天却陷入了更深的迷茫……

当问到第二个问题的时候，那些刚开始还眼睛发着光，激动地诉说着自己理想的年轻人和那些断断续续开始回忆起最初理想的人，都放下了他们的手。原本他们还庆幸自己记得最初的理想，现在却一脸反思地坐回了原位。

我问第三个问题的初衷，本来是想告诉大家：当你有5万块钱的时候，就可以去环游世界了。这本来是一种诙谐的调侃。可最后发现，当下有3万存款的都鲜有人举手了。

每个城市的分享会，现场都来了一百来个人。在这些城市拼搏的人群里，除了上海那场有五六个人举手外，大部分青年并无多少存款。存款在1万到2万的也寥寥无几。

这时我才猛然惊醒：原来在他们拼搏完青春的五六年之后，在所在的城市他们仍旧一无所有……

欧洲篇

欧洲是现代先进思想和文明的重要发源地之一。古埃及和两河文明从诞生到消失都历经数千年，其文明发展的成果对现代人类生活的影响却微乎其微。一个重要的原因就是这两个文明缺少了思想的传承。专制主义和神秘主义大行其道，帝王及其统治阶层可以心安理得地统治百姓攫取财富以供自己享乐，对人民进行思想控制以确保自己王权神授的统治地位不受威胁。古巴比伦人和古埃及人不会想到他们的地中海邻居希腊人已经悄无声息地建立了民主制度。

希腊人开创了人类现代文明发展的先河。黑格尔说："欧洲人只要一提到希腊就自然而然地会产生一种家园之感。希腊既是欧洲文明的源头，也是现代文明的源头。"

古希腊人给人类留下了民主思想、理性思维、科学精神、开拓精神、文学、哲学、几何学、审美艺术、建筑等宝贵的人文和思想财富，点燃了后世民主文明和科学革命的明灯。

在古希腊之后古罗马人全盘吸收古希腊的思想文化，使古希腊的文明成果得以保留和发展。随着西罗马帝国的灭亡，欧洲进入了中世纪。神权崛起，教廷权力越来越大，财富积累越来越多，骄奢淫逸、腐化堕落现象相当严重。在这时期，欧洲大陆社会发展缓慢。后来东罗马帝国发动战争，收复北非、意大利等多个地区。1453 年，奥斯曼帝国攻陷君士坦丁堡，存在了一千多年的东罗马帝国退出了历史舞台。加之中国古代造纸术、印刷术的传入，为欧洲人阅览古希腊的经典提供了便利条件。

受到古希腊民主政治思想和先进文化熏陶的知识分子对教皇腐败极度不满，他们怀念古希腊时代，开始文艺复兴，思想得以解放。人文精神开始凸显，伴随新航路的开辟，葡萄牙、西班牙、荷兰、英国等国家开始了殖民时代。

对现代世界变革有重要意义的事件：14 世纪的文艺复兴，15世纪的大航海时代，16 世纪的科学革命，18 世纪的工业革命，都发起于这一块大陆。19 世纪的浪漫主义运动以及民族意识的觉醒，都不断推动着欧洲社会的变革和发展。当其他国家还停留在思想僵化生产力落后的农耕文明时，欧洲国家率先开启了民智，进入工业化阶段，思想和技术领先世界，人类文明进入新的发展阶段。

所以说，欧洲这块土地，对于当今世界的思想与文明的发展，有着多么重要的意义。

在欧洲这片大陆行走，我将不会像在中东、非洲、南美洲那几块土地上一样看看风景，走走遗迹，生活经历不同文化下的人与事。在这里，我更多时候会去了解那真正影响世界发展进程的历史以及他们先进的思想观念和生活方式。行而为学，我将用更多时间行走在这片土地上，静下心来去慢慢地思考和学习。

杀手的原则（比利时）

比利时是整个欧洲的心脏，我将在这里开始我的欧洲之行。当然，还有一个重要的原因是我办了英比联签证，这个签证性价比更高，这会让我有更多的时间去游历欧洲。当你拥有比利时一个申根联盟里的国家签证时，你接下去行走欧洲大陆的几十个国家都不需要再办理入境签证，就好像我们国内省与省之间的行走。

布鲁塞尔

我坐在布鲁塞尔广场之上，看着眼前 600 年前相当于我们明朝时候的欧洲建筑。如今的它们依旧还在使用，不禁感叹欧洲建筑的技艺，竟是这般的经久耐用。大街小巷的欧式建筑，每一座房子都有一百多年的历史。当地人家不会轻易改变建筑本身，更多的只是室内的翻新。这不禁让我想起我们的房子，差不多三四十年就会拆建一轮。我不知道是建筑本身不耐用还是我们喜欢更替不同的风格式样。可我们总会为此背上 30 年的房贷。

看着布鲁塞尔广场上的人群，我俨然进入了白人的世界。高鼻梁的欧洲白人不紧不慢地走在大街上。家长带着小孩坐在广场上晒着太阳。街头艺术家在随意地演奏着自己的生活。小巷两旁的咖啡厅门口总摆满了桌椅。慵懒的午后，人们在这里坐着喝茶晒太阳。可这优哉惬意的生活于我而言太奢侈。我已经进入高消费的地域，不可能再像在亚洲、非洲和美洲那样毫无节制地消费了。

这里标间五百起步，青旅每个床位要两百，人均每顿饭要一百块，打个的花了三百多，一瓶水也要十几块。这里高昂的物价要求我精打细算节制自己的开销。好在我可以节约一部分餐饮开支，一直以来我都习惯自己做饭吃。此外，欧洲大陆国与国之间的机票往往只要三四百块钱，火车和大巴一两百块钱就能够到达下一个国家。这让我稍稍松了口气，就算住宿贵一点，餐饮和交通能为我省下不少钱。好在贵的只是在吃住，自己也因为在亚非美大陆，有自己做饭的生活习惯，能省好大一笔钱，还有值得庆幸的是交通，其他的也就没什么了，这让我一开始拘谨的心放下来，开始计划经济的生活。

布鲁日小镇

从首都布鲁塞尔到布鲁日小镇，坐火车只需要一小时。事实上，火车横穿整个比利时，大约也就两小时罢了。布鲁日的生活节奏相比于布鲁塞尔要更缓慢一些。这里有着"欧洲小威尼斯"之称。街边的小道都伴水而依，很多房子建在水上，当地的居民渡舟而过，下船就是自己的家。偶尔也会看到在路边坐着马车的游人，还有骑着脚踏车的老人、孩子。他们挺直了腰板，自行车的篮子里装满了花。

我坐在这个浪漫小镇沿着河流的餐馆里，眼前是一锅比利时最有名的国菜——炖青口。100块钱，好大一锅！在离开比利时之后，在欧洲我再也没有吃到像样的美食。比利时的炖青口是唯一懂得烹饪技巧的美食。

这里有一座著名的布鲁日钟楼，因为一部电影《杀手没有假期》而享誉欧洲。我一边爬上这座钟楼的三百六十六级阶梯，坐在钟楼的顶端看这部电影，一边思考着信仰和原则以及电影里的江湖规矩。

他们在他们的江湖里，我们在自己的世界里，因为金钱而迷失着自己。

有钱人的生活（卢森堡）

卢森堡，国土面积不大，却相对富有。这里的富有并不是指国家富有，而是他们的人民富有。国际上也只会以人民的生活这样的标准来评判一个国家是否真正的富有。这里的公民包括老人和孩子。这表示每一个家庭年收入起码都是两三百万起步，或许这才是一个真正富有的国家。

卢森堡这个国家并不大，是世界上国土面积第三小的国家，人口也相对稀少。那么它哪来的资源和人力使自己发展成全世界最富有的国家呢？这源于他们很早就开始的工业革命，工业和金融业都走在世界的前沿。它也是世界上最大的信托机构。

卢森堡也被称为千堡之国。因为在这小小的国家里，拥有1000座城堡。走在市区的街头，到处都是几百年的大城堡，看得人眼花缭乱。只不过我没办法住在城堡里，或者市区的酒店里，哪怕我住在郊区的 Airbnb（爱彼迎）民宿里，都要四五百一天。这边郊区的人们的家里，可比市区酒店要舒服得多。门口有小花园和草坪，阳光洒在露天小餐桌上，甚是惬意！

卢森堡的当地人多喜欢住在郊区，这里有如风吹麦浪般的青草地，较之市区更为惬意。虽然他们居住的郊区离市区往往有几十公里的路程，可他们喜欢这样的安静与简单。或许真正有钱人的生活，更倾向于慢下节奏的极简生活吧。

这个小镇上的一座座小房子，五颜六色，可爱极了，红的、蓝的、黄的、粉的，像动漫里的房子。我从没见过这么浪漫的房子群，哪怕在之后的欧洲国家我也再没见到过。这里每一间房子都长得不一样，不会像我们中规中矩地住在钢筋水泥的高楼里。我们总会向往着大城市中心的生活，宁愿居住在空间非常狭小的高楼一角，每个人像住在方格子里一样。卢森堡的人不太一样，他们喜欢在市郊自己盖一座浪漫的小房子。我在想这边的房子价格应该比市区里便宜得多吧，可里面住的每一个小家庭都是千万富翁。因为每一个小房子里面的人，一年收入都几百万，我

理想的实现——环游世界500天

想起码资产都是千万以上吧。

小镇里每一个人都开着豪车进进出出，那都是我们国内视为土豪才开的车，不同的是每一个人看上去都那么稀松平常，并且彬彬有礼。在你路过短短的、小小的斑马线的时候，他们在远远的地方就早已停下，并对你微笑着点头，等待着你缓慢地走过。因为在他们眼里，他们也只是这里一个稀松平常的小公民，你也是这个镇子上的一个小邻居，大家都是这个小镇上的小人物，生而为人，我们理应平等，况且他们总是那么谦逊，有礼。

我想这才是真正富足的人吧，富足的不是金钱，而是思想。在他们每家每户的小院子里，草坪总是自己种，房子坏了也都敲敲打打地自己修，门前的小花园里自己种着菜自己吃，他们过着极其简单的生活，并且每一个人都微笑着，邻里和睦，精神富足。

他们不会向往都市的繁华，真正拥有富足的物质之后，才会明白过来真正的生活就是平淡，极简，与一个好心情。其实世界上最有钱人的生活也就那样，越是发达国家的人民，越是极简，不忙碌，也不迷失自己，富裕的最终生活形态也只是实现自我，与回归平凡生活的极简快乐而已，关键在于对于生活的思想。

雇佣军舅舅（法国）

法国在欧洲历史上乃至世界历史上都有着举足轻重的地位。法国是欧洲相对发达的国家，那里的人生性浪漫、懂得生活。

在近代，200多年前关于"自由、平等、博爱"的口号由法国大革命开始，就在欧洲席卷开来。随后推翻了欧洲君权神授的集权统治，建立了共和制与议会制的以民权为本的自由主义思想。再到后来，传播到各大洲和全世界。1911年，辛亥革命爆发，中国终于结束了两千多年的封建帝制，踏入了民主发展的世界进程。

巴黎圣母院

我站在被烧毁的巴黎圣母院面前，看着这个历代法国国王加冕的地方。巴黎圣母院没有在战争年代毁于德军的铁骑，却在和平年代毁于一场意想不到的大火。

第二次世界大战的时候，法国已被德国完全占领。巴黎圣母院作为法兰西精神的象征，作为战胜国势必要烧毁它。在盟军的进攻下，希特勒撤出了巴黎这座历史名城，并亲自密电催促将军肖尔铁茨下命令炸毁巴黎。在军人的天职和作为一个普通人的良知之间，肖尔铁茨选择了后者，巴黎圣母院也因此得以保留，不料却在和平年代毁于一场大火。

如果有想去的地方还是早点去吧，有些事情在想到的时候就立马去做，谁也不知道明天和意外哪一个会先到来。

埃菲尔铁塔

埃菲尔铁塔，是为纪念法国大革命100周年而修建，是当时世界上最高的建筑，为的是向全世界展示法国革命一百年后的国家精神，是"自由、平等、博爱"法兰西精神的象征。

如今的埃菲尔铁塔也是时尚浪漫的代名词。它是巴黎这座美丽城市里的最高建筑，世界各地的游客争先恐后地来到这浪漫之都一睹风采。

埃菲尔铁塔下面是一片片绿莹莹的草地，没有人会把这个世界标志性的建筑围挡起来，而是像巴黎人民门口的公园草地一样。一个个年轻男女，坐在铁塔下面谈情说爱；年轻的爸爸推着小孩在草坪上晒着太阳。或许在当地人眼里，埃菲尔铁塔宛若自家后花园的建筑，在我看来却是如此的耀眼、璀璨。

巴黎左岸

三步一酒馆，五步一咖啡店，街上不时飘来面包店的香气，不小心又会遇见一位吹萨克斯的流浪艺人，这就是巴黎左岸，左岸指的是莱茵河畔的左边，也就是埃菲尔铁塔所在的这一侧。左岸代表着现代文艺与浪漫思想的输出地。我坐在巴黎左岸的咖啡馆，晒着太阳，喝着咖啡，想象着出入于这一家家咖啡馆的作家们。

巴黎的左岸，向来是自由与先锋思想的输出地。在美国 20世纪二三十年代，那时候的美国先锋一代善于思考、领先拥有独立意识的一批作家和诗人，由于受当时美国旧时代的限制，他们跑到了当时自由、包容的巴黎。他们生活在莱茵河的左岸，每天出入于这些咖啡馆，读书，写作，交流，呼吸着自由和浪漫的空气。

这些作家创作出了影响后代美国甚至全世界的作品。那些迷惘一代的像海明威、菲兹杰拉德等伟大作家与诗人，影响着美国20世纪二三十年代物质至上的单一价值观向大萧条后的极简主义价值观转变。经济大萧条前的美国奢靡之风盛行，金钱至上，盲目攀比。当时的美国人走在欧洲的土地上被欧洲人视作一群只有钱、没有思想的暴发户。后来，"迷惘的一代"作家和诗人的思想与著作开始传播，终于让那个时代的美国人开始学会自我意识的重要性，从而开启了进入极简自我主义的生活中。在今天，美国人的日常生活中，也很少有人会去买奢侈品、盲目攀比，在意别人的眼光。他们中很多有钱人依然开着二手车，拿着黑白手机，享受着真正属于自己的快乐。

巴黎左岸"迷惘的一代"影响着后来美国 20 世纪五六十年代"垮掉的一代"的凯鲁亚克，再到后面的嬉皮士一代的席卷全球。那是从物质与资本主义傀儡般的生活到自我意识觉醒，是新一代价值观与老旧传统主流价值观的反抗，导致了后来社会生活思想的转变。

此刻的我，依然端坐在左岸的咖啡馆，晒着太阳，喝着咖啡，想象着那个时代里，海明威那些"迷惘的一代"的伟大作家与诗人的情怀与热血。

雇佣军舅舅

在巴黎一周多的时间里，我一直住在雇佣军舅舅的家里。舅舅家在巴黎边上一个安静的小镇，他们在这里住了好多年。

在我十几岁初中的时候，舅舅就孤身一人来到法国，过着漂泊的生活。为了拿到法国绿卡，舅舅进了法国的外籍雇佣军军团。在当时，如果想长期落户法国，去当雇佣军是不得已的选择。

舅舅在当雇佣军的那五年里，与家人失去联系很长时间。他不眠不休地在沙漠里一待就是四个月，每天仅有的水甚至不能洗澡。在国外有战事的时候，舅舅还会被外派到马里的战乱区驻扎。我耐心地听着舅舅讲述多年前惊心动魄的那些故事，而他脸上是岁月沉淀过后的宠辱不惊。在法国，那些最危险的任务很少会派自己的正规军，而是让来自世界各地的外籍雇佣军去执行。可想而知，在那些年里，舅舅经历了多少危险。如今舅舅已经退伍十来年了，他安静地生活在这个巴黎边上的小镇上。

舅舅说，现在回国内会睡不着。每天大街小巷吵吵闹闹的声音总会让他失眠。国内快节奏的生活和浮躁氛围同样让他无法适应，自己也会跟着浮躁起来。他喜欢这个巴黎边上的小镇，每天安安静静的，邻里间也都很和睦，他喜欢这里的生活。

舅妈也是我们温州人，在国外生活的温州人很多，也不难遇到，他们通过熟人介绍认识。舅妈总是笑盈盈的，是一个美丽大方的女人。舅妈陪他熬过了当雇佣军几年生活里的等待。他们在这边安了家，开了寿司店，生了三个孩子。两个女儿都上小学了，最小的孩子叫小宝，总在家里被保姆带着。

舅舅每天都在寿司店里，戴着个海盗头巾或光着个脑袋，专注地拿着刀料理着食物，像是在雕刻一份精美的艺术品。按他的说法，每天要有精气神，邻居们与来的客人感受到那份朝气会很快乐的。他五年如一日地站在敞开式的料理台前，偶尔回过头得体地同进店的法国邻居们打着招呼。我看着他那同我一般高的个子，手臂却有我两个手臂粗，这股专注做事的精气神与认真，让这个店里充满了他的气场。

舅舅总是得体而又礼貌地与邻居们相处着，店里来的客人多是老主顾，不用问什么，舅舅就知道她们要什么了。也不时回过头来与我聊着天。

"法国人老夫老妻吃饭，都是各自刷各自卡的，几十块钱也都要 AA，他们是真正的男女平等。"

"国内现在的房价太恐怖了，法国巴黎周边的富人小镇，那些房子也才两万一平方米，你说国人怎么买得起北上广这些房子啊？搞不懂那些人图啥？买个房，背一辈子的债？老外可从来不这么干。"

"欧洲人没有钱，他们职场里的普遍工资每月也就 1.5 万人民币左右，算是经理了。一般人也就万把来块，跟国内一二线城市差不多，他们也买不起房，但他们年轻人从来不买房，只有老年人才有钱，老年人才会开豪车。他们年轻人都穷得很，也不会买房，老年人结婚一辈子了，也都租房住，有钱也不买房的。"

"他们买房可比我们容易，他们几年的工资，贷个款，就能买房，但他们从来不买房，他们更注重当下的生活。"

"他们周末和假期都开房车出去玩的，年轻人没钱也会出去玩，各个国家的去跑，他们可从来不加班，加班犯法的！"

"中国房价都虚高，啥收入，啥条件啊，北上广的房子几百万上千万的，法国第二大城市的房价也才 1.2 万元 / 平方米。"

舅舅每天给我讲很多当地的趣事，每天打烊后也不忘了换着花样给我做好吃的。他那神情就好像我是小孩子一样，生怕没把我照顾好。在舅舅的眼里，可能我还是十几年前那个小孩子吧！他还极力支持鼓励着我这种环游世界的方式，他说在这个年纪就应该跳出来看看世界，欧洲的年轻人经常这么做。

他相对前卫的思想方式与部分国内家长的传统认知是多么的不同。有些传统的家长总在期望着下一代按照他们的意愿生活。他们在乎着别人的世俗眼光，小心翼翼地为孩子规划着未来，却完全忽略了下一代应该有他们自己的人生这件事。

闲暇的时候，两个十岁不到的表妹会经常带着我出去玩。两个妹妹的性格都活泼极了，一口一句法语一口一句中文地交替着喊着哥哥。

"哥哥，我带你去哪里玩……去哪里玩……"

"不对，不对，应该这样走。"俨然已经是小大人的模样。她们的独立性令我赞叹，她们在运动场爬上爬下，摔倒了爬起来对我说"爸爸说了，小孩子要独立"，那种坚定眼神，让我久久难忘！十岁不到的孩子就有独立意识，能够真实表达自我意愿，能够和我平等交流，令我陷入深深的反思！

富人的天堂（摩纳哥）

摩纳哥位于法国靠近地中海边界的一片平静海域边。作为世界上面积第二小的国家，摩纳哥只比梵蒂冈大了一点点。整个国家只有两平方公里，步行横穿这个国家不过一小时的时间。

摩纳哥国土面积虽小，国民却极度富裕。这里的国民拥有每年人均 20 万欧元的收入。这里金融业、赌场、赛车、旅游业蓬勃发展，也是世界上旅游最贵的国家之一，这里拥有全世界最奢华和有名的赌场，比美国的拉斯维加斯更加高档。赌场门口停靠着一辆辆超级跑车。迎接客人的高级礼宾，每个人都戴着白手套，穿着中世纪的高档礼服，为客人打开车门，迎接车上走下的优雅身影，然后帮他们停好车。当然，也可以跟着特殊渠道购买门票进去，在这个世界上最奢华的赌场里沉沦。

这个国家的公民只有 3 万多，其中一大部分是来自世界各地的富豪移民。因为这个国家不收个人所得税，世界各地的超级富豪争先恐后地移民到此，成为这个国家的公民。试想一下，免除个人所得税，对于那些资产几十亿、上百亿的富豪们来说，一年能省下多大一笔财产。以至于，他们拿着省下来的所得税，都能在这个国家生活得风生水起。当然，他们大部分人的资产与产业，还是在世界各地的各大跨国公司和集团，又或是自行垄断的某一个国家的产业，只不过是把家安置在这里。这也导致了这个国家的房子的价格都是几百万乃至上千万欧元一套。

什么是富豪居住的地方？来这里看一看就知道了！

摩纳哥依靠在地中海某处的一个海湾，海水平静而蔚蓝，其中有一半的道路都沿着蔚蓝又安静的码头延伸开来，海湾处停靠着一艘艘漂亮的私人小游艇。小游艇上有雇佣船员或者船长打理。他们只需要看好自己这艘小游艇，每天停靠或者驶出这片蔚蓝的码头。一个个私人雇员的生活每天都格外悠闲。长相帅气的水手和船长们，对着路人露出迷人的微笑，足以想象他们生活是多么的幸福惬意。放眼望去，一艘艘形态各异，又漂亮至极的小游艇停满了这片广阔的露天海边，偶尔也可以去到几艘无人的游艇上去游玩，或者应帅气的船员或者游艇的主人邀约上去喝一杯酒。

这里的人大多拥有跑车、游艇和豪宅。生活在地中海边的这个小国里，到处都是自由的气息。

一边是阳光明媚的游艇出海生活，一边是纸醉金迷的赌场奢靡。我想象着有一天，赚了很多钱，也生活在这里。

文艺复兴的开始（意大利）

了解欧洲的历史，以意大利作为起点，最为合适。

我站在米兰大教堂前，看着一只只鸽子越过我的头顶。米兰和巴黎一样也是时尚之都。这里有许多衣着靓丽的时尚美女，五彩斑斓的服装，形形色色的人群无不显示着这是站在世界潮流前沿的城市。

米兰大教堂修建于六百多年前，耗时五百多年，是世界第二大教堂。它代表了中世纪欧洲王权神授、宗教掌权的巅峰时代，也见证了文艺复兴开始的世界思想之变化和神权的没落。如今，这里是时尚魅力之都的代称。一个个时代的明星，俏男俊女们不远万里地来到这里的广场上喂鸽子。

14世纪之前欧洲还普遍处于王权神授的时代。这与中国的皇帝为天子，被上天选为这个国度的统治者，名正言顺地统治着这个国家的平民是一样的道理。当时的欧洲是神权与君权统治的时代，民智未开，相信上帝主宰一切，相信神权和王权。那是少部分人奴役大部分人思想的时代，并且人们认为这理所当然。甚至在那个时代，宗教的权力更大于君权，那时候的欧洲都是天主教的臣民。他们对于国界没有概念。在他们眼里，自己先是上帝的，再是君主的。当权者通过愚民的手段控制着人们的思想，以维护自己的统治，自我更是无从谈起。

14世纪，随着文艺复兴运动的开展，一些如达·芬奇、米开朗基罗、但丁等艺术家，他们开始思考世界，思考自身，思考人性。这些思考，得出一个最重要的结论——人文主义，导致了当今世界以人为本的发展进程。这也是自由、平等、人权等观念的由来，并被世界大部分国家视为立国之本。人们开始探寻人的价值，自我得以凸显，人性得以解放。人文主义的兴起推动了当今世界发展的进程，直至数个世纪后的启蒙运动，自由、民主、人权这些概念深入人心。

国家应该是人民的，而不是君主或是少部分人的。国家应该是由人民统治而不是君权神授或者少部分人统治，国家应该是由民主选举产生的机构治理，并且其权力受到人民的监督。政府官员应该是人民的雇员，而不是人民的主人，从而结束了少部分人奴役大部分人的时代。人民才是国家真正的主人，自由、平等、民权这些观念被当今世界的人民视作根本利益。

文艺复兴，作为意大利对于世界做出的重要贡献，就像古希腊的民主城邦制度一样，依然留存在世界文明当中。

罗马

罗马作为意大利的首都，也是古代罗马帝国的都城。罗马帝国是和秦汉并存的庞大帝国，西起不列颠，东到亚洲中东地区，南至北非的广袤土地。可以说罗马是古代欧洲政治、经济、文化的中心，在世界发展史上有着举足轻重的地位。从罗马帝国开始，基督教信徒遍布世界各地。哪怕罗马帝国早已覆灭，他们仍旧共同信仰着基督教。

我从未见过如此古老的现代城市，那通向罗马的条条大路至今仍在使用着。千年前的古建筑、古遗址遍布这座城市的各个角落。走在罗马的街头，历史厚重的气息扑面而来。

远处宏伟的圆形建筑是古罗马的斗兽场，在此屹立已有千年之久，仍旧气势恢宏。可想而知当时的罗马建筑工艺是何等令人惊叹！这座能够容纳九万人的斗兽场，曾经是罗马帝国公民们自由娱乐的重要场所。

罗马人崇尚勇敢和力量，那是一场场不眠不休的殊死搏斗，不是狮子和熊倒下，就是那个勇敢的身影倒下。场内爆发出震耳欲聋、撼动全城的呐喊。在当时人们的生活里，这是大型的全民娱乐项目。他们买了门票进来，坐在场边的位置上。那是一座有着百万人口的都城。

两千年前罗马就有公共浴室和公共的厕所。一个公共浴室有32英亩，相当于现在十几个足球场那么大，那是何等的壮观！这些公共浴室里包含各种服务设施，堪比现代的超级洗浴中心，只不过那是一个超大的巨型洗浴中心。街道上的公共厕所，更是修建得如宫殿一般。古罗马公民的文化、娱乐、休闲生活，是多么丰富多彩！

罗马的月，升到斗兽场的上空。我就着月光前行，仿佛一走就是两千年。

威尼斯

威尼斯是意大利海边的一座水上城市。曾经的威尼斯商人闻名于世界。中世纪意大利的经济繁荣和文艺复兴，都和这些威尼斯的商人有关。他们充当着欧洲世界与中东伊斯兰世界的贸易者，促进了文化的交流，推动新思想发展。

如今的威尼斯小城，是如此的浪漫！这是一座水上小城，遍布着彩色的房子、四百多座小桥。五颜六色的漂亮房子都建在水上，各种小岛与小岛连接。人们的家门口停泊着一艘艘彩色的小船。在这里人们多自己划船出行，或是跳到稍微大一点的黑色摆渡船上游走在这座美丽的水上城市中。

走在这座水上之城，水面上的人家与餐厅随处可见。这里家家户户门口的台阶都紧挨着河水，人们吃饭就坐在临水的窗边。有些房子甚至是挨着的。家门口的台阶临挨着河水。狭小的水道里是一艘艘过路的小船。不知道某一家的小女孩，会不会通过架起的楼体，爬进这家小伙子的房间里？

这座小城浪漫极了，人们或坐在船上，或站在桥上；湖边的窗口有人吃着饭；爸爸带着小孩，快乐地在小船上蹦跶。我此时也正站在桥上看着眼前的这一切。

"你站在桥上看风景，看风景的人在楼上看你。"那一刻，我仿佛回到了梦中的故乡。

欧洲的信仰（梵蒂冈）

梵蒂冈是世界上最小的国家。我从没有想过一个国家竟只有广场那么大！如果说摩纳哥只需要花一个多小时就能从东走到西的话，那么梵蒂冈这个国家，走一圈可能只需要花上十分钟。

梵蒂冈位于意大利的中部，是一个独立主权的国家。这里人口只有几百人。几乎都是神职人员和政府工作者。全世界最大的教堂——圣彼得大教堂就坐落于此，教皇就住在这里面。作为政教合一的国家，教皇是这个国家最大的君主。教皇有着极大的权力，他可以任免全世界所有国家的天主教的主教，在中世纪，欧洲各国的君王甚至需要这里教皇的加冕。在当时的欧洲，教皇可以说是最有权力的人。可以说梵蒂冈是一个拥有特殊权威的地方。

梵蒂冈在中世纪的时候，原本不只是如此小的一个地盘。在古代，基督教因得到罗马皇帝的认可而得以传播，并且到后来权势滔天。随着罗马帝国的分裂、没落，教皇宫廷因为有着极大的权力与势力开始向外扩张，一度形成占领意大利整个中部地区的教皇国。

教皇国因其信众的庞大，在随后的几百年里一直权势滔天。在当时的欧洲，甚至一些如查理大帝这般强大的帝国君主都要经过教皇加冕。在当时人们的眼里，自己先是上帝的子民，而后才是君主的。

后来教皇国慢慢地就只缩小到罗马的范围内。再后来意大利统一，罗马城被并入意大利，教皇及其神职人员只能躲到圣彼得大教堂为界限的广场区域内过与世隔绝的生活。

那时候的意大利也不敢轻易对教皇和教廷动手，就这么相互僵持了数十年。后来随着世界格局的变更，教皇身负传道的大任，不得不向世俗权力妥协。他们开始同大利协商，并承认了罗马为意大利首都，意大利也承认梵蒂冈为独立主权的国家。自此，庞大的罗马教皇国变成了这个世界上最小的国家。

开禁之后的教廷因其信仰的力量，又快速恢复其影响力，不求经济的发展和领土的扩张，而是专注于信仰的传播。随后同众多国家建交。如今的梵蒂冈，虽只有一个广场那么大小，可不得不承认这个世界上最小的国家对于世界有巨大的影响力。那是信仰的力量，众多的信众皈依于斯。

圣彼得大教堂金碧辉煌的宫殿散发着绚烂夺目的奢华和隐秘的力量。门口的广场上排着长长的队伍，烈日之下，人们从世界各地赶来虔诚地膜拜着神圣的殿堂。

信仰的力量，总是引人向善的，人只有拥有内心道德的准则，才会向真、善、美发展。当人的内心失去信仰、只有金钱的时候，世界就成了渴望乱来的名利场，人们彼此疏离，变得越来越不快乐。这就是存在世间几千年连绵不断各种信仰的力量，信仰，虽然帮助不了经济与科技的发展，却是人内心的一道底线。

平等与独立（瑞士）

苏黎世

当我来到苏黎世的时候，这里正在举行全城游行。不过这次游行的角色和其他国家看到的几次不太一样。这次游行的人群全都是女性。

"然而，瑞士的女性的平均收入仍然比男性低20%，她们在一些大型公司管理职位上的代表性不足，儿童保育不仅昂贵，而且供不应求。……国际劳工组织的一项调查显示，瑞士在男性和女性担任高级职位的工资方面依然名列世界前茅……"

这是关于这场女权游行开头的一篇报道。

苏黎世是全欧洲最富有的城市，也是瑞士银行总部的所在地。这个城市40万的人口里，有1/4的人口是千万富翁。都这么富有了还上街游行，真是令人匪夷所思。

在瑞士，这场声势浩大的游行中，我看到的是，几乎全首都的女性都走上了街头，她们手中高举着一条条紫色的或粉色的横幅，把整个城市围了个水泄不通。出人意料的是，她们竟然能规规矩矩、整整齐齐地按照既定游行路线缓慢地有礼貌地推进。这些首都女性中，或时尚靓丽，或头发花白，或精气十足，或推着婴儿车带着宝宝，与旁边同样前面挂着个baby的宝妈们驻足闲聊……她们脸上，洋溢着欢乐的笑容。

我被游行队伍挤到了大桥上，看着眼前这些时尚女性开心而又兴奋地游行。旁边的宝妈们像日常一样有说有笑地聊着天，也会时不时好奇地瞟瞟我。其中也不免有少数一些绅士，跟着他们老婆出来，帮忙喊口号。因为挪不动身子，形势所迫，我决定也做一个妇女游行队伍中的"绅士"。一来为了赶路，二来这就好像参加Party一样，真是令人难忘而又兴奋的体验！

人群挤满了街道，向远处蔓延开去。我身边的时尚宝妈们，这会儿已经举起了彩色烟雾筒同远处游行的队伍遥相呼应，并且更加热情高涨地大笑，呼喊着口号。偶尔也会看到几辆前来维持

理想的实现——环游世界500天

治安的警车，上面是全副武装的警察。他们姗姗而来，停在桥的另一边。妇女们仍旧速度不减，有说有笑，喊着口号前进着。警察们也是一脸的友好，不断地往后退步，有辆警车甚至给游行队伍担负起了开道的使命！

很明显，他们只是上头派来维持治安、避免发生踩踏事故、保护生命安全的。他们绝不敢伤及游行队伍中的女性。有的警察甚至一边为女性开道，一边喊着口号。

我本以为警察是前来镇压游行的，不曾想竟是来"助攻"的。我在这场声势浩大的游行中被"困"了近五个小时。当然这也是我有意为之。男人们总会拿着免费的啤酒饮料，在旁边供应着路过的游行队伍。

我混迹在这场民权的游行队伍里，蹭吃蹭喝，耳边是人们的欢声笑语。

阿尔卑斯山

在因特拉肯，我决定徒步去往阿尔卑斯山。在阿尔卑斯的山脚下，我遇到了一队台湾的健行团，便向他们问路："请问这条路能翻越去到文根吗？"

台湾大妈看到是个大陆来的小伙，兴奋极了！惊讶地问我："啊！小伙子，你一个人吗？"

我点点头。

她们又转回头去问带团的领队。

那位看似老练的领队说："啊，我在这带队八年了，从没听说徒步去文根的啊！小伙子，天色不早了！你看雪山，下午要变天啊！我们坐火车过去文根还要半小时呢，根据我们的专业经验，你到不了的，还是去坐火车吧。"

我微笑着道谢继续往前走，向一个当地人问了路，就背上行囊，穿越冰川上路了，路上鲜遇行人。走了很久，我停在半山腰休息，面对着阿尔卑斯山，啃早上烧了带出来的鸡腿。这时，远处出现一个身影，我耐心地等待他的到来。一问，是个比利时小哥，和我去同样的方向。于是，我们结伴而行。穿越雪山，跨过草地，阳光照在雪白的山峰上，山谷里仿佛也发着光。

比利时小哥手里拿着纸质的地图，我们一起行走在这无信号的山谷。他会不时指着地图告诉我正确的路应该怎么走。安静的时候只管自己一个人看风景。看派头，俨然已是位成熟独立的户外探险者。

他将去往另一个终点，我们在岔道分别的时候，我禁不住问他一个问题："How old are you?"

"哦，我19岁，还在上高中。趁着假期去周边国家徒步走走。"他云淡风轻地告诉我。

天哪！19岁！这让自诩独立、勇敢，终于学会独立思考，去看世界年近30岁的我，羞愧难当。

19岁？19岁的时候我在哪里？在干什么？

哦，我在玩游戏，与大部分尚未长大，对外面的世界毫无认知的大学生一样。什么独立，什么思考，什么对外界的认知，通通不懂……那会儿的我，还不是个小孩吗？

我们失去了青春的锐气，只是盲目地听从着学习，游戏着。我们错过了太多太多别样的经历和美丽的风景。

曾经的一道墙（德国）

德国在欧洲历史上有着重要地位，而德意志民族也是一个强悍的民族。

在第一次世界大战失败，欧洲各国全面封锁的情况下，它仅仅用了二十年左右的时间便发动了第二次世界大战，并以一己之力几乎占领了全欧洲。在希特勒蛊惑人心的极权统治下，用工业革命以来的成果攻伐着世界。如果世界大战再拖几年，美国介入时间再晚一两年，那么德国将是第一个制造出原子弹的国家，战争的结局与现在的世界格局，也许是另一番模样……

在我们的认知里，德国人严谨、勇敢、做事认真，还有藏在内心里不为人知的不屈。不然在经历了两次世界大战的惨重失败与封锁之后，它又如何快速成为当今世界的发达国家之一？

德意志博物馆

德国是一个注重工业和科学的国度。德意志博物馆证明着这个国家对于工业和科学的信仰。这是欧洲最大的工业科技馆：从蒸汽机的发明到汽车的使用，从电的发明到当今世界的能量来源，从第一艘轮船的发明到第一辆飞机的起飞，无不展现着西方世界对于当今世界的发展所做出的贡献与这个国家对于工业科技的认真。

世界几千年的变换，都不及这百年间的变化来得猛烈。这一切，都源自欧洲国家对于当今现代世界的贡献——工业革命与科学革命。

在这座工业与科技博物馆里，我终于看清了世界发展所带来的变革。因为工业的发明，机器开始代替了人力，人类开始创办工厂，解放劳动力，进行真正的机械化生产。而中国在古代就已发明了织布机这样的初始机器，但我们并没有迎来工业革命。而在100多年前，第一次世界大战的时候，人们才开始使用飞机，以前的我们乘马车赶路，用牛耕田，用人织布，用信件传递信息。现在我们开着车，坐着火车出行，能坐着飞机在天上飞，甚至还出现了互联网这种一键就能传达千万信息量的网络。想一想我们比100年以前的人们，生活方便 多少。我们生活在最好的时代，而这个时代的关键，在于西方工业与科学革命的开始。

我们不得不承认，近代欧洲对于全世界人类发展所做出的贡献是何其之大。

柏林墙

一堵墙把一个个家庭分隔两地，丈夫见不到妻子，母亲也不被允许去探望另一边的孩子。多少家庭因此妻离子散。

西德像大部分西欧国家一样，在市场经济下，快速发展成发达国家。东德这边的集体计划经济，与对个人思想自由的限制，导致社会的发展同当时的东欧大部分国家一样停滞不前，甚至经济衰退，民生凋敝。柏林墙，满是色彩鲜艳而又时尚的涂鸦。年轻男女坐在墙下的草坪上喝着啤酒晒太阳。老师带着学生，一排排站在墙下，给他们讲解着涂鸦上冷战时期的人民的生活。

我顺着带队老师手指的方向看去，画面上：一夜间东德人涌入西德，母亲抱着41年未见的儿子痛哭。

不一样的童年（奥地利）

奥地利与匈牙利组成的奥匈帝国，曾经是欧洲的八大列强之一。其领土曾位居欧洲第二，仅次于俄罗斯帝国，可也就因为它发起了第一次世界大战，战败后就此消失了，分裂为奥地利、匈牙利、捷克等多个国家。

维也纳

维也纳是奥地利的首都。帝国的身影早已消散，而留下的这一座座古老的城堡仿佛还在诉说着这个国家曾经的辉煌。这是我见过城堡最多的国家。不大的国家，到处都是城堡。我坐在山顶望着山下的城堡发呆，蓝色或绿色的堡顶在阳光照射下分外辉煌，仿佛是在诉说着帝国昔日的荣光。

这座城市，如今被认为是音乐的殿堂。莫扎特的雕像矗立在小镇的广场，贝多芬生活过的遗迹依旧存在。这里曾是许多伟大音乐家出生的地方。我看到一个金发碧眼的小女孩，站在桥边独自演奏小提琴。她眼睛微闭，表情专注，站在人群中，仿佛周围的一切都和她毫无关系。一曲曲或优美低沉或慷慨激昂的旋律飘荡在这座城市上空。

太阳快要落山的时候，她才从容不迫地在路人的掌声中，停下音乐。她弯下腰，拿起手提琴袋，淡然而又潇洒地离去。我曾见到她对着我的掌声报以微笑和点头，那份仿佛是这个年纪所不应有的优雅与成熟令我震撼！

在一个周末午后，我来到了阿尔卑斯山脚下的湖边。一些家长带着各自的小孩来到这里。他们在我都觉得寒冷的湖水里，游泳嬉戏。湖边绿草如茵，还有大型的儿童游乐设施。他们踩着木桩，或坐着跷跷板，又或是在被父亲推到半空中的秋千上，放声大笑。这里的父母周末都会陪着孩子游戏，陪着孩子成长。

在国内，我已经很多年没有见过小孩子这样快乐、欢脱了。在周末，我们国内的父母多在加班，孩子们则背着沉重的书包，走在去补习班的路上。

布达佩斯的桥（匈牙利）

匈牙利也是奥匈帝国解体后的分支，现在是一个完全独立的国家。奥匈帝国的解体，也是当时民族意识的觉醒与战后民族自决的结果，而匈牙利人与奥地利人，本身就是不同的民族。

布达佩斯

布达佩斯是匈牙利的首都，多瑙河从城市中间流淌而过。河岸两旁是一座座古老的城堡。如今依旧耸立在那里，宣示着曾经的辉煌，而多瑙河上有九座铁桥把这座城市的两岸连接在一起。其中有一座绿色的大铁桥，叫自由桥。

当地的年轻人与游客，来到这座铁桥上面，坐在桥上，或依偎，或喝着啤酒，吹着风。这座自由桥，晚上不通车，变成了居民的休闲场所。行人在上面走过，遛着狗，骑着车，带着小孩，踢着球……而此时的我，正坐在桥顶上，桥与桥的连接，是一面很宽的铁架。铁架的面上，很宽很光滑，足以让人攀爬上去，坐在桥顶。我像当地人一样，爬到桥顶，喝着啤酒，看着河面上的灯火与夕阳。

　　刚遇见自由桥的时候，看到当地的年轻人在桥上攀爬，我以为是一种违规行为，这在别处，可不曾见到，到后来我才慢慢观察到，微风拂过他们从容的脸庞，原来这就是他们的日常。

　　匈牙利与许多东欧国家一样，消费水平不高并且生活节奏缓慢。傍晚时分，当地人们坐在河岸的两边喝着啤酒看着湖水，或者踏上一艘艘停靠在河道两边的餐厅轮船，轮船上此时正灯火辉煌。

　　而河岸墙边的人们，享受着多瑙河的风，正专心致志地画着画……

波西米亚生活（捷克）

　　捷克属于典型的中欧国家，可能我们对它另一个流行于世界的名字会更熟知一点——波西米亚。它临近德国的东部，可能也由于原先一直站在东部阵营的关系，所以它的经济也像大部分东欧国家一样，到现今依旧不太富裕。

　　捷克的街头，到处是中世纪欧洲的建筑，有一种哀伤与老旧的气息。但不可避免的，你还是能感受到当代人们生活的气息，是日益时尚并且复古的。

　　捷克是一个山城国家，可能是因为地处波西米亚高原，整个城市都是忽高忽低的，房子都建在山坡上。这里红绿灯和公路随处可见，不过你想走路从这个路口到下一个路口，那可能需要花上不少工夫，幸亏我是开车来的。

　　我从德国驱车，绕过了几个国家，路过这里。这一次我住的不是青旅，而是在 Airbnb 上订的房间。在国外，许多人家会把空余的房子或房间腾出来，给到来的旅行者或在比生活的人居住。这是一种非常便宜并且对户主算是闲置利用的方式。事实上，在欧洲一些偏远地区的人，他们赚钱的方式并不多，这种闲置利用的方式也能给主人带来一点收益。主人不在的时候，会把钥匙放在密码箱里，你只需要按照密码，拿到钥匙进入人家里居住就好。这种模式引进国内，慢慢就成了 Airbnb。只不过国内 Airbnb 与国外的还是有着显著区别。国内 Airbnb 成了民宿预订平台，通常会有人管理，或者哪怕是专门做 Airbnb 的房子，也会有人看管。国外，这种是全部自助的，那是一种充分信任与自觉的方式。

刚开始我也很诧异，因为当我从密码箱拿到钥匙，进入这座房子开始，就会见到一个个类似于小别墅的豪华装饰，名贵的摆件比比皆是。很多时候，是房主出去度假旅行了，就把平时居住的房子对外出租。房间内的贵重陈设远不是我一两百块钱住宿费所能比拟的。这让我一次次感叹这种人与人之间的信任。

在国外，我可以随意地居住几天，然后把厨房收拾干净，把钥匙放回密码箱，再同远方的主人线上说一句：Thank you, have a good day。在这之后，我就可以得体地离开。

人与人的信任是一个社会形态，它由道德的信仰、内心的制约、善良和谐的相处共同形成，从而覆盖了整个社会。

在布拉格广场，街头的艺人众多，弥漫着艺术的气息。

我站在布拉格黄昏的广场，听着钟楼的钟声响起，只不过没有歌曲中所唱的许愿池。

在这座捷克的广场，洋溢着古城的清韵，我耳边响起那年少时的乐音悠扬……

北欧的幸福感（挪威）

北欧一直是令人向往的地方。北欧只有五个国家：挪威、瑞典、丹麦、芬兰和冰岛。这五个国家常年位居国民幸福世界排行榜的前十名。原因不只在于它们的人均 GDP 常年位列世界前茅，更在于它们是真正的高福利国家。教育、医疗、养老、保险、住房，大部分由国家承担。

北欧地处极寒极冷的地带。由于靠近北极圈，他们在中世纪的时候，因为生存空间与资源的匮乏，甚至当了几个世纪的强盗，就是维京海盗。在商业革命之初，他们也跟上了国际贸易，从良为商了，进入资本主义的自由市场。经过长期的商业及工业的积累，以及世界大战北欧受到的影响较小，这样的积累使北欧成为世界最发达的地区之一。

即使像冰岛这样的国家，都申请国家破产了，而国民人均收入依然是名列世界前茅。

挪威，一直是世界上国民幸福指数最高的国家之一，并且经常蝉联第一。挪威也只是北欧的一个小国，说是小国，并不是说他们土地面积有多小，而是就这个国家经济与其他各方面来说，在世界排行榜里，只能称为小国。但这个国家的人民，偏居北极圈的一隅，过着幸福的生活。

自驾在挪威的土地上，你会在短暂的时间内亲历一年四季的景色变化。一会是艳阳高照，一会是鹅毛大雪。这会儿的天空还雪花飞舞，道路两边的房子白雪皑皑，刚驶过一个山洞，天又放晴，牛儿在路边吃草，羊儿跟着你回家。眼前的湖，晚风吹拂，碧波荡漾。

　　我行驶在挪威一个个峡湾之间。山的那一头，就是北冰洋，这边倒是暖洋洋的。阳光照耀着远处峡湾边的村庄。村庄上空挂着一道彩虹，从上往下看，仿佛那是神仙隐居的地方。

　　有时候，我会在鹅毛大雪中停下，一下子扎进道路边的雪地里，同旁边跑来的小狗嬉戏。关于挪威，印象最深的便是那厚厚的雪，白得耀眼！

　　挪威的白雪在车窗外，迎风飞舞。

　　挪威的白雪在头顶上，凝结成花。

　　挪威的白雪在湖水边，映出幻影。

　　挪威的白雪踏在脚下，留下了痕。

　　挪威的白雪是划过指尖，留下的那一抹清凉。

　　挪威的白雪是轻拍肩膀，赠予的那一份柔情。

工作与生活（瑞典）

　　瑞典的斯德哥尔摩是一个海边城市。这座城市由一个个小岛连接而成，人们生活在波罗的海边，这里街道明亮，天空湛蓝。

　　来到这里的第一个周末，我不小心忘记准备食材了。当我走过一个个关着门的超市门前才猛然想起：在周末，大部分商场和超市都打烊。因为店主大多去度假了。

　　周五的傍晚，我进到一家商店里想买东西，老板说："对不起哦，先生，现在18:00了，我们打烊了。"我说："这会不才刚刚18:00嘛，我就买几个东西。""抱歉啦，现在已经是我个人的生活时间啦，我需要赶回家去陪我的家人了。"老板微笑着说。我不禁反问："难道这一会儿工夫，您也不赚马上到手的钱吗？"他又笑笑说："先生，还有比赚钱更重要的事情哦，我要去过周末啦。"这让我笑笑不语，果然还是这样。

而这会儿，我走过一家家商店，无一例外，果然全都打烊了。这让我想起了他们国家的制度，每年的工作时间为 1500 个小时。按照每天工作 8 小时来算的话，那就是每年只须工作 180 天左右。剩下的那 180 天都是假期。180 天都是假期！！！北欧还真是个高福利的国度，一年中有一半的时间是假期。北欧人总是这样，不愁吃，不愁穿，日常 18:00 一到，必然回归自己的生活，数不清的假期，看来他们的生活只剩下假期了。

我摸摸自己的肚子，我现在饿呀，又忘了提前准备食材。大家都度假去了，我怎么办？我不会饿死吧。想着想着，我看看眼前的湖，再想想我背包里的鱼竿，对，钓鱼去，我还不信了，还能活活把人饿死，不就是不了解你们的生活模式嘛。

这会儿的我，正一个人坐在街道的湖边，这座城市到处都是水和平静的湖。我的便携式鱼竿，正在水面漂荡着……听说，以前北欧人们在改盗从商之后，最大的出口商品就是鱼。我想，这里的鱼应该很多吧。转而我又想，它们不会被钓完了吧？

饥肠辘辘的我坐在马路牙子上等待着，幻想着钓上来一条大鳕鱼，天空的云慢慢飘着，而我的鱼竿依旧平静……

拉钩！有动静了，20 分钟不到的工夫，果然有鱼！一条大鱼，欣喜若狂！现在饿着肚子的我，别提有多激动了，也顾不得再钓几条，这一条足够我吃了……

我拎着鱼欣喜若狂地回到了青旅。北欧的住宿比较贵，我又住回到青旅去了。我从随身包里，拿出米、酱油、姜、蒜……幸亏背了米，不然一条鱼也不顶饿啊！这一路，我总会背着一点米和意面，保不齐什么时候会饿肚子。

国外总是这样，没有菜市场，只有超市。有时候落脚在比较偏的地方，找不到超市，我就得自己想办法。

这下好了，我有一条大活鱼。我把鱼切了，放上姜，淋点酱油，抹上盐……20分钟后，我看着自己钓上来的鱼，就在我眼前的餐盘里，再加上此刻饥肠辘辘，幸福感油然而生。

这里没有黑夜（冰岛）

来到冰岛，踏上了最北的地方，从南极边的乌斯怀亚，走到这北极圈边。

我现在正躺在青旅窗边的床上，这会儿是当地的半夜1点多，而透明玻璃外洒进来的光，仍然亮白如昼。是的，我遇见了极昼，这是我生平第一次遇见极昼，这里没有黑夜，这个国家大部分时间都是极昼，只有白天，没有黑夜。而当极夜来临的时候，每天只有黑暗。

冰岛就是这样，这个世界上最靠近北极圈的国家，它大部分时间，按照北极的时光在走。幸而现在是当地的夏天，纵然天气寒冷，这里还是白天。夜半时分，天还是亮的。我从没有感受过这样的时光，当你从睡梦中醒来的时候，你分不清这是白天还是晚上，你只有看着手机上的时间，才知道当下处于一天中的哪个时辰。这一切，对于我来说是新鲜的。当然还夹杂着一丝幸福，我恍惚觉得自己的生命在延长。因为看不到昼夜交替，好像一天的时间怎么都过不完。

冰岛是一个高福利的国度，他们哪怕曾经一度向联合国申请过破产，他们的人民依旧保持着高福利的生活。"再苦也不能苦了人民"是这个国家政府的态度。他们的养老、住房、医疗、保险、社会保障很大部分由国家承担着，并且人均收入一直位居世界前列。他们会把国家大部分的收入用于人民。所以在这个国度里的人，生活幸福指数向来都排在世界前几。哪怕这个偏远的北极小国气候酷寒，资源稀少，一半的时间不能工作，他们的国民依旧富足而幸福地生活着。

然而相对来说，在当地人均收入如此高的情况下，这里的消费，却是异常的昂贵。这一种昂贵，是对于我这个外地人来说的，所以我不得不住到一张床位三四百元人民币的青旅里。如果论吃，还好一点，我向来自己做饭，花费不会太多。曾经我坐一辆公交车，一趟花了400元人民币。是的，一辆与我们国内类似的N路公交车，从这个小镇去到下一个小镇。因为这里没有大巴，公共交通只能靠公交车，公交车司机礼貌并且得体地对我微笑着，全程只有我一位乘客……

冰岛人看起来很高冷，高高的个子，湛蓝湛蓝的眼睛。他们金色或褐红色的头发下，那一双双蓝色的眼睛，美丽极了！像这个国度里冰川的蓝，也体现了他们本身长相的高冷，那是一种贵族气息外表下的冷艳。当然，这并不代表他们不讲礼貌，他们依旧会对你彬彬有礼地微笑着，看上去既得体又大方。这是这个国度里所体现的国民素质。这可能跟他们的生活环境有关，毕竟精神富足并且快乐着。

因为高昂的消费，我不得不在这里租了个车旅行。冰岛本身不大，慢慢地开着车转一圈也不过一周时间。关键是比起公共交通，租车要便宜得多，而且更自由。公交车停靠的一个个小镇，经常没有青旅，而附近的住宿都要一千多块钱起步。这对于我一个在路上的旅人来说太过奢侈。

所以我常常睡在车里，在天光暗淡下来的时候睡觉，把所有的衣物和羽绒服盖在身上，看着白色的"黑夜"，缓缓入睡。光照进车窗，仿佛还是白天。可这里毕竟是北极，好几次，我把全部的衣物都盖在身上，还是瑟瑟发抖。这是一趟清苦的旅行。

在冰岛自驾，会邂逅不同的风景。时而遇见万丈瀑布，倾泻而下；时而遇见沸腾蓝湖，直冲云霄；时而遇见长满草的房屋，随处散落像是精灵的家；时而我看到湖底裂缝，潜水而下，在那零度的冰湖里探寻最后一丝魅蓝；时而我盘坐火山之口，想象着冰湖，那万年喷发过后留下的清凉。

冰岛周围的沙滩是黑色的。北极圈边的海充斥着的竟是黑色的沙。人走在沙滩上，向远处望去，苍茫一片。冰岛和挪威一样都是白色的世界，不同的是挪威的白是雪，冰岛的白则是冰。一望无际的冰川，延绵数百公里。冰川在山腰，在山顶形成我从未见过的冰云，挂在天际，挂在过路人的眼前。

冰岛有一大部分土地是被冰川所覆盖着的。那是除了南极和北极之外最大的冰川覆盖地。这些冰川，是在冰河时期就形成的，至今还依旧耸立。冰川之下有数百米甚至数千米，浮出地表只是冰山一角。你可以想象，在这之下，冰冻着史前时代的动物。在这里你仿佛身处北极，如果南极、北极是你很难去到的极地的话，这里将是你最能感受那片土地的地方。

我跟着冰岛当地的领队，穿上了专业的冰爪，拿上了冰斧，开始往冰川腹地前进。在这里行走，你不得不依靠这些专业的装备，否则寸步难行。在冰川之上行走，异常的滑，哪怕是最专业的登山鞋，也是极度危险的。一个高地，就会让你滑落冰谷，所以需要脚上冰爪上的刃，牢牢地抓住冰地。冰斧则是一把像镰刀一样的登山斧。很多时候，冰川上的高地没有路，行人就需要用斧头凿出一个个阶梯。又或是在你失去着力点的时候，用斧尖凿住冰川，等于多了第三只脚。万一你掉落巨大的冰缝时，也能给你一线生机。

事实上，在这片极地行走是极其危险的。只不过，这里有着未曾见过的美景。越是危险，越是美丽！湛蓝的陆地和山谷，让人仿佛置身于一个美丽的无人世界，或许这是传说中的仙境。整个世界就只剩下白色的雪和蓝色的冰。

我在这一片冰蓝土地上，一步一步地向上攀爬，遇见神奇壮美的风景。冰层之下，那透着绚丽的水是如此的平静，让我忍不住趴在地面，看底下的世界会不会有鱼蹿出。等了许久，依旧没有，可是那一湾平静的蓝水，却早已令人流连忘返。当我路过一个巨大冰缝的时候，地面裂开而成的山谷令人震撼！冰缝山谷里的蓝，是那么的纯粹，并且隐隐发着蓝光。置身在这片神秘的世界，我忍不住想象哪怕被困在这里也没关系，葬身在这片冰天雪地里，想来也是一件浪漫的事！

大自然总会给人以致命的引诱，神秘而又刺激的体验总会让人忘却了危险的所在。当我沉浸在这片安静而又美丽的世界，耳边会不时飘来领队焦急的提醒："Dangerous!"刹那间，我才从那美丽的蛊惑中惊醒。这时候我才意识到，在那美丽的巨大冰缝之下，是有去无回的深渊。

我跟随领队不断前行，脚下的冰爪和冰面接触发出"咔嚓咔嚓"刺激的声音，手中的冰斧则让我仿佛像个维京战士一样在冰面上开疆拓土。领队的维京人会在遇到山谷的时候用冰斧凿出一条条阶梯，看着他们如此轻易地就能开凿出一条路，我不禁感叹。走了很久很久，我们的身影消失在远处的迷雾之中……

一天之后，在夕阳西下的时光，我们下到冰川外的冰湖之处，从寒冷的极地中出来，此时的我正躺在蔚蓝的冰湖的边上，而湖面漂散的一座座小冰山，在阳光的照耀下散发着蓝光。而此时的我，也在这一片极似北极的景象里，被阳光晒得逐渐温暖……

中世纪的舞会（塞尔维亚）

离开冰岛后，我从北欧飞到巴尔干半岛。这里曾经是奥斯曼帝国入侵欧洲的途径。在这片土地上分散着一大批小国，其中包括塞尔维亚、波黑、阿尔巴尼亚、黑山、希腊等国家。

我落地在塞尔维亚的首都贝尔格莱德。贝城是一座简单而又平静的小城。从冰岛每天近一千元的高消费中出来，这座城市带给我一种难以言表的幸福。这种幸福感在于，去超市买一盒鸡蛋、两升牛奶、一包意面和大包调味料，一共才17块钱。从超市里出来，脸上洋溢着的笑容久久未能退去，便开始了这座小城的慢节奏生活……

从西欧、北欧的高消费生活中出来，来到这慢节奏、低消费的免签国度，我准备在这里慢慢地休整一段时间。不用去赶签证，也不用担心高物价。

西欧与北欧的旅行，不在于风景，更多的是去学习改变世界格局、影响历史进程的思想与文化。在这里，我则会放慢脚步，去认真体会慢节奏的生活。

生活在贝城，每天都起得很晚，日晒三竿才醒，下午了才慢悠悠地溜达出门。听着街上的风琴，看着山顶的斜阳，吹着夜晚凉爽的微风，一天就过去了。每天等到夕阳西下的时候，我都会去贝城的老城墙上看落日。

这是一座古老的城市，城墙上坐满了年轻人。大家都会在这个时间，来到老城墙，面对着山的那一头，喝着啤酒看夕阳。这座小城远处的夕阳格外漂亮，很大的一片，许久许久才缓缓落下。随即，天边泛起一大片霞光。

在这座小城的街上散步，偶遇过好几拨国人。他们都在这里定居，租一套房子，一年两年地悠闲生活着。他们说这里挺好的，当地人的平均收入也就 300 欧元一个月，生活得比我们快乐富足多了。我喜欢这种便宜又浪漫的慢节奏生活。

在离匈牙利边境最近的一座小城苏博蒂察，我遇到了他们当地的"秋收"节日。当地人穿上了中世纪的服装。一个个穿着绅士服、骑士服、女仆装、农装还有蓬蓬裙等。他们手里拿着农具，脚上穿着长靴，围绕在一起听着祭司模样打扮的村长进行节日的祷告和祝福。街道两旁摆满了家家户户的特色农产品。夕阳西下、华灯初上的时候，全城燃起了篝火，全民跳起了交际舞。这个夜晚给我留下了深刻的印象。

记得年少时看《吸血鬼日记》，里面有一段欧洲中世纪的交际舞场景，至今难忘。那是我对欧洲古代生活最向往的场景，也是我在走西欧、北欧时，一直渴望和寻觅的景象，可惜一直没有找到。不曾想竟在这小镇遇到了。在几百年前，没有网络、没有电视的时候，欧洲人会在傍晚梳妆打扮，走出家门，去参加隆重的舞会。绅士与女士，羞涩而又优雅地在舞会上相识，跳舞，那是当时人们生活中重要的交际方式。

围绕着篝火，全城人分散在各处，或形成一个圈跳着踢踏舞，或一曲作罢，各自分散开来，与不同的异性舞伴，优雅而又得体地跳着轻快的步伐。那一场舞会是我参加过最浪漫的舞会，我从没有见过，人与人之间这样的相处模式。不同的陌生人，男女老少，手牵着手，一曲作罢，分散着，一回头，又与另一个舞伴面带笑容，翩翩起舞……

现代世界的起点（波斯尼亚和黑塞哥维那）

波斯尼亚和黑塞哥维那（简称"波黑"）这个国家可能很多人没有听说过，可它的首都萨拉热窝，想必很多人耳熟能详。这里是第一次世界大战开始的地方，也因此，世界的格局开始改变。

萨拉热窝

在第一次世界大战之前，整个世界都由欧洲主宰着。因为商业革命和工业科技革命让他们加快了工业化和军事化的进程。

第一次世界大战的结束，民族自决的条例，使得4个帝国消亡，奥匈帝国、奥斯曼帝国、沙俄帝国、德意志帝国都解体了，这有效地削弱了欧洲帝国主义对世界的殖民统治。

在此之后，世界上的各民族都开始有了强烈的民族独立意识，再经由随之而来的第二次世界大战，全世界许多国家终于取得了独立。所以，萨拉热窝事件对于当今世界格局的变更有着重大深远的影响。

我站在萨拉热窝的桥上，看着那个决定世界命运的街角，站立了一下午。从当年斐迪南大公行车视察的路线，跟普林西普刺杀所站的位置都回顾与遐想了一番。这一件必然而又偶然的行刺事件，仿佛就这么活生生地重演在我的眼前……

当时的奥匈帝国，随着帝国主义的扩张，吞并了波黑。作为奥匈帝国未来的皇帝，当时还是皇储的斐迪南来此巡视帝国新版图，他在萨拉热窝，坐着一辆敞篷车，而波黑塞族青年普林西普正和几个同伴混迹在围观的群众之中。他们藏匿在这条街道的各个角落。

当第一颗炸弹投到王储大公的车后方时，就使大公的随从警觉，刺客们随即撤离，第一次行刺其实是失败的，大公毫发无损。可大意而又傲慢的大公，仍旧按照原来的行程继续视察，视察完毕，按照原定路线返回，要知道，那只是一辆敞篷车。当领头的车队按照原来的路线返回，却拐错了车道，停下来准备掉头之际，桥边的普林西普抓住了这个停车机会，对着眼前的奥匈帝国王储斐迪南大公夫妇，开了几枪……

这个奥匈帝国的接班人，这个曾经航行世界，受殖民地盛情款待的欧洲第三大列强的未来接班人就这样倒在了民族独立意识觉醒的波黑塞族青年的枪下。自此，奥匈帝国向塞尔维亚宣战，俄国保塞尔维亚，德国向俄国宣战。法国作为俄国的同盟参战，英国对德国宣战，奥斯曼帝国也快速抵达战场，加入战争……

随后整个欧洲陷入世界大战之中，并且对着各国在海外的殖民地大打出手，从此世界大战的序幕拉开。现代世界格局，因为当时的战争，发生了翻天覆地的变化……

到第一次世界大战、第二次世界大战结束，自由、平等、独立，变成了全世界主流的步调。

站在街角桥边的萨拉热窝事件博物馆的门口，小小的房子还是当年的模样，普林西普的头像与当时的画面，仿佛呈现在眼前。这个当时的刺客变成了这个民族的英雄。

走在萨拉热窝的街头，很多战时的建筑与房子依然保留。

里面还居住着人，没经过修复，墙面上的弹孔依然历历在目。这是一个小小的国家，小小的城市，却间接影响了当今世界的格局。

莫斯塔尔

在另一个小镇莫斯塔尔，随处可见清真寺。这里有点像丽江的束河古镇，不同的是小镇中间有一汪清澈碧绿的湖。

湖面上有一座古桥，连接着小镇的两岸。夕阳西下的时候，人们会从30多米高的古桥上跳下，一头扎进碧绿的湖水里。

这是这里非常有名的跳桥活动，要知道，人从超过50米的高空跳入水中，就像砸在水泥地面。而在30多米的高处跳下，没有一定的技巧与勇气，也一定会受伤甚至骨折。而看着当地人像游戏一般，勇敢地一个一个一跃而下，我坐在桥下的湖边安静并好奇地欣赏着。

在奥斯曼帝国入侵欧洲的时候，东南欧一些地区的信仰也为之改变，尤其是巴尔干半岛的波黑和阿尔巴尼亚这些国家，他们曾被奥斯曼帝国统治了数百年。随着时间的推移，波黑的一些地方也就皈依了伊斯兰教。

生活在这座小镇，每天听着清真寺中的吟唱，我仿佛又回到了去年走中东的时光。

一个少年（克罗地亚）

克罗地亚是一个温暖的国度。从西欧与北欧出来，因为许久没有跳进过大海，所以我绕道往上走来到了这个消费相对昂贵的国家。我就浪漫的海边沙滩资源来讲，西北欧确实不如东南亚，或是临近他们的地中海国家。这也使得巴尔干半岛上的克罗地亚，成了欧洲人度假的后花园。他们经常在假期跑来这里，游泳，晒太阳。

从寒冷的北欧出来，一下子来到这片温暖而又湛蓝的亚得里亚海边，我想游泳和晒太阳的强烈愿望和欧洲人是一样的。我迫不及待地一头扎进了海里，一口气游了很远，然后漂浮在海面上静止不动，任由阳光与海水抚摸着我的面庞。当漂累了的时候，我就爬上一块海中间的岩石。几平方米宽的岩石上，已经有一个欧美小哥坐在上面，我打了声招呼，也自顾自地找了块舒服的地方躺下，就这么眯着眼睛，晒着太阳。真的有好久好久没有感受到大海的温暖了！我喜欢海洋，相比于冰川和沙漠而言，海洋总给人一种温暖和生机的感觉。这一路，但凡路过有海洋的国家，我都会一头扎进当地的海里。

晒着晒着，身体被一种温暖包裹着。不知不觉，我就在海中间的岩石上睡着了。当我醒来的时候，已是太阳落山的时候，旁边看书的小哥也已经不见了。早已风干的身体和咕咕叫唤的肚子促使我又一头扎进海里，就着阳光，游回到岸上。

吃过饭，我又静静地躺在海边的软沙发里，喝着咖啡看着海边坐着的人们。咖啡厅的门口帐篷与海的中间，只有一条几米宽的小路。比基尼女郎和光着身子的白人坐在路边，把脚伸进清澈见底的海水里，抑或是拿着一本书，躺在沙滩椅子上，就着阳光看书。欧美人总喜欢这样光着身子在海边曝晒，一晒晒一下午，可总是不见黑。他们喜欢晒太阳，并且喜欢在度假的过程中，一边晒着太阳，一边看着书。他们很喜欢看书，哪怕在旅途中，我觉得这是我们不常有的一个好习惯。

在海边房屋的门口，总会有一排一排的木栈道延伸到海边，那是给人下海或跳海用的。我看见有个父亲带着孩子来到这里，他们奔跑着，相互鼓励着，一起扎进了海水里，并发出了开心而爽朗的笑声。这是多么温馨的家庭周末时光啊。我坐在一旁边喝着咖啡边看着……

这时候，有个少年独自站在木栈道的尽头，站了许久。阳光洒在身上，那远处的身影，像在驻足，像在眺望，好似突然鼓足了勇气，一跃而起，一头扎进了水里，他的身后，泛起了水花。他在海里，游了几下，回过头，露出了开心的笑容……

第二天，我正在逛克罗地亚古城的时候，来到了古遗迹广场。当地人穿着古罗马人的军装，这将他们和我们这些外来游客区别开来。

这时候，我的目光被广场中间的黄皮肤少年所吸引。在这个东南欧小国家，很少会看到东亚的面孔。他在弹着电吉他。不管周遭，不管行人，仿佛一切都与他无关，他只顾沉浸在自己的世界里。阳光洒在他的脸上，那悦耳的歌声，时而欢快，时而悲伤。行人纷纷驻足，为他响起掌声。这是一位韩国人，看到他吉他架前面的牌子，写着"traveling round the world"（环游世界）。

原来这也是一位环球旅行者，此时隐藏在远处人群中的我，同他相比，不觉有些相形见绌。同样是环球旅行，他靠着他的乐器和技能，一边旅行一边生活，那一种自信和从容是我所没有的。再想想我在路上遇到的一些国人环球者，总感觉少了几分相应的才情与勇敢。离开很久之后，广场上自由的乐音和少年的身影还总会浮现在我的脑海里。

环球旅行者很多，在欧美国家比比皆是，尤其是欧洲的年轻人们，这仿佛早已成为日常生活的一部分。他们高中毕业后，通

理想的实现——环游世界500天

常都会给自己一年时间去旅行或者打工，哪怕上大学之后也会参
与各国的留学互换。

蓝色的洞穴（黑山）

黑山，算是世界上最年轻的国家。它在 2006 年才独立为黑
山共和国。第二次世界大战过后，民族觉醒和独立运动空前繁
荣，许多国家随之独立。也有一些国家因为不可分割的大国利
益、民族矛盾、党派之争等原因，迟迟没能独立。

黑山是一个非常小的国家，但它拥有着一片蔚蓝而美丽的海
域。虽然我们的护照很难进入并且需要花大价钱才能前往，但为
了前行去希腊与这一片海洋，我到底还是来到了这里。

发光的洞穴

我坐着海盗船一样的帆船出海，船行驶在这片深蓝的海域
里。一艘艘海盗船在不远处漂浮着。这一趟人均费用还是便宜，
如此浪漫的行程，不过百十来块钱。最重要的是，我将去往一片
蓝洞浮潜。

这里的蓝洞可不是指埃及的那种深潜蓝洞。蓝洞的含义，只
是悬崖下边一个蓝色的洞穴。因为这一片洞穴里充满了蓝色的藻
类，就是我们常说的蓝眼泪，当一大片海洋的洞穴之中，全都是
蓝色藻类的时候，也就被称为蓝洞。

当船缓缓驶入海洋深处，大陆另一头陡峭的悬崖下时，一
个硕大而深幽的洞口出现在眼前。当穿过这一片幽暗的洞口之
时，蓝色的宝光刹那间照亮了我的脸庞，眼前是发着蓝光的巨

大洞穴。

　　欢乐的笑声和派对的音乐，充斥在整个蓝洞之中。在我之前，已经有两艘海盗船停靠在洞穴之内，年轻的欧美男女，或坐在船上，或潜在水中，尽情地嬉戏着。当我们的海盗船停靠的刹那，我也一头扎进了这发着蓝光的洞穴里。

　　我的身后，划过一道蓝色的美丽"尾巴"，那是我潜入水底、脚上拍打泛起的蓝眼泪。太美了！我从未见过如此漂亮的海，在这神秘而又幽静的洞穴里，我突然想起了电影《少年派的奇幻漂流》里那座神秘岛屿上发着光的水潭。那片水潭和我脚下的海水是何其的相似啊！

　　我任由思绪漫飞，尽情地畅游在这片发着蓝光的海水里。

走在路上的人（阿尔巴尼亚）

　　清晨，我在海浪声中醒来，风吹动着窗帘。我从沙发上起来，站在阳台上，看着远处，满眼是海的蔚蓝。

　　下午，吃完午饭我就跳到了海里。在阳光照射下，水面波光粼粼，宛若散落的碎银。我在水中游来游去，也搅碎着那一片的碎银。没有阳光的灼热，只有风。轻风吹拂着我赤裸的肌肤，带来无尽的清凉。

　　傍晚的时候，我踏着海床到了海中央，游出很远，对着夕阳唱歌。歌声在海水上空飘荡。太阳一点点落下，我也慢慢地游回岸边。回头，是霞光万丈。

　　夜晚，我听着同伴的笛声，吹着海风。远处是一弯明月。同伴的笛声停了，我都不觉，竟望着远处的海面出神。我不住地想象，古时候的海又是什么模样？和现在是否不同。又或是，月还是古时的月，海也是古时的海，只是这里再也没有了当年的人。

在阿尔巴尼亚我遇到了去年在斯里兰卡相识，又在印度遇见过的友人怪怪。同他一道的还有长年待在印度的胖胖，与一位一边环球旅行一边做代购的女生婷婷和她的姐妹。

他们四人一起来巴尔干半岛自驾游玩。怪怪看我也在附近，就邀我一起拼车一程。我一般不喜欢结伴而行，但因为友人的相约，也就顺道来拼车一两天，再独自去往希腊。

怪怪和胖胖常年待在印度，他们在那边经营着代发货物的生意。胖胖驻扎已经有好多年了，来印度代购的小伙伴一般都认识他。

原本他们都是在大城市朝九晚五生活的青年，厌倦了日复一日的枯燥生活，他们去往了远方，进而找到了自己真正想要的生活。现在他们快乐地过着理想的生活，赚钱也要比国内的大部分青年多得多。有些人为了理想而去了远方，有些人为了赚钱去了远方。他们都有一个共同特点：在许多城市青年的眼里，那是诗和远方。胖胖与怪怪一边做着代购，一边旅行。他们长年驻扎在印度，俨然半个当地人。

众所周知，印度人口基数庞大，加之有等级分明的种姓制度，穷人很难看得起病，吃得上药。直到他们国家的圣雄甘地的时代，才有了让穷人吃得起药、看得起病的政策。在印度，可以仿制全世界的所有药品。不管是抗癌药，还是日常药品，只要跳过了专利期机制，就可以用他们的医药技术生产。因此药品的价格都相对低廉。印度也成了全世界最大的仿制药的出口国。

事实上，仿制药和专利药的疗效差不多，只是跳过了专利环节。东西是一样的东西，只不过价格更低廉。仿制药也是一样的道理，只不过人家当时的目的是救人，让穷人吃得起药，生得起病，不是为了赚钱，这从国内大火的《我不是药神》电影中就能窥见一二。

怪怪与胖胖，他们其实就和电影里的徐峥一样，做着同类的事情。当然这不一定只是抗癌药，也包括一些日常药物。他们会通过正规的渠道，把药物发往国内去治疗那些有需要的人。

怪怪说："我曾经遇见过许多病人，他们很多人根本吃不起几千、几万块的药，我定期会去看看他们。他们眼中对生命的渴望和对生活的无奈无不令我动容。这也是我做这件事情的初衷。"

当然，他们除了常驻印度，偶尔做做利人利己的事情外，也喜欢生活在不一样的文化环境里，换一种活法，偶尔每年去几个国家旅行。

同车另一个做代购的女生婷婷也和怪怪他们一样，一边做着代购，一边旅行。当我再见到她的时候，是今年在大理。她和路上相识的男朋友阿松一起过来看我。

我和阿松，一起在洱海里游泳。当他说起他四次环球航海旅行经历的时候，我兴奋不已。我不得不感叹，现在"80后""90后"年轻人这种独立，跳出世俗生活的多样性，已经变得如此普遍。

当然，在绝大多数生活在传统价值观的人们眼里，这5%的少数人和他们显得那样格格不入。有时候甚至带着怀疑和批判的眼光去审视这些特立独行者。不过我相信，在将来，真正去做自己的人必然会越来越多。时代发展必然会瓦解陈旧的观念，而更加跟上世界主流的更多元化的生活价值观。

理想的实现——

环游世界

500

天

欧洲文明的发源（希腊）

如果说古巴比伦、古埃及、古印度与中国四大文明古国是世界上最早的文明发源地的话，那么古希腊则是全世界最早的文化发源地。文明与文化的区别在于，文明源自人类从原始社会到农耕社会的转变，而文化的发源，则在于它对制度、哲学、科学、艺术等领域的先进思想的拓展。

现今世界民主制度，源于 2000 多年前古希腊城邦的民主制度。文艺复兴开始，欧洲回溯古典主义，回溯的就是古希腊、古罗马文化。最早的民主制度，就源于古希腊的文明。

关于希腊的哲学与历史的贡献更是不用多说，哲学之父苏格拉底、柏拉图、亚里士多德、希罗多德、修昔底德，这些生活于公元前四五百年的人物，已经开始了对于人的内心、思想、真理等一系列的探索与思考，对于后世影响至今。

而关于文字的传播，现今的世界上所有使用的组合式字母的语言，你都会发现有一个共同之处，它们都是由几十个字母组成。现今世界所使用的文字都是由当时的希腊的邻居腓尼基人发明，传到了希腊，由此往西传，形成了现在的拉丁文、英语等一系列西方语言，它们万变不离其宗，都源于当时的文字，经由各地不同的组合与改变而形成了自己的文字。

综上所述，希腊被称为现今世界文化的发源地，一点儿也不为过。它在公元几世纪以前，所形成的一系列政治、科学、哲学、文字、艺术对当今的西方世界乃至全世界的影响，依然历历在目。

这一块小小的土地，对于 2000 多年后世界的发展所做的贡献，是如此的至关重要。

雅典

我站在希腊雅典卫城的帕特农神庙前。这座 2000 多年前的建筑至今依然保存完整。我在这里思考着世界的前世与今生。帕特农神庙是雅典娜女神的神殿，也是圣斗士星矢的圣城。帕特农神庙建在雅典最高的山上。

希腊神话是多神信仰。在当时人们的眼里，神只是更优秀的人，神也有七情六欲，喜怒哀乐，他们也有缺点，只不过整体上比人更优秀一些，致使他们向神学习。希腊神话里分为各种神明，以宙斯为万物之神，再分为十二主神，包括太阳神、海神、炉灶之神、狩猎女神、爱神、丰收之神等。人们可以自由信仰自己的神明，并没有固定的教条。这与后来传到古罗马的十二主神一模一样。

奥林匹亚宙斯神庙是曾经的世界古七大奇迹之一宙斯神像的所在地。要知道现今世界的七大奇迹都是后来评判的，而在这新七大奇迹之前，世界上存在着古七大奇迹。这其中就包括现在我所在的宙斯神庙里的宙斯神像。要知道，当你纵观历史悠久的世界古七大奇迹时，你会发现，其中四座古七大奇迹，都与古希腊有关：宙斯神像、太阳神巨像、阿尔忒弥斯神庙、摩索拉斯陵墓。其中三座为希腊的十二主神，可想而知当时古希腊的文化与建筑工艺，对于 2000 多年前世界的影响，而另外三座来自古埃及和古巴比伦。

奥林匹克竞技场，是奥运会的发源地。其实在此之前，奥运会已在希腊举办了 200 多届。历时逾千年。在古希腊，它最初的宗旨是向宙斯祭祀昭告其民要用圣火。在当时是和平的象征。只不过后来因罗马的侵占与基督教的盛行，断绝了许多年，直到如今才被现代奥运会所延续。

我们只知奥运会是世界各国的竞技赛场，却不知这奥运会在此前已经举办逾千年，只知传火炬，而不知其始是祭祀与传递和平的象征。

酒神剧场里半圆形的石桌至今仍在，散发着历史的气息。酒神是希腊文化与娱乐的传承。

我站在古希腊的遗迹里，看世界的前世与今生。

圣托里尼

如果每个人心中都有一个浪漫的旅行之地的话，我想很多人会选择希腊的圣托里尼。这里有蓝色的城堡，白色的房子，在海的中间。

坐邮轮五个小时，漂荡在爱琴海上，来到了这个爱琴海的白色岛屿——圣托里尼。这里有全世界最美的夕阳，一段段爱情的誓言在此许下。蓝白相间的岛屿定格在爱琴海的中间。这里与世隔绝，需要漂洋过海，又因为这里是如此的美丽，每一座白色房子的阳台的对面就是海洋，家家户户隔开，每一座房子又如此浪漫，住一间房，好似这一片海，这一个夕阳，都只属于你。

如果有人问我："你曾见过最美的房子在哪里？"

我会告诉他："在希腊的爱琴海上，那里满岛都是浪漫的白色房子，那里还有全世界最美的夕阳。它叫圣托里尼。"

英雄还是金钱（西班牙）

伊比利亚半岛上存在着两个对世界历史进程有着重大影响的

国家，西班牙和葡萄牙。正是由它们开始的航海大发现，在 15 世纪之后，让人们开始认识到地球原来是圆的，世界上还有美洲大陆，继而发现了大洋洲，并且伴随而来的是全球贸易的开始，再到现今世界的一体化。在这之前，世界上只知道亚非欧三个大陆，人们认为这就是世界的全部。

如果说意大利是充满历史底蕴和人文气息，那么西班牙的街头，则是欢快明朗的艺术世界。每一个欧洲国家都有它独特的氛围气息，大体文化相同的背景下，又显得那么与众不同，可能源于各自民族的思想与生活氛围。德国的严谨与激烈，冰岛的高冷与贵气，法国的鲜花与明媚，意大利的历史与文化，还有西班牙第一眼就感受到的欢快与明朗。那是我对一个国家第一眼的印象。那是初到一座城市时扑面而来的气息。在西班牙的街头，我看着街头的艺术和建筑，还有斗牛和足球，顿时就觉得这个国家充满着生机与活力。

而在感受到这一股欢快与明朗的气息之前，我一直生活在与此相对隔绝的华人生活区里，因为我一个 10 年未见的老同学生活在这个区。

马德里的华人区

当我刚落地的时候，我就发现弄丢了全身唯一的大家当，一个 75L 的大背包，心情一刹那有一点失落，不过我随即检查了一下自己随身的物品，还有一个护照，一张银行卡，一个手机和身上穿着的衣服，想想够了，也就随遇而安了。这也是一路旅行给我带来的一种淡然，都看过世界了，这么点小事没什么大不了的。咱们国人旅行，哪怕丢掉或者被抢劫了全部，只要还能找华人借一部手机，就又能东山再起，更何况我现在护照与手机都还在，也就处之泰然地走了。

可惜的是我那 65+10L 的户外登山包，那个包可跟了我 7 年，从我第一次辞职徒步搭车去西藏开始，就一路跟随我旅行，也陪我走过了国内 20 个省，跟现在加起来的五十几个国家与五大洲。稍稍有些失落而已，我只是驻足了几分钟，就淡然地离开了。

来到老同学生活的华人区，这边的街道和店铺里全都是中国人，更多的则是我们温州人，占了其中 80% 以上。生活在这片区域，仿佛有种回到家乡的自在和幸福。

我听着熟悉的温州方言，内心是无尽的快乐！我甚至还吃到了我小时候在老家早餐摊才能吃到的正宗温州糯米饭。那是我难忘的童年记忆，甚至如今在家乡都很难找到了，不料却在这异国他乡的华人区重逢。

我猜想这些温州老乡应该在数十年前就已来到这异国他乡。众所周知，温州人在改革开放后，就喜欢下海经商，尤其在国外更是比比皆是。他们算是老一辈的经商能手，商业嗅觉很灵敏，所以海外华侨中温州人占了很大比例。这一点我在意大利、法国、巴西乃至后来的新西兰等国家都有同样的感触。不过从来没有像在西班牙这样，如此深入他们的生活空间。

老一辈的华人在海外经商，也造就了现在我所倍感亲切的华人生活区。和国内一样的街道，一样的店铺，一样的餐厅，以及一样的生活作息。仿佛在这里开辟了一方家园一样。我沉浸在这"重回故乡"的幸福感里，久久不愿离去。

在西班牙的华人区里，他们仍旧这样生活着。餐厅永远很晚还开着，清晨很早就开门，他们依旧忙碌，也依旧勤劳。在老外总是到点就打烊、周末就关门去度假的生活常态中，华人是他们眼中"另类"的存在，并且总是抱怨，钱都被你们华人赚走了。

而我却站在原地，感叹着他们依然不会因为环境改变固有的只剩下赚钱的生活。

不过我也看到在这边不一样环境下长大的年轻一代仿佛已经看清了世界的真相、学会了生活。他们的脸上有着做自己的快乐笑容。

斗牛与足球

西班牙有两项全民运动：斗牛与足球。或许这也同当地人开朗热情的性格有关。

我到达的时候，世界上最有名的球场——伯纳乌球场正举行欧冠。这是欧洲乃至全世界最著名的足球赛事，从 1954 年举办至今。西班牙的马德里有一支最著名的球队皇家马德里。这里也是皇马的主场，他们迎来了欧冠第二场比赛：皇马对阵布鲁日。

我第一次在现场看世界级的球赛。观众席上坐满了人，呐喊声起伏。西班牙球迷们的投入与现场的比赛完美融为一体。以前只是在电视上看球赛，来到现场才发现这里的氛围是如此的令人兴奋。

场上球队的角逐和观众的情绪互相呼应，让整个球场充满了真正的比赛气息。现场看球最有意思的地方，就是观众同比赛进程的完美互动。以前看电视没有概念，其实现场观众们的反应间接地影响着比赛的进程和结果，他们会要点数，会嘘声，会全场呐喊说你拖延时间，假摔，在这里你仿佛根本不需要听讲解员的解说，观众的反应就是全场最好的直播。这些观众可以说是可爱至极！

布鲁日上半场 2:0 皇马，皇马下半场追平，那种带着期待，看反追的现场，充满着惊心动魄、跌宕起伏的刺激感。我还没看过瘾，比赛就骤然结束，那是一种意犹未尽的快乐！

西班牙的斗牛，已经持续千年。不难猜出，一般延续千年的传统活动，往往都是同古老的祭祀活动有关。奥运会如此，斗牛也是如此，只不过奥运会发展成了世界竞技运动，而斗牛则发展成了西班牙的国竞。这种野性的搏斗，如今已经很少能够看到了，现场也确实血腥，充满着原始的气息。每头上场的非洲野牛都具有极强的攻击性，即使是最有经验的斗牛士，都有可能会被挑翻致死，但往往一般都是野牛当场死亡。那是斗牛士与野牛的殊死搏斗，我去看的时候，六场决斗，在经过惊心动魄的斗争后，野牛都当场毙命。而斗牛士则成为这个国家乃至世界西语国家里的英雄。这些斗牛士受人尊重，爱戴，地位要比社会名流和明星要高很多。因为他们勇敢、坚毅，而这些品质往往在当地人看来要比有钱有名重要得多。在这个世界上，其实成功的标准有很多种，却很少见到有人是因为财富而留名青史的。

发现真实的世界（葡萄牙）

伊比利亚半岛上的另一个国家葡萄牙，是真正开始世界航海的起点。由于 15 世纪葡萄牙领导人，也是一位航海家亨利王子的热衷与远见，葡萄牙开始了探索这个完整世界的第一步。而当时中国正处于明朝时期，此前派遣过当时世界上最为强大的船队，由郑和带领七次下西洋，并到达了印度和非洲红海岸。然而我们的远航只是为了彰显国威，并为皇帝带来一些私人的稀奇古怪的贡品，此后不久就实行了海禁，留下了权力真空地带，让葡萄牙、西班牙以及后来的英国、荷兰等西欧各国，成为世界的霸主。

眼前的大西洋一片蔚蓝，在 15 世纪，葡萄牙人就是在这座贝伦塔前的港口，派出了第一艘探索世界的船只。

当时世界的人们，只知道亚非欧大陆，并且以为这是世界的全部。当时的贸易也只局限在欧洲与亚洲。他们对中国的认知也仅局限在马可·波罗的描述之中，更不用说对非洲大陆的探索。当时的人们认为非洲是没有尽头的，所以局限于陆上的贸易与地中海的海上贸易。

地处伊比利亚半岛的葡萄牙更是如此，三面被西班牙包围，也促使葡萄牙人为了探索而发展世界上最先进的航海技术。不过即便如此，他们也从未到达过非洲更远的地方。当贸易路径被封锁，又知道了现今摩洛哥所处的地区，穿过撒哈拉沙漠，可以从非洲那一头的土著部落得到大量的黄金与象牙的时候，葡萄牙的亨利王子已开始了他对海上的第一步探索。他们开始派遣船队，沿着非洲西海岸前进，终于在沿海地区建立了一个个贸易据点。

在一次风暴中，他们 13 天没有看见陆地，当风暴停息的时候，他们偶然发现自己已经漂过非洲的尽头到达了另一端……这一次，人们才知道，非洲大陆是可以绕过去的，并且给当时南非的尽头遇到风暴的地方，取名为好望角。15 世纪末，达·伽马带领船队，绕过了好望角，穿过印度洋，到达了东印度群岛，开启了海上远洋贸易。当时因为地中海被伊斯兰世界封锁，中断了东西方的贸易，他们急切地需要找到通往印度的新路。最开始发现新航路的葡萄牙人，至此也控制了东印度群岛的贸易据点，成为海上强国。16 世纪初，他们到达中国。当然，当时的中国，只给了一小块地澳门作为通商口岸。因为我们并不在意海上贸易，也致使原本属于我们的东南亚板块的通商渠道，全部被葡萄牙人占据。

这时候有一个叫哥伦布的航海家，极力地劝谏葡萄牙人远航开辟新航线。他觉得可以通过大西洋，以很短的距离与较少财力，就能到达另一边的印度。当时葡萄牙先进的航海技术与知识，早已推算出哥伦布的估算是错的。那边的距离与方向，远没有绕过非洲到达印度来得便捷。

哥伦布朝着世界上从没有人踏足的方向，向西航行了2个月，横渡至大西洋边上的中美洲。哥伦布以为这里就是印度，并把这些岛屿和大陆上皮肤黝黑的原住民称为印第安人。哥伦布临死的时候，还以为他发现的是印度，却不知，他发现的是世界上另一块新陆地。

西班牙人经过许久的探索之后，失望地发现此地并不是印度。但令他们欣喜若狂的是，这块大陆上有大量的黄金和白银，并且有着几个古老富有但不强大的王朝。这些大陆上的印第安人大部分还过着原始的生活，用大量的金银与贵重物品换取伊比利亚人的制成品。后来西班牙人只用了几百人的军队与现代火器就征服了南美的印加帝国，从而为自己夺取了巨大的金银财富。随后葡萄牙人也来到这里，根据欧洲教皇的指示，以教皇子午线以西发现的海洋陆地归西班牙所有，划分线以东发现的归葡萄牙所有。这也致使美洲在之后很长的时间里都处于西班牙和葡萄牙的殖民统治下。

16世纪初期，麦哲伦，他是葡萄牙人，但隶属于西班牙舰队。那个时候起，两国开始雇用大量的海上探险家为他们探险，麦哲伦带领5艘船只穿越大西洋到达美洲，并且在探索美洲的过程中，驶入了现今阿根廷的火地岛。因为他一直在寻找穿过这块大陆的航道，当他不小心驶入美洲最南端的火地岛时，被围困了许久，最终还是穿过了那片狭小的海峡。当时他们所不知道的是，再往南一小段，就能翻越美洲大陆了。只不过那时的人们谁也不知道，更不知道穿越美洲大陆之后海洋通往哪里。在损失了几艘船之后，麦哲伦船队还是穿过了火地岛。自此，那片海峡被命名为麦哲伦海峡。

当麦哲伦穿过南美洲之后，一路继续西行，向那片未知的海域驶去。可不曾预料的是这一片海域宽广异常，行驶了很久很久还是没有到达尽头。在长时间的行驶里，船员们甚至都得了坏血病。不过幸运的是，这一片广阔的汪洋大海，晴空万里，风平浪静，他们并没有遭遇任何的风暴。这一点是不寻常的宛如神助。于是，他们给这一片海域取了一个名字叫"太平洋"。

在几个月的行驶之后，他们终于到了陆地。这已经是处于东南亚的菲律宾，自出发到着陆，已经历时 1 年多。由此，他们为当时世界的人们做出了一项伟大的贡献与发现：绕地球一圈是可以回到起点的。

葡萄牙和西班牙也因此在 15、16 世纪的时候成为海上强国。他们从美洲掠夺的大量金银财宝与所控制的海上贸易路线使他们超过欧洲各国。只不过繁荣总是短暂的。

具有讽刺意味的是，西班牙在当时拥有源源不断的南美洲的金银财富支持时，是有足够的财富与资源与英国互相抗衡争夺世界霸权的。只不过，西班牙的财富只掌握在当时 3% 的贵族手里，97% 的人口都是贫民。这个国度的体制是少部分人统治多部分人的贵族统治，贵族拥有这个国家大部分的土地，贵族阶级歧视商人阶级，他们宁愿用土地来收取财富，而商人在有钱之后，也想买土地，买爵位成为贵族。尽管这个国家有大量的财富流入，可商人选择去做贵族，做地产商而不做贸易商，金银流入导致了这个国家通货膨胀，物价上涨，90% 以上的人并没有消费能力。商人只弄土地，而不经商，而土地的贸易对这个国家的经济发展是致命的。

重回非洲（摩洛哥）

　　欧洲之行是一场文化之旅，兜兜转转已有半年之久，此时终于离开欧洲，转回到北非，去那三毛的爱情之地西撒哈拉。面见了爱情，再去大洋洲。相较于中东、非洲、南美洲而言，欧洲的自然风光是比不上的，但它有更深层次的文化历史与现代的生活观与价值观。所以我用了比其他洲更久的时间去驻留，从西欧走到了北欧，从北欧绕回到东欧，几乎走遍了欧洲所有国家，我称之为文化之旅。见识到了世界现代文明的由来，认识到了文艺复兴的重要性，了解到了法国大革命的革命性，明白了东欧剧变与我们的关系，看到了世界大战与新世界格局的发源地，明白了欧洲人的收入并不高，知道了他们房价也都一两万一平方米，明白了生活不只是如此……

　　从欧洲出来，我本打算去最后一大洲——大洋洲，可那与葡萄牙只有一个海峡相隔的摩洛哥却留住了我的脚步。三毛笔下的西撒哈拉就在眼前，这也促使我再一次踏上非洲大陆。

　　摩洛哥一直属于非洲最临近欧洲的一个国度，只不过这里生活的是三毛《撒哈拉的故事》里所描述的头戴围巾的穆斯林。

　　和迦太基的突尼斯一样，北非的地中海沿海一带曾经在 7 世纪的时候被阿拉伯帝国占领统治。直到 15 世纪，葡萄牙由于宗教原因，占领了摩洛哥边境的临海据点，这才开启了葡萄牙的航海时代。

我去摩洛哥的目的，并不是去许多人向往的蓝白小镇。这一类的小镇和景点，在希腊和突尼斯其实比比皆是。我主要是绕道去西撒哈拉。它身处在摩洛哥之下，一直往南的撒哈拉沙漠腹地里。葡萄牙人知道从撒哈拉穿过就能到达非洲内陆换取黄金和象牙，才进而开辟航线开拓非洲内陆。可想而知，那一片土地，在之前是多么的与世隔绝。

摩洛哥的索维拉是一个港口小镇，我在某一个夜晚想去采购海鲜，却误入了他们当地一片如魔鬼城般的海港码头。这一片码头，我一到就感到阴风阵阵。朦胧的月光下，一艘艘小木船，停满了整个幽暗的海滩，仿佛来到了哈利波特的魔法世界。只不过这片世界是魔鬼的世界。海港上的人们，在幽暗的灯光下，随意摆放着刚刚猎杀的一只只巨大的陌生的海洋生物，有一条巨大带鱼的头像传说中龙的眼睛一般泛着红光。大王乌贼般巨大的章鱼躺在地上，一条条大白鲨就这么摊在地上睁着大眼睛流淌着血。这种种景象让我忘记了自己来此干什么，只想快速逃离这昏暗的流淌着鲜血的码头。我跟小贩随便买了几条鱼就准备离开。在回过头离开的刹那，我看到了一座灯火通明的工厂。出于好奇心，我踏进了半拉着卷帘门的工厂。里面灯火通明，洁白的瓷砖上正流淌着一大片一大片的鲜血，成千上万只大白鲨躺在这里。

这是我一路见过的，最魔鬼般的世界。

三毛家的生活（撒哈拉）

从摩洛哥一路坐大巴到西撒哈拉的阿尤恩，需要近 20 小时的车程。那里曾是三毛与荷西生活的地方。

因为没有别的路径，并且距离遥远，我只能坐大巴前往。这一路上只有无尽的沙漠和戈壁，所以至今这里还是人迹罕至的城镇。因为国外并没有很多人认识三毛，所以他们也不会为了一个中国女人的书来到这里。加之这里偏远，不易抵达，在这个名叫阿尤恩的小镇上，很少会见到外国人的面孔，更多的是中国人。也因为少有人来到这里，也使得这个小镇依旧如三毛的书中所描述的那样遥远而又浪漫。

阿尤恩就是三毛所写的《撒哈拉的故事》里的地方，也是她曾经生活过的小镇。实际上真正的撒哈拉沙漠非常的广袤，从东非的埃及一直横跨非洲到西非，这一片沙漠阻隔在北非与南非之间。这也导致近代以来远航贸易之前，很少有人能从北非陆路横跨到非洲内陆，因为被一大片撒哈拉沙漠阻隔着呢！三毛书中所描述和生活的地方就是指西撒哈拉。这个国家地处西非的撒哈拉沙漠的深处，所以叫西撒哈拉。

三毛曾经是许多国内文艺青年心目中的偶像，也是很多旅者刚开始踏上旅程时的启蒙者。她的浪漫，她的洒脱，她的英雄主义情怀，与她对爱情的至死不渝的追求，一直是 20 世纪七八十年代的青年们所向往的。虽然三毛出生在那时候相对思想开放的台湾，但这种英雄主义的浪漫情怀，哪怕放到今时当下的 21 世纪，也很少有人能像她这般洒脱。

在那个时代，三毛如投进平静死水的一块巨石，溅起了人们对浪漫生活渴望向往的水花，而那水花的波纹一直荡漾，荡漾到了我们当下的生活中，久久不能平息。

我住在三毛旧居隔壁的一条街上，阿尤恩的老区还是一如三毛40多年前书中的那个模样，变化不大。撒哈拉当地人一如既往地生活，只不过多盖了几座房子，人们也见识到一些外面的世界，不会把粉丝叫作雨。

三毛旧居的房子至今还在那里，只不过里面换了新住户，也加盖了一层。我每天出门都会路过三毛旧居的门口到城镇上去，一如当年三毛每天出门的路径。每次路过，她家的邻居们看到我这张东亚的面孔都会对着我喊："Echo! Echo?"

Echo 是三毛在这里的名字，他们也知道来这里的东亚人，大都是中国人，多多少少也都是为她而来。他们早已见怪不怪。对于远道而来的外国人，他们总是热情地打招呼。当然，这些人并不是三毛当年的邻居，那都是40多年前的人物了。她们更多的是三毛当时邻居的后代，或者友人。更巧的是，其中一个打招呼的当地人告诉我，她是当年每天来三毛家敲门借东西的邻家女孩的朋友。三毛书中经常出现一个小姑娘，具体名字我忘了。那个和我打招呼的女人告诉我，当年的小女孩嫁人了。我想想，有点恍如隔世，这么算来，那书里经常出现的三毛家的邻居小姑娘，如今也有五十多岁了。

我曾经也读三毛的书，也颇为欣赏这位那个时代的女性侠客，在40年前那种封闭的思想观下，不在乎别人眼光的特立独行与极致的浪漫情怀。三毛是勇敢的，她文笔是细腻的，她描绘的生活是如此的富有诗意。虽然在当时那贫瘠的环境下，她却把日子过出了光芒。或许浪漫源自一个人的内心，三毛的内心是浪漫至极的，她不论身处在何种环境下，依旧会把生活过得如诗如歌。

我每天也会沿着三毛曾经的生活步伐，就像书中所描写的那样，每天从小镇走路去到城里的邮局。那是当年她每天都会去的地方。有时我会去到那座她与荷西结婚的教堂，偶尔也会去那座至今还在的西班牙饭店吃饭。我就这样每天慢悠悠地沿着她所生活过的轨迹生活着。

只是当年的邮局早已关闭，三层的老楼房也一直没拆，门口的邮箱还和当初一样。三毛同荷西结婚的教堂至今仍在。明黄色的教堂是这座城镇上唯一的一座教堂。这让我想起书中一个浪漫而又搞笑的片段。

"荷西！三毛叫你明天上午去结婚。"

"什么？我要结婚了？我怎么不知道？"

不知道荷西当时有没有问"我几点结婚？"

他们的生活总是幽默而又浪漫的。那座他们去抓一天鱼、卖掉换的钱去吃饭的西班牙餐厅至今还在那里。这也还是当地最豪华的西餐厅。我记得当时她同荷西一起去这家餐厅吃饭，一顿饭就吃光了卖鱼换的钱。这在当年是一家昂贵的餐厅，我也抿着嘴进去吃饭。餐厅是中世纪的建筑风格，餐厅与客房一并对外开放。餐厅里没有别的人，只有我这一桌。这里还是一如三毛书中描述的当年的陈设，绅士打扮的老服务员姗姗来迟，但也还是彬彬有礼地为我上了一顿正式的西餐。事实上按照现今的消费水平来看，这儿的消费并不算贵，也不过欧洲国家一顿正餐的价格，甚至还要便宜些。在这个奢华复古的酒店里住一晚好像也就500多块钱的样子，只不过我更愿意回到我那每晚一两百块钱的小镇。

有时，我也会沿着村子道路进入撒哈拉沙漠。这座小镇本身就身处撒哈拉沙漠里。每条道路的两边，都是可以通往沙漠的。如果说从小镇去往城镇上，是由东向西，那么顺着南北向的街道走几步就进入了撒哈拉沙漠。走在这个小镇的路上，放眼望去，远处是一大片一大片金黄的沙漠。

我经常走到沙漠深处，然后坐在高高的沙丘上，回头去看那座沙漠中的小镇，小镇四周都被沙漠包裹着。白色的低矮房子点缀在金黄色的沙漠之中，从远处看，小镇显得更小，宛若掉落沙漠的钻石。我常常在傍晚时分，坐在高高的沙丘上，看着红色的夕阳缓缓降落，遥想四十多年前这里的爱情故事，与现在的爱情故事。

"你想要嫁一个什么样的人？"

"看得顺眼的千万富翁也嫁，看不顺眼的亿万富翁也嫁。"

"说来说去，你就想嫁一个有钱人！"

"也有例外。"

"那……那要是嫁给我呢？"

"要是你的话，管吃饱饭就行。"

"那你吃得多吗？"

"不多，不多，我还可以少吃一点点。"

大洋洲篇

在从欧洲行走半年之后出来，飞了40多个小时，来到了旅途的终点——新西兰。这是我踏上的最后一个大洲——大洋洲。

在这里我迎来了环游世界 500 天的倒计时。历时 500 多天，走了近 50 个国家，终于到达最后一站，在这之后，我将会踏上归途。这两年的环球旅行生活，像是为了完成梦想，其实更像出去学习。学习人生路上的一堂大课，看遍世间千姿百态的生活，找到属于自己的人生方向。这世间太多人，看不懂生活，一辈子迷茫而过，随波逐流也好，家财万贯也罢，我希望能找到那个最真实的自己。

在 18 世纪末，英国人到来之前，大洋洲还处于采集社会。大陆板块的文明总是这样，越是与世隔绝的地方越会落后，与外界交汇的地方，文明总是最先发展起来。在 15 世纪以前，人们以为世界上只有欧洲、非洲和亚洲，而在 15 世纪以后，航海家们发现了更多的大陆。那时的南美洲发展相对要落后许多。西伯利亚人穿过白令海峡到达南美洲独立发展起农业社会。冰河时代的冰川消融之后，南美洲就处于一个与世隔绝的地方。这也致使后来西班牙人只用了几百几千人的军队就征服了整个南美洲。而最晚发现的大洋洲，更是如此。什么叫采集社会？那是比南美洲农业社会更为落后的，还未发展为耕种的社会形态。17、18 世纪的时候，大洋洲上的毛利人还处于一个采集文明的原始社会。很快，澳大利亚、新西兰等大洋洲为数不多的几个国家，就变成了一个完全移民的国度。

大洋洲只有不多的几个国家，所以我把这块大陆作为五大洲中最后去涉足的大洲。我原本想先去澳大利亚，这也是我早些年想去打工旅行的地方，只不过后来被环游世界这个更大的目标所取代。可这会儿环游世界结束，要踏足澳洲这块土地的时候，签证却被拒了，可能是源于我走了这几十个国家一直没回去，觉得我有移民倾向吧。最后我只能决定去往新西兰，把新西兰作为旅行最后目的地。

理想的实现（新西兰）

落地新西兰的第一天，在我满心欢喜拥抱最后一块大洲的兴奋之下，突然给我来了一盆冷水。我被机场安检人员拦了下来，他们要检查我随身物品的包包。这边的安检和入境总是非常严格。

当他们看到我的护照杂乱无章，签证繁多之后，就把我的所有行李翻了个底朝天，仔仔细细地检查了足足 1 小时。我本以为这下我应该能过境了，结果他们的工作人员，礼貌地向我笑笑，把我请到了"小黑屋"，也就是签证官盘问的地方。此时我的内心是焦急的，这可是我最后踏足的一个大洲啊，千万别出什么岔子。

在焦急地等待了半个多小时之后，白白胖胖的签证官终于来了。当然，明面上他还是非常和善、礼貌的，但是他还是拿着我的护照一页页地翻看。随之而来的一个个问题让我感受到了一种风险——一种将被遣返，不能入境的风险。胖签证官虽然礼貌，但提出的一个个问题都是非常直接和犀利的。

大致的问题，可以归为：我为什么去这么多国家？去这些国家都干什么？为什么要来新西兰之类的。我听出他的意思来，这位签证官是怀疑我这个没有正职、无所事事的中国人或许想"黑"在新西兰。毕竟新西兰一小时的时薪是国内的好几倍。

面对着我这两本盖满近 60 个国家签证的护照，和近 50 个国家连续两年来到处走的事实……我也略显焦急。焦急的并不是被遣返或者各种情况，而是我这最后一大洲的踏足与理想的实现或许会就此落空。在"小黑屋"待了近 3 小时之后，我不得不和签证官聊起了梦想："你知道吗？环游世界是我的梦想，关于这400多天的旅行与五大洲的计划，贵国是我实现梦想的终点站。你会忍心去阻止一个满怀梦想的年轻人去实现他的青春理想吗？"

签证官看着我一脸真诚和激动的样子，笑容突然就舒展开来："年轻人，我喜欢你这个关于梦想的故事。你被放行了！"终于，在最后的真诚沟通中，一向严肃的签证官露出了他孩童般的笑容。可不是嘛，谁又会去阻挡你实现梦想的那一道光呢？

当我进入新西兰奥克兰城区的那一刻，我发现这是我见过所有国家里，中国人聚集最多的地方。这里到处是中国餐厅、中国商店，我仿佛又一下子回到了中国。怪不得，人们都说这是一个移民国家。

皇后镇

在新西兰皇后镇的一家青旅里，我遇上了三位同住骑行的中国老人，寒老、科老和玄老，他们三位平均年龄是70岁。都骑行过几十个国家，途经国内各大山川险地，其中最多的骑行过45个国家。

这次他们从澳大利亚骑行到新西兰，我遇见他们的这一天，他们刚刚骑行了100公里回来！见到他们，我高兴坏了，亲切地喊他们叔，因为他们看起来的状态就很年轻，比很多年轻人还要年轻。他们都不会说英语，见到我的时候可高兴了，终于遇到个能讲话的新同伴了。还是同道中人，久路逢知己，说是知己我是攀高了，比起他们，我最多算是个晚辈、学生。

大家一拍即合，第二天我开车载他们出去玩儿，去骑车一下子骑不到的地方。叔们刚开始还怕扰乱我的行程。我说，没有什么能比载着你们去玩更有意义的事情！

他们很开心，一路上，三位叔像老顽童一样说笑着。每一次的高谈，都让我受益匪浅。那是属于他们那个年代与这个岁数的宝藏。他们每个人都很热情地和我聊天，从晚上聊到早上，从白天聊到黑夜，从生活观到家人，从价值观到历史，从旅行感悟到当今社会，我受益匪浅。

寒月叔

"我是个退伍武警，退休十几年了！两个孙女都让我带到上小学，然后我就开始出来骑行，挺后悔不早点出来的。"

"我现在每天都写'美篇'记录现在的生活，等更老了的时候，每天就翻翻旅行的照片。"

"我那些战友聚会，我第一次开车去，第二次骑摩托车去，第三次骑自行车去，他们表示很不理解，这么大年纪了，折腾个什么劲儿？"

"你看他那辆房车，多好，不过我之后要改装一辆面包车，要这样这样改装……"

科达叔

"我 1948 年的，我骑行了 45 个国家，还是你们年轻人好，会点英语，我是一句话都不会说。"

"我从解放战争活到现在，中国真实的近代史应该是这样子的……"

"我接下来要去骑西非，还要骑印尼。对了，菲律宾的签证怎么搞的哦？"

"你这样做很对，年轻人就应该这样做，没有错，小伙子！"

玄海叔

"我那时候上山下乡，后来漂到香港，一待就是几十年。"

"香港青年现在也买不起房，他们不满。要是我是政府官员，我就这么做……"

"我跟你们不一样，我要慢慢骑，我喜欢看风景。"

"我教育我的孩子18岁之后就要独立。我不给他钱，他也别问我要钱。"

"我有一辆三轮车，坐前面骑的，我骑着它走遍了中国的山川大海，又从云南骑到东南亚去了。"

如果说在旅行里，风景是眼的洗涤，人文、历史是心的升华，那么遇见这样的宝藏老人，就是思想的财富！如果你对于旅行和做自己有所顾虑：

"我语言不通啊！"

"那要很多钱吧！"

"生活就是这样啊！"

"等以后再说吧！"

那么请看看这些七十多岁还在环游世界路上的老人们！

归途

在新西兰的这个夜晚是我环游世界的第500天，或许是对仪式感的渴望。我一个人开着车来到全世界星空最美的湖边。方圆十里应该只有我一个人，一辆车，还有满天的星斗，这是全世界最后一片星空保护地，方圆几千里不允许有光源，所以只有漫天的星辰。在这璀璨的夜晚，一眼就能看到绚丽夺目的银河。

原来古人没有骗我们，星星真的是每颗都会眨眼睛的。我去附近捡拾了一些木柴，生起了火，煮了一碗面吃。然后我对着星空，点上了一根烟，思考这 500 天的种种故事和收获。原来梦想的实现，这么简单，我还没来得及感动，就已归于平淡。就像一个欲望的满足，满足过后，你就会开始进入下一个欲望。

起码，你已经实现了一个理想，你勇敢过，也会一直勇敢。起码，在这个阶段你不会留有遗憾，你的人生将会继续，去实现下一个理想。起码，你不会停留在原地，一辈子都不敢实现那最初的理想。起码，你不会后悔，每个阶段都留下了那个阶段的理想。但起码，你没有随波逐流，一辈子都不敢正视自己真正内心所想。

我知道，我已经实现了我的理想，我曾为此勇敢过。在这之后，我也会一直勇敢下去。两年的时间一直在路上，为的只是不给青春留下遗憾。在这过程中我遇到许多人，许多事，那都是我成长的记号。因为他们，我的生命在一点点变得丰盈。旅途带给我的思考也会照亮我未来的路。

你总是说要去实现梦想，一辈子永远只有那一个梦想，却总是迟迟不愿动身。你不断地告诉自己，实现不了的那才是梦想。谁又能相信，当初带着 5 万块钱上路的我，能够环游世界 500 天呢？

有时候，从你决定做自己的那一刻开始，理想真的会发光！

从你迈出第一步开始，你的理想就已经实现了一半！

环游世界的感悟

很多人问我，环游完世界有什么感悟？

我只能说，我只是比一些人多走了一些地方，完成了自己的理想而已。不过也正因为多走了一些地方，从固有的环境中跳出来，也让我更加客观与真实地认知这个世界。

当我环游完世界回来的那一刻，我发现我开始变得平和与幸福。甚至有一种感觉，将来哪怕我做任何一份工作，哪怕贫困潦倒，我也将是知足的。因为看过了世界上大部分国家的人民，并不一定有我们富足，但每个人都有着自己的快乐。当见过他们千百种生活方式之后，才发现生活最终的幸福，只是勇于去过自己想要的生活。

　　我想，以后只要我做自己，我就是开心幸福的……

理想主义和理想主义者

理想主义

关于理想主义

"生活中不只有金钱，它还应有理想……"

很多人问我，"什么是理想主义？"

关于理想主义，归根结底，其实就是勇于去做自己。

理想主义者是拥有"自我意识"的人。

理想主义，并不是叫所有人跟着我一样去环游世界，去放弃工作，毕竟那只是我的理想。

理想主义，更多的是指在这平凡的世界之中，在这周遭声音的"劝说"之中，在他人认为"生活就是这样"的时候，在被周围的人当作"异类"的时候，他还能坚守自己，勇于直面自己内心的那一股"真实"，而去活出自我，并且璀璨的人。

这一份璀璨与真实，并不一定是他人眼中的成功，也不一定是父母眼中的安稳，它甚至在周遭他人的眼中看来是那么平平无奇与特立独行。但它却直面着自己完整的人生，与短暂而璀璨的青春，是无憾与幸福的……

《无问西东》里清华校长梅贻琦有一段关于真实的对话：

"人把自己置身于忙碌之中，有一种麻木的踏实，但丧失了真实。你的青春，也不过这些日子。"

"什么是真实？"

"你看到什么，听到什么，做什么，和谁在一起，有一种从心灵深处满溢出来的不懊悔，不羞耻的平和与喜悦……"

这多么像我们这个时代，我们总在两点一线的生活中，在周遭眼光的批判中，在上一代传统价值观的束缚中……把自己置身于这个忙碌的社会，到头来，却忘记了做那个真实的自己的人们。

理想主义者，就是那些慢慢开始觉醒，慢慢开始拥有"自我意识"，并且勇于做自己。

这是一种新时代的生活方式。

现代青年人的迷茫

现代的青年人，大抵都把自己置身于忙碌之中，从而忘了思考自己内心的真实。到头来，发现青春的结尾还是一无所有，又陷入了一种更深的迷茫，从而无从抉择，并伴随着一种懊悔与不痛快。

我们总是在刚踏入社会的伊始，或是在父母的安排下，或是在世俗的劝说之中，开始了随波逐流的"拼搏"，并不曾真正思考，这拼搏的背后与终点，是否是我们自己内心真正想要的生活。

这是我们这一代"80后""90后"的真实现状，我希望在不久将来的"00后"一代，并不需要像我们这样。

两代人价值观的冲突

纵观我们父母那一代平凡而又"短暂"的一生，固然是伟大的，可当我们静下心来真正扪心自问：我们也当如此一辈子吗？答案十有八九是不愿意的。

父母那一代是伟大的，尤其是"50后""60后"，甚至一些"70后"，他们的一生都好似在为他人而活。年少的时候，为温饱而活；成年的时候，为父母而活；为人父母之后，为子女而活；子女成家之际，为子女的房子、车子而活；老年退休之际，子女的孩子又已然降临，又开始为子女的孩子而活；终于等来了什么事情都不用自己操心的时候，又发现已年届古稀，迈不动步伐了。他们的一生是伟大的，可回过头来发现，他们好似这一辈子都未曾为自己而活过。

他们的那个年代，年少时家庭贫困，早早地为家庭下地干活。婚姻时媒妁之言父母之命，好似并未嫁给爱情。成家时，改革开放，下海经商，为了温饱与弥补年少物质的匮乏，追求着房子、车子、孩子的成功。子女成长时，全心全意为了家庭付出，为子女的将来而努力。

终于等到子女长大了，自己一辈子的理想也有所依靠，就劝子女不要努力，不要奋斗，学会安稳，用自己一辈子的心血为其备好了房子，备好了车子，要下一代安安稳稳地按照自己曾经的路径而活："你所经历的，我们都曾经历过，人生就是这样……"

父母这一代是伟大的，伟大在他们这一生，都在为他人而活。

父母这一代是平凡而又短暂的，短暂得好似他们这一生从来没有时间为自己而活，更多的时候仅仅活在了他人的眼光里。

他们这一代错了吗？我觉得没错。他们如此热烈，而又"短暂"地燃烧着自己的青春，照耀着下一代。那是那个时代的生活与光。如此的热烈，而又令人疼惜，他们那一代是伟大的。

可在他们行将退休乃至古稀之时，不知是否有过一声悄悄的叹息："自己这一生，好像从来没为自己而活过。"这一声叹息可能在某一个梦回青春的午夜，也可能在年届古稀、蓦然回首人生之时，也可能仅仅只存在于我们成长之际，回望他们时的心疼与不解里。

这一种不解，在我们回望他们"短暂"而又平凡的一生时；这一种不解，在看到他们一辈子为他人的眼光而活时；这一种不解，在他们要求我们也要像他们一样而活时；这一种不解，在他们把自己曾经的理想，寄托在我们身上时。这一种不解，与不理解，是我们这一代人错了吗？不，也没有错。这只不过是两个时代价值观的冲突。

父母那一代，有那个时代的生活所带来的烙印。他们经历过贫困温饱，经历过计划经济，经历过改革开放，那是他们那个时代背景下"50后""60后"，甚至"70后"的内心生活的诉求。

那我们这一代人呢，是否应该像他们一样而活？内心的答案好像又是否定的。而现实的生活答案，往往分成了两种。

大多数的是"80后""90初"的一批人，大学毕业之际，刚刚开始真正学会独立的思考，还没做好准备，就匆忙地踏进了这个社会。父母叫你选这个专业，选这条道路的安排，迷茫顺从地选择了青春的开始。从未真正思考自己内心真正所想。

他们有一部分人可能在开始踏入社会时也怀有理想与未来的

憧憬，满怀激情，可慢慢地也在父母劝说中沦为"他人"。"他人"往往带有着父母那一代的影子，也劝说着未来的人："生活不就是这样……"

"生活不就是这样"

社会仿佛一个大染缸一样，把他们的热血青春，与曾经的理想，慢慢染了颜色。一些人渐渐披上了同一种颜色的外衣，变成了同一种"他人"。同样颜色的"他人"，行走在漫无目的的道路上，拥挤在不知终点为何方的地铁中。"他人"们走过了青春同一条颜色的道路。猛然发现在尽头迎接他们的，是三十而立与父母催促下的相亲。等他们再回望时，才发现青春的道路，好似自己从未做过选择。无奈地，只有留下一声似曾相识的叹息："希望我们的孩子，不要再像我们一样。"他们只有把自己青春的理想，寄希望于下一代。

这是在父母一代的价值观与自我理想夹缝中挣扎的一代……

"做自己"

这一代里，有一小部分人，他们是"80末90初"，或许是继往开来的"95后""00后"会更多一点。这一群人特立独行，早早地穿上了彩色的外衣，或在中途猛然觉醒。与周遭同一种颜色的人格格不入，美其名曰"做自己"。"做自己"总是与这个时代格格不入的，他们总是被同一种颜色的"他人"劝慰与拉拢。"他人"告诉他："把彩色外衣脱了吧，大家都这样。"

大家都这样，就对吗？

"做自己"狠狠地死命拽住自己那件色彩鲜明的外衣，不愿放手。他想着，我本来就是这样啊，为何要我脱下？就这样"做自己"穿着那件与众不同的外衣，行走在同一种颜色的洪流里。他们偶尔也迷茫，偶尔也想脱下，甚至经常变成了这座城市里的孤岛。

但他们依旧这么倔强地行走着，他们放弃 1 万元月薪的工作，做起了 5000 块钱，但却是自己喜欢的工作。他们学会了生活，总会在周末与下班的时间去做着自己的兴趣与爱好的事情。他们与自己喜欢的人恋爱，不听父母的安排，立誓要嫁给爱情。他们在不开心时辞职，给自己一段时间去旅行，不再会为了工作的空窗期而焦虑。他们学会使用法律捍卫个人的权利，他们放弃了高年薪，投入自己青春时的理想里。

他们在世俗看来是那么的格格不入，如此的特立独行。"做自己"在这条任性的道路上也终于迎来了自己青春终点的三十而立，但也一如既往地，发现跟"他人"一样变成了世俗眼中的一无所有。但是，他们回望青春时，却庆幸地发现，他们好像过成了自己想要的样子。"做自己"一如既往地兴奋地规划着接下来为自己而活的家庭生活，乃至余生。他们是知足的、不后悔的，这是"做自己"的一代。

寄希望于未来的"95 后""00 后"们，像你们来时一样……

理想主义者

自我意识

什么是理想主义者？

理想主义者，则是那一群拥有"自我意识"，并且遵循自己真实的内心勇敢生活着的人。又或是那一些开始拥有"自我意识"，并且在这浮躁的社会周遭之中，转而面对自己真实的内心，而付出勇敢的人。亦是那一个个渐渐陷入迷茫、渐渐看不清世界，转而又开始直视自己真正所想，在社会的摇摆与自我迷茫之中，"自我意识"开始慢慢觉醒的人。

他可能在大部分人的眼里，是格格不入的，是特立独行的，是传统周遭他人眼中"奇怪"的人。可他的脸上总是洋溢着一种真诚的笑容与内心的平和，并且总是那么的洒脱。他可能在世俗的眼中，总是那么不安于世俗，蠢蠢欲动，怀揣着别人看来如此"天马行空"、浪漫而又执着的、为人所不理解的、自己的理想。

他也可能偏爱金钱，为了自己的物质生活享受而付出努力奋斗，为了自己内心的目标而砥砺前行，不为周遭所动，不为他人而变。但那一定是他自己内心的真实追求，并与世俗无关，真实而幸福的人。

理想主义者，他并不是英雄，他也是芸芸众生中的普罗大众，他只不过是自己生活中的英雄，过着自己平凡而又短暂的人生。

那些理想主义者

古往今来，古今中外，也不乏一些英雄式的理想主义者，他们的浪漫生活、英雄事迹、崇高理想，总会透过时间，透过空间，在这片广袤的土地之上，久久地照耀着这个时代，让人们的内心依旧泛起久久不能平息的涟漪。这些英雄式的理想主义者，往往都有着一个共同点，他们总会不畏强权，不为金钱，不畏世俗地坚守着自己的内心，为着自己的宏大理想而勇往直前。他们可能在那个时代也是格格不入的，也是特立独行的，甚至哪怕遭受迫害，而付出生命，他们依然会坚守着。他们内心那股坚持自己的力量，久久闪耀着光芒。

那些英雄式的理想主义者如切·格瓦拉，在20世纪50年代，为了世界的和平，为了人人的平等，为了人民的幸福，在为了独立的古巴革命奋斗之后，只为了内心所存的理想，放弃了权势，放弃了地位，放弃了本该享受的胜利的果实。为了与他毫不相关的人而奋斗，只因他们还处于疾苦与不平等中……最终献出了自己年轻的生命。

如三毛，为了自己浪漫的生活向往，为了爱情，远走他乡，生活在浪漫而又贫瘠的撒哈拉沙漠的远方。她的特立独行给当代的女性留下了深刻印象。

如鲁迅，为了民族的觉醒，日日夜夜，化笔为剑，在那个封建的时代，在那个奴性看客的时代，在那个人云亦云、民族沉睡的时代，在一片冷漠之中，在一片讨伐之中，甚至在后来的政治迫害之中，辗转各地，奋笔疾书，抽刃向强权者，唤醒着一个个腐朽麻木的灵魂。

如哥伦布，在一片不断的否定之中，坚持着自己的认知与理想，辗转探求，历经风浪，终于发现了新大陆。

真理往往不一定掌握在大多数人的手中。

但不可否认的是，那些遵循自己内心理想的人，他们总给自己的人生留下一片无怨无悔的净土。那些遵循自己内心的人，总是闪耀着光芒。

只有人群，没有个人

我们这个社会上，总是只有人群，而没有个人的。也多半是跟风者多、做自己的人少的缘故。而那些非英雄式的理想主义者，往往在社会上被分为两种。

一种是"孤岛"。

往往那些已然有自我意识的人，在明确了自己内心所想，并且按照自己意愿生活的人，往往在世人与周遭的不理解中，逐渐变成了"孤岛"。

那些"孤岛"的周边，朋友总说，你怎么这么天马行空？这么不切实际？生活理应就是这样的。他们谈论着房子、车子、房贷、工作、生计，转而又一起惆怅着与抱怨着……转而又似阿Q般自我安慰着……最后欢愉而散。而他总也觉得切不进去话题，越聚越少，宁愿待在自己那不为人理解的欣喜知足之中安然生活着，逐渐也就聚得少了，感觉乏味而没有共同话题。

那些"孤岛"的领导也讶异，你怎么这么不切实际，突然辞去你那一二万月薪，奋斗了二三年才得到的稳定的工作，却选择重新开始，去追求你那所谓的兴趣爱好，喜欢的工作只有五六千的收入。哪一份工作不是这样，朝九晚九，都是辛苦的，你都在这条路上走了二三年，干吗要重新开始？求稳不好吗？钱多不就行了？转而摇了摇头，而又叹息着签下那份离职申请，并像看一个即将困顿潦倒的人一样，眼神里充满了惋惜与不解。

惋惜的是失去了这么个任劳任怨、好不容易培养的下属。

而你自己，也终于鼓起勇气，在这日渐不开心，与青春流逝的一潭死水中，转而投向你那热烈而又欢喜的事情中去。

"孤岛"的父母也是，安排好的路你不走。周遭的人情都是他们多年积累下来的资源，你只要安安稳稳地听从安排，这条路径是看得清的稳定，你却又倔强地要远离家乡，去追求你自己的道路，也不见得比他们安排的要好。安稳的公务员不做，安排好的相亲不去，转而去投向你自己认为的青春轨迹与奋斗方向。他们总是时不时在这条道路上，给你一丝劝阻，而你还总是坚持地走着自己要走的路。

那些非英雄式的、"做自己"的道路总是难走的。在你没有获得世俗所认为的成功之前，你依然过着自己想要的生活。与你格格不入的周遭，充满了批判，充满了不解与嘲讽。跟风，攀比，嘲讽，舆论，妥协，成功价值观，他人的眼光，生活就是这样，如此的格格不入……

而另一种则是迷茫。

而那些开始逐渐拥有自我意识的人，却也在逐渐枯燥的生活中、无所得的奋斗中，转而面向了自己内心当初的真实所想与未来的期盼，从而站在了现实与未来的抉择之中，变成了这一种"迷茫"。

往往这一些"迷茫"的人，有的在传统世俗的生活中漂泊了五六年之后，越来越觉得原来传统唯一"成功"中的房子、车子、孩子，好像还是遥遥无期，并且也因此让自己的青春生涯变得索然无味，当回望青春过往时，发现自己毫无回忆……生活仿佛过成了一条线，自己曾经期盼的热烈青春与最初理想，好似越行越远。在这一种未来无可期、将来该如何的迷茫中，他们深深地陷入一种看清生活的思考之中……

有的"迷茫"则在一开始就在父母的建议下，踏上了他们认为稳定的公务员的道路。在这几年中，他们逐渐从一开始的未知，到逐渐看清一眼到头的人生，波澜不惊的生活中有了一丝不甘。这种不甘在还未做选择时，就被做了选择，还未开始时，就已看到结局，还未觉醒时，也逐渐觉醒自己真正内心所想，与未来的选择……他们热切的、被压抑的内心，甚至有了一种愈演愈烈的"重走青春"的想法……然后在索然无味的生活与内心的不甘中，激烈地挣扎着……

　　更多的"迷茫"，则是在"北上广没有眼泪"的宣传口号中，从一开始就被催促着，拥挤着，投入了一二线城市的漂泊……从一开始择业的迷茫，到随着自己学校专业的妥协，而随大流地投入自己不知道是喜欢还是不喜欢的工作之中。

　　他们总是从一开始的迷茫，到逐渐看清了生活的真相，而在现实与理想中，陷入深深的思考，起码他们是幸运的，他们开始学会思考。

　　但这个社会总是这样，随波逐流的多，独立思考的少；规劝他人的多，坚持自我的少；迷茫开始的多，追寻理想的少。但值得庆幸的是，少数的人越来越多了。

理想主义——乌托邦

　　在昨天的晚上，我做了一个梦。

　　梦到我回到城市中，跟曾经的老大哥描述着我的下一个理想：理想主义——乌托邦。他们好似听懂了。他们当然会懂，因为他们也深刻理解着城市青年的孤独，我们也曾经一起为那些孤独的青年在城市中塑造着一个个"挡风遮雨、有爱陪伴"

的家。

那是我们曾经在城市中浪漫英雄主义理想，从理想中来，到理想中去。

而这一次，是我环游世界回来之后，深深触动的，并且坚定的，下一个城市中的个人英雄主义理想。

那是这个孤独冷漠城市沙漠中的，一片绿洲。

曾经在我青春里漂泊过7个城市以后，我见到了青年人的孤独。

当我这一次走过了五大洲，走遍了世界之后，我看见了青年人的迷茫、孤独与"自我意识"的缺失。

城市的冷漠塑造了孤独，而孤独的人的内心渴望社交。

在传统的成功价值观下，塑造了90%的失败者，而"失败者"的迷茫，慢慢引发了"自我意识"的觉醒，他们渴望着做自己与被认可，并寻找到一群志同道合的人。

"社交"与"做自己"，将是下一个时代青年极度渴望的。

关于这个乌托邦的梦，它没有"禾下乘凉梦"那般的伟大，它只不过是想在这一片孤独冷漠的沙漠城市中，打造一方温暖的绿洲。

在很早的时候，它就深深埋藏于我的内心。

这个梦，开始于我跳出城市时，看见的青年人的孤独。而更坚定于我环游世界途中，所看见的他们的迷茫。

所以我把这一份理想，坚定地列在了环游世界回来后，未来的十年理想规划里。

在那一份未来十年规划里，有关于爱情的婚姻模样，有关于航海的英雄梦想，也有关于生活的每年2个月的国外旅居。而关于理想主义——乌托邦，却赫然列在了所有理想的最前面。因为它总是让我魂牵梦绕。

我不愿看见，千千万万个曾经的"自己"，依然漂泊在城市的孤独里。

理想主义——乌托邦：

这是一个1000平方米的社交生活空间，它像冷漠城市中的一片绿洲，存在于一个个一线城市的一隅，温暖着一个个孤独迷茫青年的心灵。

越是一线的城市，漂泊着的青年越是孤独，他们只有两点一线的工作，缺少工作之余的生活，冷漠的城市里，缺少放下防备的生活交集，人与人之间的隔阂，让他们没有真正的朋友，因此越发的孤独。

他们渴望着人与人之间真正卸下心灵防备的社交。

而城市中的高昂房价，让这些在一线城市中漂泊的孤独灵魂，在奋斗了一整个青春之后，也依然安不下家。他们陷入了更深的迷茫，希望在这座孤独城市中，有一群志同道合的人可以抱团取暖，相互慰藉。这些人是奋斗之后迷茫的人，是青春伊始就开始自我的人，是世俗眼中那些另类的人。他们渴望在一处地方，可以找到志同道合的那一群人。

在下班之后，周末之中，他们可以来到这里，跳出城市中的冷漠，卸下外面的防备。在这里，每个人都相熟，每个人都面带笑脸。这里有他们的新朋友，也有志同道合的老朋友。人与人之间都敞开着心扉，诉说着生活、理想与故事。与老朋友投入到他们喜欢的玩乐中去，与新朋友打着招呼，互相介绍着自己。

哪怕是还夹杂着彷徨的新人，也会很快被这一方真诚与温暖所融化，投入这一方敞开心扉的城市绿洲中。

在这方城市一隅的乌托邦中，每一个人都有自己的标签，星座、爱好、职业、家乡、故事⋯⋯往往同频的人，很快能与自己同频的人相熟。

在这里，每一个生活的人，都要遵循这里特有的社交生活准则：对每一个人微笑，与不认识的人打招呼，对新来的人热情，新朋友之间的自我介绍，等等。

敞开心扉，需要有一定的社交机制，让人与人卸下最开始的冷漠防备。

在这里，只生活着35岁以下"80末""90后""00后"的青年。因为这是属于同一代青年的部落，因为只有同年龄段的人才能更容易寻找到志同道合的朋友。下一个年龄段的人，应该有下一个年龄段的人生。

每一个来到这里的人，都需要"面试"，了解了每一个人的生活与经历、理想与思想，方能让更多志同道合的人，相聚在同一片乌托邦下。

我希望这里是安静和谐的，希望这里是敞开心扉与善良的。希望每一个人在下班与周末，能来到一片温暖的地方。

这是一个关于社交的场所，搭建了一方人与人敞开心扉的乌托邦。

人与人的真诚社交，向来不是一场活动，不是一个空间布置，其关键核心，是一套完整的社交机制。

人与人从冷漠的城市中来，让其真正地放下孤独心理的防备，融入这一片温暖的环境中去。

在这一方1000平方米的乌托邦里，分为了静区与动区。

下班疲惫的人，可以安静地窝在静区。

这里有小书吧，有树洞电影院，有懒人发呆区，有安静谈心的空间等一系列的安静舒适空间。

在初始的泛社交阶段过后，与志同道合的三五好友，安静地窝在这个舒适的地方。

而在另一边的动区，那些下了班，想要交朋友，想要热闹生活的人都会待在这里，认识新的朋友，或与志同道合的老朋友交谈、游戏。

这里有桌游区、公共区、桌球区、吧区、活动区、聊天的卡座、唱歌的K房、游戏区与各种青年人喜欢的娱乐生活空间。

他们会在这里交新朋友，与老朋友游戏、聊天，或者在周末的时候集体户外郊游，欢度周末的时光。

在这里，是城市中不一样的绿洲。

在这里，每一个人都是相熟。

在这里，人与人之间没有隔阂。

在这里，人与人之间都笑着。

在这里，与新朋友参加活动。

在这里，与老朋友诉说生活。

在这里，青春不再孤独。

在这里，生活不再迷茫。

我只希望，来到这里的人，忘却了城市的孤独。

我只希望，那些迷茫的人，找到了志同道合的温暖。

后 记

20 位理想主义者的理想故事

1. 云阳

"若是遇见从前的我，请带他回来。"

听着《从前的我》，回忆着从前的我，不禁为自己的"理想"黯然神伤。

曾经，意气风发的少年，原本可以在大学里成为一个学霸、学生会主席、校园里的风云人物，却一意孤行，苦苦寻找着刚入大学时那个"内心灵魂的声音"，那个可以为之奋斗一生的事业。

校园里忙碌着的身影，每一个莘莘学子身上，我看到了灵魂的无处安放，我看到了心灵的躁动不安，我看到了对人生未来走向的徘徊与迷茫。

这种现象，在赤裸裸的社会现实面前，愈加的不安与严重。

有人说，每一个人都是一座孤岛，彼此之间，失去了深刻的情感联结。

是的，我们内心深处多么希望对于身边人、周遭世界有着"深刻的情感联结"。

大学时创办新青年学友会，工作后创办读书会、成长小组、新奇实验室，一次又一次的尝试，让我看到了希望的同时，也感到了内心的苦闷。

如何才能创造一个真正属于"青年人的心灵栖居地"，让每个人都能在这里找到心灵的归宿，活出属于自己的生命精彩？这条路，我一直在探索。

在这落寞的人世间，喧闹与浮华无时无刻不影响着我们的走向，每次当我想要放弃、屈服于现实的时候，我总是会不禁想起鲁迅先生说过的那句话：无穷的远方，无数的人们，都与我有关！

2. 陈叔

我是陈叔，我的第一个理想，应该是在 23 岁要去远方，用另一个很酷的词就是仗剑走天涯。还没有出发我就知道远方其实一无所有，可我依然向往着远方，依然有很多期待。比如，期待远方能带给我不一样的经历或色彩。那一年，我还在千岛湖某个建桥工地上，测量着桩中心，可当我有了理想的那一天我就知道自己一定会辞职。

三年后的今天，我过得比我想象中要好很多。

我在自己的客栈后面编辑这篇《理想》。回想自己背包走过的 11 个国家，回想当初客栈初始经历的那些事情，回想新疆的疫情期间经历的那些事情，虽然经历了那么多，但我好像一点都没有变化，还是那个理想，还是那个少年，可我的人生轨迹的确变了很多。就拿最简单的说，原本去完那个一无所有的远方后我就要去北上广当称职的"社畜"，可没有想到，我会来到新疆伊犁开起了一个叫"陈朴"的青年旅舍，也许这也是 23 岁的那个理想所带给我的馈赠。

我是实现了自己的理想，还是越行越远，其实答案很明显，我的确实现了当初的那个小理想，更是一步又一步地有了新的理想，不再只是去往远方。关于未来，道路明显是艰难又曲折的，可也依然热情期待。

3. 林伟民

多年前的一个午后，当我打开一本尘封的诗集，我的灵魂瞬间被诗句中那些美妙的意象所吸引。我沿着这条孤单的小路摸行了 15 载，在前行的夜晚有笔锋如剑挥洒自如的喜悦，也有朝不保夕饥饿无眠的焦虑。

我写过很多美妙的句子，也爱过许多可爱的女人，我也曾经满怀希望成为一个伟大的诗人，我写了几千首诗歌，我与博尔赫斯、布罗斯基、米沃什是知心好友，我喜欢周梦蝶的孤冷孑然，也喜欢聂鲁达的热情如火。我是一条忧伤的小路 / 走过无数个绝望的人 / 我不是诗人 / 只是一个守望者。

弃笔从商已经六年，今夜怀着忐忑的心情，敲打着锈迹斑斑的键盘，那些美好的写诗的夜晚历历在目，马克西姆的音乐让我深切地置身其中。

多年之后我打开这本落满灰尘的诗集，诗里的每一个字，每个词语，每个意象，每个句子都是我生命流逝的样子。

4. 阳哥

上次搬家无意间翻到一张从拉萨邮寄给自己的一张明信片，上面赫然几个大字仿佛是在嘲讽如今的我。"那时我们有梦，关于文学，关于爱情，关于穿越世界的旅行。如今我们深夜饮酒，杯子碰到一起，都是梦破碎的声音。"更可笑的是，曾经熟稔于心的这段话，再不去搜索，也已经断断续续无法脱口而出，就像这磕磕绊绊的生活一般。

2014年的夏天，正值我大学的最后一个暑假，背上行囊从金华坐上绿皮火车到昆明，买完车票后浑身上下仅剩1500块钱。沿着G214国道一路徒步搭车到大理丽江香格里拉，后转入G318进藏。一路跟着驴友睡帐篷住青旅，徒步的时候每天吃压缩饼干，泡面于我都很奢侈。到拉萨后去尼泊尔待了半个月，一路靠卖特产卖菩提挣钱，玩了整整两个月，返回学校时除了路费还剩了一千多。

我曾设想过未来的生活，毕业后找一份特别挣钱的工作，一边上班一边考雅思，选一个欧洲国家留学，毕业后送自己一个gap year，穷游世界。后来因各种缘由出国留学的事情被搁浅了，心中的间隔年也没能成行，唯一实现的一点，倒是的确有一份收入颇丰的工作。

在昏睡酒醒后提起笔，儿时不懂为何父亲每天都要喝酒，这苦涩的液体究竟有什么样的魔力？今天陪客户在酒桌上说起这段往事，心中的意难平如今竟成了下酒菜。

5. JOE

理想这个词盛大而又朴实。

因为它虽遥远瑰丽，也时刻与我并肩而立。

在所有追随理想的人里，我更像个农夫。

做舞者15年，阴晴盈亏都是常态。

由此懂得，做计划，看脚下。

记得第一次谈及理想的时候大概是幼儿园，我记得别人的理想都是军人、医生、老师，那时候的我好像就知道不要跟别人一样，要有独特性，所以我选择了当探险家……浮现的那个画面是我拿着一个放大镜在好像月球的地方照来照去的样子，这大概是我第一次关于理想的话题的回忆。

时至今日，我已创业六年。

世事多变，两者殊途同归。

有句话是这样说的，假如这个世界没有你要的环境，那就创造一个出来。

我想这是探险的内核含义。

如今，理想依然很远，但不再模糊。

足履实地，踏实前行。

这是梦想教会我的，也是过往人生中最值得骄傲的淬炼。

前路漫漫，我愿披荆斩棘。

理想用以追求，也用以修炼。

做好准备的时候还是能面对风浪，坦然面对，目光坚定，微笑……才是我真正追求的人生境界，我真正想为自己去实现的一个理想。

6. 文嘉

我是文嘉，我曾经的理想是当一名导演或者编剧，在我 30 岁的时候，这个从小学三年级就坚定的理想，我实现了！

十年的时间，我远离家乡成为一名北漂传媒从业者，这个过程里，我曾经摆过摊，卖过酒，干过互联网，做过直播，却始终把娱乐营销放在每一个行业里，历经沧桑，把更多的故事、内容和挖掘的角度融进了创作里，在 2017 年拍了第一部电影，2018 年开始做撰稿人、策划人、导演。

现在的我，选择了重新创业，开了一家存储"大学四年兴趣时光"的传媒公司。除了自己是"80后"，公司6个小伙伴都是"95后"，我们在做着一件关于"年轻"的事，或者说帮更多的人"造梦"，实现更多年轻人的"阶段性理想"。

我们的Slogan是"以微小见宇宙，放大每一份热爱"。

7. 多多

我是多多，曾经的理想是漂泊四方，旅居世界。是的，我渴望自由，崇尚知识，热爱艺术，希望能将创作践行一生。我坚持纯文学的立场，坚持书写生活真实的悲欢。不愿个体话语被遮蔽，永远站在底层边缘弱势群体的一边。

对世界的感触，时而细碎温柔，时而模糊不知边界，时而冰冷坚硬棱角，时而沉重绵柔冗长。大多数时候还是没有生活的实感。实感在某个模糊的瞬间突击心脏。啊！是这样！再继续迷迷糊糊，闭上眼睛沉下意识进入另一个世界。这样的创作是对孤独与绝望的顽抗。如果没有创作我又拿什么来对抗生活的卑琐与审美的平庸呢？

过去的十年里，我把自己抛掷到一个又一个陌生的城市，然后厌倦再逃离。我就这样随心所欲地生活着。在外面漂泊得越久，越渴望安稳。躲在人群里，城市的高楼令我莫名的心慌。我又一次选择逃离，逃回儿时生长的故乡。

如今的我，早已没有了当年的锐气。每日都在热热闹闹中度过，但在美梦里又渴望再做个简简单单的人。18岁在墙上写下的十年规划更像是笑话。"西报志愿，北漂京都，东渡苏浙，南下湖广。"高考完成了"西报志愿"，现在到了"北漂京都"的年纪，却选择蛰居大理。我不知道自己是否还有背着背包独闯四方的勇气!

随着年龄的增长,我在不断妥协,也有所坚守。坚守的是最初的梦想,创作和自由是永不妥协的底线。我安慰自己,尚未被现实打败。

愿我手中的笔,永不说谎;愿有一日,亦能证明文章有价;愿你我永远澄澈、纯粹,心怀理想与热爱!

8. 谭波

我是谭波,一名"90后"新农人,回想起立下理想的时刻已过了13载。13年前我在上初中,一个偶然的下午在三农频道看到了一个农村带头人发展农业的故事,从此我一心想着有朝一日能够回到家乡建设家乡,带领家乡百姓致富。

6年前从农村走出来读书的我,离开大学校园以后又扎回了农村、走进了三农领域,这6年里我一直都在追逐心中的理想,到处学习了解三农的问题,找寻三农的出路,如今6年过去了,我在河南新乡种植有机粮食,学习中医文化,希望能够带领村民从事不用农药不用化肥的有机种植,过上有机生活,减少环境污染。如今我还在农村从事农业,当初的理想还在,只是没能回到自己的家乡,只是褪去了年少时的青涩,但理想的信念依然如故,敢想敢干的勇气依然存在。如今我对于农村、农业、农民的认识更加深刻全面,对于社会的认识更加深刻全面,也算是一个一直都在坚守自己初心的理想主义者吧!

虽然从事有机农业的这些年没有挣到钱,甚至常常被周围人嘲笑,不理解。但我觉得再过几十年,等我们都到暮年之时,我们可以对着孩子说,我真正的在这个世间活过。在浩瀚的大自然中,人如蚍蜉,我们来过这个世界,就一定要让这个世界因为我们的存在变得更好一点点。

9. 小炜

我是小炜，理想是成为世界冠军。还记得曾经为了夺得荣誉，每天练习 8 小时，日复一日，有时高达 12 小时训练，只为能够走去更多的地方。

现在的生活只能用"燃烧自己"来概括，如今每天都沉浸在"如何更好地研发先进的街舞教材"的工作中，为下一代的少儿街舞的发展做贡献。2017 年，我和我的兄弟们一起创立了街舞连锁品牌——王牌嘻帝，目前拥有了 18 个门店。

曾经的理想其实对于我来说是忽近忽远，有时候我可以很不成熟地说：小炜，你现在太商业了，你怎么能这么想呢？但有时候我也认同自己：小炜，你太棒了，原来真的有越来越多的人因为你的舞蹈而邀请你去全国各地开课！也许，做自己爱的行业也是可以追梦的，有时我也很纠结，曾经所谓的追梦有时候会因为现实而受到限制，但又告诉自己，只要有梦想，谁都拦不住你。

"没钱你怎么混啊？"

"你没房没车谁会看得起你？"

"多赚点钱，以后还得生娃呢。"

呵呵，我们会因为那些所谓的"现实"去找借口，殊不知那些话语仅仅只是自己对自己的限制罢了！

我经常用街舞圈内的一些名言来激励着自己，如：

"Keep real."（但，因为现实，我们活得越来越不真实。）

"Keep going."（是啊，我们需要一直走着，谁会停下来呢？）

"Keep on dancing!"（没毛病，难道我的生活很单调只有跳舞吗？那你理解错了，我会一直跳舞罢了！）

梦想一直在身边，别怕，也许梦想会因为你的"真诚""努力""坚持"离你越来越近。如今，梦想在另外一个维度实现。现在的生活就是我在实现梦想的一小步，未来我一定会实现我的梦想，我也会按照我设想好的生活不断地去前进。

我相信人会骗人，但是信仰不会骗人。Let's get it.

10. 猫

我是猫，事实上我并未养过猫，只因前男友说我性格像猫：温柔时极温柔，但是敏感记仇任性；当然我不否认，因为他是那个曾经说要娶我爱我一辈子的人，因为他是迄今唯一一个让我有结婚且和一个男人过一辈子冲动的人。

在我刚毕业的时候，就想着环游世界，那时没钱没经验，有的只是年轻气盛和不顾一切的冲劲，当然最后我还是选择了老老实实去工作，如今毕业差不多十年了，我从一个年薪差不多60万的外企辞职了，现在，我在大理租了个小院子，种种花草，看看蓝天白云，也逐渐爱上了喝茶，好多个午后，看云卷云舒，向往着云游四方。

与十年前的我不同的是，如今我有更多的选择，是继续流浪还是回归都市，都是可以的。我万万没有想到，如今的生活是我需要十年的打工生涯来换取的，当然，也是值得的。

未来我可能浪迹天涯，也可能回杭州开个外贸公司，但是无论做何选择，我内心都踏实无比，我经历了繁华都市的努力拼搏，也过上了自己向往的风花雪月，这个过程中，我找到了方向，找到了自己。

总之，一切都是最好的安排。

11. 王荟

我是王荟，来自浙江杭州，我的老家在安徽淮北的一个荷花盛开的小村庄。至今我清晰地记得，儿时对于未来的种种畅想。夏日的夜晚，我躺在院子里，仰望星空，纵情歌唱。一曲接着一曲，唱出我对未来的期许和当下那一刻的惆怅。歌声在小村子的上空回荡，在我幼小的心里，植入了一粒种子，我想做一名歌手，在舞台上绽放光芒。可是肩负着家族的希望的我呀，哪里有时间去为梦想启航？总有写不完的作业，总有考不完的试，在父母期待的眼神中，在老师鼓励的话语中，拿第一、考上名牌大学替代了我真实的梦想。我成了考试机器，有了严重的心理问题，我没有如愿以偿，我心不甘，继续考研。一路的折腾，我成为一名大学老师。可是对于体制内的人情世故却不适应，两进两出。儿时自由又成了我的梦想。我开始离岗创业，但是从小被剪断了翅膀的我，如何展翅翱翔？不断寻找内心方向的我，又如何活出自由奔放？于是，这两年里，我停止奋斗，不断审视着自己。我望告诉自己，其实我只需要一个安静的小院子，几间房，种花养草，只是这个小院子要建在哪里？通过这么多年的跌宕起伏，我儿时的梦想成了我的兴趣，在夜深人静里唱出淡淡的忧伤。但是新的梦想不断清晰，这么多年的心灵成长，让我看到与现实和命运抗争的不易。我想帮助跟我有一样经历的孩子，我要做一名灵性疗愈师和儿童心理咨询师，此刻已在路上。回望自己过往的人生和一个个理想，突然发现，我内心真正的理想就是活出真我。现在，我终于找回了自己。让每一个生命活出她的独特的美丽，不需要攀比，这就是我此刻的理想。

12. Mia

我是 Mia，目前还在流浪中国的 Mia，在好几年前我有一个理想，去很多地方旅行，在很多地方画画，然后出一本属于自己的绘本。好几年过去了，我去了一些国家、一些城市，还有一些村庄，然后我把我的画笔丢了……

关于理想和梦想，我想它们之间最大的区别应该在于理想是设定了目标并为之去努力，并且能够靠近的方向，而梦想更多的是不切实际的妄想与渴望。

我出生在福建沿海的一个小县城里，童年记忆里父母忙着自己的小生意，把我当男孩一样放养长大，下河抓鱼，爬树捣蛋，我样样精通！从而造就了我从小特立独行，狂妄自大，又极度没安全感，外加轻微孤僻又自卑的古怪性格。为了把我变得活泼开朗、积极向上，我妈让我加入了学校的记者团。在小学当了好几年的儿童刊物小记者团干事的经历，让我萌生了人生第一个理想，那就是长大以后要去当战地记者！没啥特别理由，就是觉得特别酷！再加上我也没什么其他特长爱好，舞蹈声乐，书法美术，样样不通！用我妈的话来说就是，这丫头先天骨骼硬朗，五音不全，活泼好动，完全静不下！

在陆续写了些上不了台面的校园时事新闻，上了初中后继续在学校的记者团瞎混，迷茫了两年后，发现自己其实也不是那么想干记者这职业，初三那年很意外地拿起了之后让我爱不释手的画笔，挺努力地画了七八年画。

直到很多年后的现在，都挺感谢当初那个努力为自己拼个未来的干劲，虽然回想起来我觉得自己还是不够努力……在那个时候觉得西藏拉萨那个令人神往的地方，就是我心之向往的理想之城！一辈子一定要去一趟！！而后的某一天脑袋一热说走就走，实现了从拉萨出发、走阿里北线到青海出的途搭行程……由此我和拉萨这个城市结下了不解之缘，之后几年里拉萨成了中转站而不是最终目的地，陆续去了一些地方。刚开始的时候呢，还真的会带上画笔颜料，随手画两张风景速写，画一画喀什古城的建筑、西北戈壁日出、火车上的旅人……

旅行总是短暂，依旧要回归生活，回归城市，渐渐的，生活琐事和不够坚定的心，把理想变成了梦想。于是乎，心爱的画笔渐渐消失，但旅行的脚步却没有停下，也许有一天我会停下脚步，痛定思痛重拾心爱的画笔，把我小小的理想去努力实现，在这之前愿疫情快快过去，让我大胆继续前行……

13. 嘎嘎

理想无论怎样模糊，总潜伏在我们心底，使我们的心境永远得不到宁静，直到这些梦想成为事实。——林语堂

我叫林嘉颖（嘎嘎），从小喜欢参加各种文艺表演，进过合唱团舞蹈队，喜欢沉浸在音乐的世界里，经常练歌十几小时都不觉得累。和许多人一样，幻想过能站在更大的舞台上。这个懵懂想法在那时埋下过种子，可并没因此茁壮成长。面对现实和家人反对，只能把想法埋进心底，不再和任何人提起。

在20岁面对突如其来的生活变故和亲人离世，明白人生苦短，就来这一遭，想去做自己喜欢的事，后来做的第一件事便是报名学唱歌。生活怎么会放过苟且的人，忙于工作生存，少了时间练习，在工作里，我以为的成长是想要的生活，忙碌使我失去了平衡，便再次渐行渐远。

岁月依旧蹉跎，苟营起落，关于理想希望于心无愧，却身不由己。找不到出路，被取笑"一把年纪还做白日梦"。遇到过志

同道合的人，比自己优秀又努力的人，越发自卑彷徨：所以还有希望吗？我还能做什么呢？

我所认为的前途与理想，前者是想做的工作，后者是想成为怎样的人。《少年维特之烦恼》写道："其实成年人和孩子们一样碌碌无为，看似每天都很忙，却很少知道自己在追求什么，像一群毫无目标的苍蝇，乱哄哄地到处打转，在食物和金钱的周围盘旋……"

都没对错，比起盲目苟且，理想是痛并快乐着，产生无穷激情和动力，重燃每个无数黑暗的日子，它除了努力还需要点运气。可运气一般会给摸黑的人。即使比别人慢，但每个人都有自己的时区，一切都在自己的时区里刚刚好。

在我眼里，没有该结婚的年龄、生活与工作。现实本就骨感，无论是否喜欢都会遇到困难。希望自己在未来每个日子里都有勇气直面内心，继续追求喜欢的事，哪怕孤独但幸运。幸运的是我们生活在一个多元的时代里，会有更多怀揣理想和实现理想的人。

14. 姚劲波

"你们来到这里，说明你们高考时很优秀。但恕我直言，同学们，你们在浪费自己的天赋。"这句话我至今记忆犹新。如同在浑浑噩噩的昏睡中响起的一记响雷，振聋发聩。按部就班长大的乖孩子们，是否真的都存有自己的理想？抑或只是从小活在他人的评价中，不知终点地麻木向前奔跑，最终失去方向呢？

那年恰逢南仁东先生去世，矗立在贵州的中国天眼，是他留给世人最后的礼物。这份礼很重，耗费了他22年的生命。也许是时机恰到好处，高考时曾读过无数素材的我，却第一次被深深地打动。我们这些所谓天赋尚可的年轻人，是不是该给这个世界留下一些什么。纵然能力有限，无法像先生那样做出惊天动地的大事，却也可尽绵薄之力投入历史的洪流中，做些真正有意义的事，也不算枉负此生。

后来的一次机缘巧合，我了解到了赴贫困地区支教的事情。这不就是我在苦寻的方向吗？在钱理群教授批评大学生成为"精致利己主义者"的当下，我想，也许需要有些人来做这样的事情。若在人生的迟暮之年，回想起青葱岁月，还能翻找到这样一段经历，那时的我定会为现在的自己骄傲。

选拔的那月是极为难熬的时候，我至今难以忘怀。并不善交际的我，会写一份又一份面试的稿子向辅导员请教，会在宣讲会结束之后，鼓起勇气走进后台向前辈寻求经验，会抓住每一个我能找到的资料翻来覆去地研究。夜里不知何时能入睡，也许十二点，也许三点，也许是蒙蒙亮的清晨。但那也是我觉得最值得的一个月。

后来当我拿到那两张盖着学校印章的文件，当我背起行囊独自踏向云南的时候，我感谢平凡的我，迈出了不平凡的一步。行囊里背着的，是我的期待和理想。

15. 王兴宇

一直认为自己是一个非常理想主义的人，自己想要的，努力后就可以得到。我不想活得像邻居家小孩儿一样，大学毕业找工作，结婚生子，承担家庭的责任，而后终老病死。

这或许不算是在逃避世俗的生活吧。毕竟我只是想选择自己的生活而已。

我一直觉得，生而为人，要有自己独立思考为自己负责的能力。

在大一结束后，我选择了休学，开始了自己的游学之路，一边走在路上，一边学在路上。

在追求生活美学的这条路上，走过了五个年头，也有了自己的一家小店铺，每天都在与追求生活美学的人打交道，是兴趣，也是工作，似乎这就是我想要的生活。

我好想出去看看这个大世界，不管好的坏的，我都想去经历体验一番，也不枉生而为人。

想要在没有太多束缚之前多去看看这个大世界，想要在世俗的人生路中，走出一条属于自己的道路，想要通过自己的经历去建立自己的价值观、人生观。

明白和懂得接受得失是一门重要的课程，回首自己闯生活的这五年，自己得到了许多，有时候感觉自己终于活成了别人心目中想要的样子，那也算成功了，因为你得到了大多数人的认可，你做到了大多数人想要做而没有勇气去选择去经历的一些事儿，也失去了很多，遗憾自己没有上完大学。

我希望，带着这27年的人生观、价值观，去相信，去坚持，去成就。

理想主义之光始终照耀前方的路。

16. 温小暖

我是温小暖，如今，理想对于我来说，不是一份职业，不是一种生活方式，更准确地说，可能是一种人生状态。这意味着，无论我从事怎样的职业，或者选择怎样的生活方式，它都可能指向我想要的状态。

我希望将人生过成一个个"惊喜"，例如现在的我，对于十年前的我来说，那一定是一个惊喜。

六年前，我在间隔年旅行中看到了太平洋、地中海、死海、红海……并且接触到了潜水，被海洋的广博、神秘吸引，放弃了薪水不错的工作，成为一名水肺潜水教练。

谁会料想到就在学习潜水之前，我还是个溺水被救的深度恐水者呢？亲朋好友更不会想到那个曾经外号叫"林黛玉"的我，能扛几十公斤的气瓶、装备，在大海上工作，在世界各个海域里潜水、带学生、领队……十年前，作为一名记者坐在报社的办公室里，也不会想到有一天，我会去不同国家工作、旅行；见识不同国家的文化、认识不同的人；吃不同国家的食物……不再会认为人生只有一种方式，看到世界的很多面，变得越来越包容，学会去理解他人、世界，也更深刻地理解自己。

我相信和许多理想主义者一样，理想的意义在于追逐与坚持她的过程中，学会理解生活和人生的不完美，并依旧有力量热爱生活和人生。有理想伴随的人，勇于去战胜自己的恐惧，找到自己热爱并愿意坚持的事物，发现人生中不曾发现的可能性。

17. Steven

我是 Steven 谭鑫，很小的时候自己的理想是成为一名职业足球运动员，因为这是我热爱的东西。即使成不了职业球员，也琢磨着长大后可以从事与足球有关的工作。直到上了高中我才真正意识到这只是我的一厢情愿。于是努力完成学业，大学毕业后平庸无奇地在厦门做着酒店管理工作，那时的我觉得个人的理想渐行渐远，工作五年后，我终于顶不住了，坚信那不是我希望的生活状态。于是有了新的理想方向，那便是自由。自由的旅行，做自己喜欢的事情，自由支配自己的时间。于是在女朋友的支持下，我们一起辞职开始了旅行，第一次沿途摆摊赚取路费，第一次搭车因为好心司机为我们买了沿途的干粮而感动落泪，第一次感受高原反应，第一次组织公益带领队友从大理徒步至拉萨，沿途捡拾垃圾来倡导不打扰不破坏的旅行态度。太多艰辛以及感动在路上。现在回想起来，只有在路上，脑子里才不会有其他多余的想法，唯一想的，只有往前走！也许我们有时候不快乐了，只是因为我们想法太多了，而且忘记了往前走！也许当时的辞职旅行只是一时冲动，但是的确改变了我之后的人生轨迹以及影响着我未来的人生观，现在的确也一步步迈向了我们理想主义的生活方式，现在的我们在大理经营着两家客栈，当时的女朋友现在已经是我人生中最重要的另一半，还有了一儿一女，这些才是我人生中最大的财富！如果不是疫情的原因，平时的生活状态是半年生活在大理，半年一家四口在各地旅行。这就是我当下想要的理想的生活。一家四口可以生活在大理，享受这里的阳光和空气，可以支配自己的时间去旅行，可以享受当下的生活，可以做自己想做的事情。所以理想主义从来都不是遥不可及，重要的是你开始迈出的第一步，加之你良好的心态。心里想太多美好，最后不如你实打实地去追逐那份美好！

18. Demi

我是 Demi，我曾经的理想是做一个对社会有用的人，我想成为品牌营销领域的专家，为更多企业家和创业者解决问题。我很努力地创业、很努力地为他人创造价值、很努力地工作和忙碌。

我曾经很努力地证明自己，但后来发现，其实我无须向任何人证明，我所需要的仅仅只是做好我自己，做一个快乐且独一无二的自己，每个人都有自己的生活方式，不是每个人都要过成相同的模板。

我开始学会听从自己的内心做选择，而非他人的期待。我开始学会关照自己的内心，而不是为了迎合他人做自己不喜欢或不擅长的事。

我依旧很努力，但比从前更加快乐了。现在的我是一名国际热情测试执导师，用这项科学的咨询工具，帮助更多迷茫的人找到自己最喜爱的生活状态，在全国各地举办工作坊，也还在持续不断地自我探索中……

我爱我的理想，哪怕它千变万化，那也是我丰富的人生体验。

我爱我的理想，无论是大我还是小我，是为社会造福还是顾好小家，我都充分爱它。

我爱我的理想，因为我爱我自己。

19. 唐僧

我是高赟，朋友们都叫我唐僧，以至于我一度认为我姓唐。我是一名合格的自驾爱好者，对于旅行、对于汽车、对于在路上有着一种无法抑制的执念，从十几年前一张风光照片引发的"血案"，让我开始了自己的自驾之旅，先后13次以各种路线进藏，单人单车横穿无人区，几乎跑遍了祖国的角角落落，用车轮丈量着大好山河。

关于理想，我可能是最没有理想的人，却又是理想最多的那一个。因为一张照片，裸辞开启了与车为伴、一直在路上的十几年；因为只用眼睛看过了风景，却无法传达最美的一幕，所以拿起了相机，步入了风光摄影师的行列。对于我来说，理想是明天的，不要去规划，不要去设定；理想是超前的，理想也是阶段性的，我们不可能在人生的道路上笔直地走下去，那些路上的岔口和选择，才是在慢慢梳理我们的理性和想法。而我想做一些让平凡的人生没那么平淡的事情，在老了以后可以有足够多的牛可以吹，足够多的人可以想，足够多的事可以述，足够多的情可以忆，不就足够这个人生了吗！

一个人，一辆车，一部相机，去丈量青春；一个院子，一把摇椅，一张毯子，一份报纸，一个人，再去回望青春时的理想。

总有一天你会发现，关于理想，时间还早，无须宏大，只要不是日落之后的一声叹息，还会有很多等着你的。

20. 涂森远

"出生，读书，毕业，工作赚钱，结婚生子，养育子女，退休，带孙子孙女，颐养天年。"曾经我以为人生就是这样，也就该是这样，别人都这样，我的也该是这样。在人生将近而立之年的时候，生活工作千篇一律，随着结婚生子的脚步越来越近，随着老一辈的传统价值观和自己的自我意识的冲突越来越大，有一天我突然意识到：难道我的生活就该是这样千篇一律吗？将近而立之年的我看到不惑之年、知命之年的我的样子，一眼能望到头。难道每个人的人生都是一样的、都是复制粘贴吗？

近来看了一些书籍和影视作品，如《平凡的世界》《白鹿原》《四世同堂》与央视上热播的电视剧《觉醒年代》，深深地被那个年代的青年热血所感染，那一代的青年，他们追寻人生的意义，他们为国家的命运而奔走，他们乘风破浪、追逐梦想，他们单纯热血而美好，他们有理想，有梦想，有自己的想法和坚持，他们的未来不可确定但又美好和有方向。

生活不应该是千篇一律的、复制粘贴的，每个人都应该有自己的追求和理想。"读万卷书，行万里路"，开卷有益，在养成读书习惯的同时，也要走出去，见识下"诗与远方"，才能更好地认识和知道自己想要什么样的生活，以后过什么样的生活，才能真正地活出自我。

理想的实现——环游世界500天